マインクラフト

MINECRAFT™
レッドストーンの城

サルワット・チャダ／作

北川由子／訳

MOJANG STUDIOS

TAKESHOBO

MINECRAFT™ CASTLE RED STONE

by

Sarwat Chadda

This translation is published by arrangement with Del Rey, an imprint of Random House, a division of Penguin Random House LLC through Japan UNI Agency, Inc., Tokyo

マインクラフト　レッドストーンの城

おもな登場人物

ラージャ……英雄《えいゆう》に憧《あこが》れる青年。父親のような偉大《いだい》な男を目指すが力も勇気も足りていない。

パル…………ラージャに仕《つか》える従者《じゅうしゃ》。賢《かしこ》く分別があるが、なにかを始める前にためらいやすい。

フェイス……気の強い娘。田舎の穏《おだ》やかな生活を捨《す》て、胸躍《むねおど》る冒険《ぼうけん》を求めている。弓が得意《とくい》。

タイラス……ブラボー団を率《ひき》いる腕《うで》っぷしの強い男。英雄《えいゆう》として自分の名を残そうとしている。

マインクラフト　レッドストーンの城　もくじ

古い世代、それに新世代のゲーマーたちへ。

第1章　騎士《きし》と従者《じゅうしゃ》

「痛《い》てっ！　おい、痛《いた》いぞ！」

「すみません、若様《わかさま》。気をつけますね。この矢はちょっと抜《ぬ》きにくくて。もうちょっとだけじっとしててください。あと一本だけですから」

パルは最後の矢をぐっと握《にぎ》った。なんでお尻《しり》にばっかり当たってるんだ？　ラージャのお尻《しり》にだけ三本も？　たっぷり詰《つ》め物《もの》が入っているからよかったものの、そうでなければ、お尻《しり》は穴《あな》だらけだ。パルは矢をそっとひねって言った。「あなたはとっても勇敢《ゆうかん》でしたよ」

「当たり前だろう！　〝勇敢《ゆうかん》〟と言ったらぼくのことだ！　あれしきのことでは……痛《い》てっ！」

パルは最後の矢を持ちあげてみせた。「よしっ！　これで全部抜《ぬ》けました！」

矢を焚《た》き火《び》に投げこみ、自分のリュックの中身を引っかきまわす。「食料が底を突《つ》きそうだ。

町へ行って調達《ちょうたつ》しないと」

フェイスが焚《た》き火《び》をつついて燃《も》えたたせた。「なにと交換《こうかん》するの？　もう何週間もお宝《たから》を手に入れてないいんだよ。あたしたちは逃《に》げてばっかり、今夜もね」

「骸骨《スケルトン》があんなにたくさんいたら、どうにもできないだろ！」ラージャはズボンを引《ひ》っ張《ぱ》りあげながらわめいた。「それに、逃《に》げたんじゃない。あれは戦術的撤退《せんじゅつてきてったい》だ！　まるで違《ちが》うんだ」

そう言って、ふん、と小ばかにする。「ま、こんな軍隊用語《ぐんたいようご》、きみには理解《りかい》できないよな」

「あたしの指示《しじ》で林の中へ隠《かく》れなかったら、みんなぐるりと取《と》り囲《かこ》まれてたでしょうね。それは理解《りかい》してるよ」フェイスはふくれっ面《つら》で言い返した。

ラージャはせせら笑った。「隠《かく》れる？　臆病者《おくびょうもの》のようにか？　そんなのは英雄《えいゆう》のやることじゃない。真の英雄《えいゆう》は敵《てき》と向き合うんだ、心には勇気、手には剣《けん》を持ってな。……ぼくの剣《けん》はどこだ？」

パルはダイヤモンドの剣《けん》を持ちあげた。

「ここですよ、若様《わかさま》。扱《あつか》いに気をつけて。心臓破《ハートブレイカー》りの剣はちょっと……曲がってるように見えます」

「なにを言ってるんだ！　いまもってこの剣《けん》の右に出る武器《ぶき》はないぞ！」ラージャは剣《けん》を大きな8の字に振《ふ》るってみせた。「これを手にしたら、あのスケルトンたちにだって負けるものか。切《き》り刻《きざ》んで骨粉《こっぷん》の山にしてやる！」

「もちろんですとも。さっきは不意を突《つ》かれただけだ。あいつらがずるをしたようなものです。偉大《いだい》なるラージャ卿《きょう》と英雄《えいゆう》の剣《けん》、無敵《むてき》のハートブレイカーに勝てるスケルトンはいません！」

「そのとおり！」ラージャは高らかに言い放つと、えい、えい、と宙《ちゅう》を突《つ》き刺《さ》した。「いま連中が現れたら、一体残らずあの世へ送ってやる！　ぼくが——いまのはなんだ？」

焚《た》き火《び》の明かりが届《とど》かないところで物音がした。パルは自分の武器《ぶき》、原始的で格好《かっこう》の悪い石の斧《おの》をつかむと、暗がりの奥《おく》をじっとのぞきこんだ。なにかいる。もろい小枝《こえだ》を踏《ふ》むパキッという音を全員が耳にした。ほかのふたりは立ちあがり、ラージャはズボンをはき直したが、ケガをしているお尻《しり》に布地が当たってうめいた。フェイスがその横に立って弓に矢をつがえる。

パルはふたりの仲間へ目をやった。なんでこんな情《なさ》けないことになったんだろう？　屋敷《やしき》を出発したときはあんなに勇ましかったのに。

英雄《えいゆう》になるぞ、モンスターを倒《たお》して、困《こま》っている人たちを助け、お宝《たから》を山と集めるぞ！　とみんなしてやる気満々だった。ところがあっという間に夜は雨に濡《ぬ》れて眠《ねむ》り、朝は凍《こご》えるような寒さで目を覚ます毎日になってしまった。

食事なんて、なんの味もしない昆布《こんぶ》だ。ラージャが肉は食べるくせに、動物を殺すのはあれほどいやがるなどと、だれが思う？　いますぐ骨つきの羊肉《マトンチョップ》にありつけたら、なんだってするのにな。

自分たちには向いていないんだと、認めなきゃいけないのかも。だれもが英雄《えいゆう》になれるわけじゃない。荷物《にもつ》をまとめて屋敷《やしき》へ帰ったっていいんだ。マハラジャ卿《きょう》はきっと屋敷《やしき》に入れてくれる、そうだよね？　息子のラージャは冒険暮《ぼうけんぐ》らしには向いていないんだって、心の底ではきっとわかっている。出発の日、彼《かれ》はパルにそう認めたようなものだったじゃないか。

パルは屋敷《やしき》にある自分の部屋を思《おも》い浮《う》かべようとした。ベッドにかかっていた毛布は何色だったっけ？　赤？　茶色？　どんな色だろうと、ぬくぬくとあったかかったな。

おまえはホームシックになってるだけだよ。そのうち慣《な》れるさ。

心のどこかで、そんな声が聞こえる。慣《な》れるって、なにに？　こんなふうに逃《に》げまわって、叫びまわることに？　毎晩片目を開けたまま眠ることに？　ラージャとフェイスの口喧嘩《くちげんか》を聞かされることに？　そんなことに価値《かち》があるんだろうか？

でも、ほかになにができる？　おまえは騎士《きし》の従者《じゅうしゃ》だろう。

そうだ。パルの仕事はみんなのためにそばにいること。今夜みたいになにひとつうまくいかないときに、ラージャを励《はげ》ますことだ。パルはちらりと振《ふ》り返《かえ》った。ラージャはハートブレイカーを握《にぎ》りしめ、びくびくしたようすで目を大きく見開き、額《ひたい》に汗を光らせてぐるりと周囲《しゅうい》を見まわしている。

うん、間違《まちが》いなくなにかが近くにいるぞ。

自分たちもブラボー団みたいだったらよかったな、とパルは思った。あれこそ本物の英雄《えいゆう》たちだ！　彼《かれ》らが冒険《ぼうけん》から戻ってきたところを少し前に見かけた。ブラボー団は宝石《ほうせき》と宝物《たからもの》をどっさり抱《かか》え、モンスターたちを倒《たお》した自慢話《じまんばなし》をしていた。身につけている防具《ぼうぐ》はどれも最高級品で、武器《ぶき》はまぶしく輝《かがや》いて剃刀《かみそり》のように鋭《するど》かった。いずれ国中が彼《かれ》らの冒険譚《ぼうけんたん》を口ずさむようになるだろう。ラージャはぶつくさ言って、次の冒険《ぼうけん》ではあいつらの二倍のお宝《たから》を持って帰るぞと誓《ちか》い、その結果《けっか》が、こうして真っ暗な森のど真ん中で迷子《まいご》になってスケルトンの集団に襲われたわけで……だけどここにはほかにもなにかいる。

パルは両手で斧《おの》を握《にぎ》り、フェイスは弓をきしませて矢羽根を頬《ほお》まで引《ひ》っ張《ぱ》った。

なにかが近づいてくる。

なにが？　スケルトンじゃないのはたしかだ。スケルトンなら、あのカランコロンという音がとっくに聞こえているはず。ゾンビでもないな。あいつらにはスケルトンよりさらに手こずらされた。パルたちは忘れ去られた宝《たから》があるのを期待《きたい》して古代遺跡《いせき》へ行き、ついのんびり探索《たんさく》してしまったのだ。まだ半分しか探しまわっていないのに日が沈《しず》み、暗くなると奇妙《きみょう》なうめき声があちこちから聞こえてきた。そのあとは月明かりで目覚めたゾンビたちが、まわりの遺跡《いせき》からよろよろと出てきた。パルたちは取《と》り囲《かこ》まれ、フェイスがいなければ一巻《いっかん》の終わりになっていたところだ。彼女《かのじょ》が逃《に》げ道を発見し、三人は遺跡《いせき》の壁《かべ》をよじのぼると、下に集まるゾンビたちを残して、ぐらつく建物から建物へと飛び移って逃《に》げおおせた。あれはほんとに危機《きき》一髪《いっぱつ》だった。

「見えたよ」フェイスが言った。

「なにがだい？」パルは聞き返した。「ぼくにはなにも……」

フェイスは闇《やみ》に向かって矢を放った。シューと怒りに満ちた不快な音がしたかと思うと、大きな緑色のモンスターがいきなり闇《やみ》から飛びだしてきた。シューと大きな音を立てるそいつに、フェイスが二本目の矢を打ちこむ。

「クリーパーだ!」ラージャが悲鳴をあげた。「逃《に》げろ!」

けれどもフェイスは早くも三本目の矢をつがえている。「あたしたちで倒《たお》せるよ、ラージャ! 逃《に》げないで戦わなきゃ!」

どうすればいい? モンスターはもう目の前だ。クリーパーは倒木《とうぼく》の幹《みき》を飛《と》び越《こ》え、フェイスの矢ははずれてしまった。

「逃《に》げろー!」ラージャが叫ぶ。

「戦って!」フェイスは怒鳴りながら最後の矢を引き抜《ぬ》いている。

逃《に》げる? 戦う? 戦う? 逃《に》げる?

わからないよ! なんで屋敷《やしき》を出てきてしまったんだ?

クリーパーがシュシュシュと音を立てだした。

これはやばい。本当にやばいぞ。

「ラージャの言うとおりだ! 逃《に》げよう!」パルは叫んでフェイスの腕《うで》をつかんだ。そのせいで彼女《かのじょ》の最後の矢は狙《ねら》いがそれ、弧《こ》を描《えが》いて夜空へ飛んでいった。かまうもんか。あとで矢を作ってあげればいい。フェイスににらみつけられたが、パルはすでに無我夢中《むがむちゅう》で彼女《かのじょ》を引きずっていた。

ラージャはどんどん先に逃《に》げて森の奥《おく》へと走っている。パルが忠誠《ちゅうせい》を誓《ちか》った英雄《えいゆう》の姿があれ？　あっ、荷物《にもつ》を野営地《やえいち》に置きっぱなしだ！

シューシューという音が止まった。

パルはうしろを振《ふ》り返《かえ》った。ひょっとして爆発《ばくはつ》しないのかも――。

ボン、とクリーパーは野営地《やえいち》のど真ん中で爆発《ばくはつ》し、衝撃波《しょうげきは》がなにもかも消し去って、小さな空き地は一面真っ白なまぶしい光に包まれた。爆風《ばくふう》で木々は根っこから引きちぎられ、土や石が雨あられのごとく飛んできて、三人とも体ごと吹き飛ばされた。

パルはフェイスから手を離《はな》し、悲鳴をあげながらくるくると空中を回転した。視界《しかい》がまわってなにもかもかすみ、それから……ドン！　地面に叩《たた》きつけられて土が降《ふ》りそそぎ、そのあとはすべて真っ暗になった。

第2章　宝《たから》の地図

「頭はどう？」パルはフェイスに声をかけ、自分も小さなテーブルについた。

「目の前でクリーパーが爆発《ばくはつ》したんだもん、まだがんがんしてる」フェイスは顔をこすった。

「この眉毛《まゆげ》もすぐには生えてこないだろうし」

どうやって生還《せいかん》できたのかは、パルにはいまだに謎《なぞ》だ。爆発後《ばくはつご》にはっと目覚めると、そこはみんなで泊まっていた宿のぐらつく小さなベッドの中だった。マトンチョップが冷めているとラージャが文句を言い、フェイスがそれに言い返して、またも口喧嘩《くちげんか》をしているのが階下から聞こえてきた。

すべていつもどおりに戻っていた。いつもの口論《こうろん》、いつもの大騒《おおさわ》ぎ。

パルはベッドからおりると、自分のテーブルで仕事に取りかかった。しまっておいた素材《そざい》を取りだしてもくもくと作業を始め、階下の怒鳴り声は聞き流した。手仕事は得意《とくい》だ。なにかを作っているあいだは、まわりの騒《さわ》ぎを忘れられる。しばらくのあいだパルは手を動かし……満足感を味わった。

さて、仕事の成果《せいか》をみんなに見せよう。

宿は混んでいた。料金が安いので、食べものや飲みものの質ではなく量で客を集めて利益をあげているのだ。フェイスは角のテーブルに座っていたが、ラージャの姿はどこにもない。たぶん、クッションがないことに怒って出ていったんだろう。

「これでちょっとは元気が出るといいな」パルはテーブルに矢を置いた。「一ダースはあるよ。次の戦いのために」

フェイスは顔をほころばせて一本手に取った。「いい仕事だね、パル。この矢羽根を見て。あなたは芸術家《げいじゅつか》だよ、自分でわかってる？」

「ただの数本の矢だって、フェイス。たいしたことじゃない」

彼女《かのじょ》は矢尻《やじり》の先で指をちょんと刺《さ》して顔をしかめた。「次にクリーパーとあったら、起爆範《きばくはん》囲《い》に入る前に倒《たお》してやるんだから。この矢なら地平線まで飛ばせること請《う》け合《あ》いだね」

たかだかひと束《たば》の矢で、フェイスはなにを大げさなことを言ってるんだろう？　棒《ぼう》と羽根と火打石で作っただけのものだ。ああ、本物の素材《そざい》があったら、もっと特別なものを作れるのに……。

町へ入る途中《とちゅう》で鍛冶場《かじば》の前を通った。煤《すす》で汚れた低い建物をちらりとのぞくと、職人が剣《けん》を作っているのが見え、ダイヤモンドでできたその刃《は》が光り輝《ひかかがや》いていた。あれこそ芸術《げいじゅつ》だ。剣《けん》を依頼《いらい》した冒険者《ぼうけんしゃ》は、職人にエメラルドがずっしり入った財布《さいふ》を渡《わた》していた。

フェイスがローストチキンの皿をこっちへすべらせた。「悪くないよ」

パルはおなかは減っていなかったが、もぐもぐと食べ、混み合った店内をぼんやりと見まわした。「ラージャ卿《きょう》はどこだい？」

「市場《いちば》よ。人に会うって言ってた」

「だれと？」

フェイスは肩をすくめて矢を矢筒《やづつ》へすべりこませた。自分の鶏《とり》の腿肉《ももにく》を持ちあげる。「次の冒険《ぼうけん》を祝って！　われらに栄光と金《きん》を！」

「ご機嫌《きげん》だね」

　フェイスはウィンクした。「ツキがめぐってくる。そんな気がするんだ、パル。ここからが腕《うで》の見せどころよ。そりゃあ、最初は失敗《しっぱい》もあるわよ。マハラジャ卿《きょう》みたいに一夜にして英雄《えいゆう》にはなれないもの。でも彼《かれ》だって最初は何度かしくじったはずでしょ。失敗《しっぱい》があるからこそ、勝利を味わったときにいっそう最高の気分になる、そうじゃない？」

「これから一度でも勝利したら、どんな味だかわかるさ」

　フェイスは彼《かれ》を肘《ひじ》でつついた。「ちょっと、パル。まだ始まったばかりじゃない。まあ、ラージャは父親みたいな英雄《えいゆう》にはなれそうにはないから、そこは期《き》待《たい》はずれだったけど、彼《かれ》にはハートブレイカーがあるんだもの。ラージャの父親はあれでエンダードラゴンを倒《たお》したんでしょう？」

「聞いたところによるとね。だけど長い話だし、ハートブレイカーだっていまはもうかつてのような剣《けん》じゃない。ラージャがあれで切りつけたときの音を聞いたかい？　なにかおかしかった。音が……変だったんだ」

「ダイヤモンドの剣《けん》だよ。あれを超えるものはこの世に存在《そんざい》しないでしょ」

　そうかな？　パルには断言《だんげん》できなかった。

「とにかく、修理《しゅうり》が必要だってことだ」

フェイスはため息をついた。「つまり、ダイヤモンドが必要ってこと？」

問題はそこだった。ダイヤモンドはひとつも持っていない。それどころか、いまパルたちは、ほとんどなにも持っていないのだ。ラージャの防具《ぼうぐ》は壊《こわ》れかけで、ハートブレイカーは切れ味が落ち、パルにできるのはせっせと矢を作ることだけ。こんな貧相《ひんそう》な武器《ぶき》ばかりでは、巨大要《きょだいよう》塞《さい》の征服《せいふく》なんて夢《ゆめ》のまた夢《ゆめ》だ。

パルはローストチキンを食べるのをやめて、広場のすみに隠《かく》れている野良ネコに投げてやった。ネコは歯のない口にくわえてさっと逃《に》げた。あれが自分たちだとパルは思った。おこぼれを争う、歯のないゴミあさり。

「またそんな顔をして」フェイスがパルの肩に腕《うで》をまわして言った。「あたしたちにも運がまわってくるって、見てなさい」

「それはいつだい、フェイス？　きみは待ちくたびれないの？」

「あなたに必要なのはただ――あっ。隊長が戻ってきたよ。お友だちを見つけたみたい」

ラージャは市場の人混みを縫《ぬ》ってこっちへ向かっていた。いつもと……ようすが違《ちが》う。ラージャは笑っていた、それどころかにっこにこだ。そんなのはふつうではない。ラージャは隣《となり》にいる男を引《ひ》っ張《ぱ》っている。見たところ、相手は商人らしい。ラージャの目の人ふたりを脇《わき》へ押しのけると、連れの男と一緒《いっしょ》に長椅子《ながいす》にどすんと腰かけた。ラージャの目がキラキラ輝《かがや》く。「次の冒険《ぼうけん》を見つけたぞ。今度は大冒険《だいぼうけん》だ」隣《となり》の男を軽くつつく。「彼《かれ》は地図屋なんだ」

地図屋は帽子《ぼうし》を持ちあげて挨拶《あいさつ》した。「こんばんは、みなさんにお目にかかれるとは、なんという喜び、いや、名誉《めいよ》でございましょう」

「持ってるものを見せてやってくれ」ラージャは男にうながした。

地図屋はいかにも誇《ほこ》らしげに、もったいぶって背筋《せすじ》をピンと伸《の》ばした。「これからお目にかけますは、いにしえより伝えられてきたものでございます。この世でもっとも輝《かがや》かしい財宝《ざいほう》への鍵。この冒険《ぼうけん》を成《な》し遂《と》げたあかつきには、わが友たちよ、あなた方は英雄《えいゆう》以上のもの、伝説となるでしょう」

「前置きはいいから、見せてもらえませんか」パルはせかした。こいつもどうせまたペテン師《し》だろう。どういうわけかラージャのまわりにはこういう連中が集まってくる。ラージャがいいカモなのがにおいでわかるみたいだ。この手のペテン師《し》に何度も引っかかって、こっちは懐《ふところ》にかなりの打撃《だげき》を食らっているというのに。

地図屋は、パルが警戒《けいかい》したのに気がついたらしく、ごほんと咳払《せきばら》いをしてバッグに手を伸《の》ばした。「これは正真正銘《しょうしんしょうめい》、本物の地図でございます、わがよき友たちよ」

その地図は縁《ふち》がぼろぼろの薄《うす》っぺらい黄色の紙だった。地図屋は細心の注意を払《はら》って広げたが、それでもまだていねいさが足りないらしく、地図はぼろぼろと崩《くず》れそうに見えた。フェイスはそばのロウソクを引き寄せた。「いったいなんなの？　また宝《たから》の地図？」

ラージャはかぶりを振《ふ》った。「これぞ本物の、宝《たから》の地図だ」

パルは地図に目をやった。インクはとうの昔に色あせ、記されている言葉は見慣《みな》れないものだったけれど、なにを表しているか理解《りかい》できるところもいくつかある。川、山々、沼地《ぬまち》、巨大《きょだい》な都市。「どこへの道を示《しめ》しているんです？」

ラージャは色あせた赤インクで描《えが》かれた巨大《きょだい》都市へとゆっくり指をさげた。「レッドストーン城だ」

第3章　タイラス卿《きょう》とブラボー団

パルはふたりのあいだに広げられたしわしわの紙を指で叩《たた》いた。「またですか？　目を覚ましてください、若様《わかさま》。この男はどう見ても新手のペテン師だ、その地図だって、どうせまたよくできた偽物《にせもの》ですよ」

ラージャはパルをにらみつけた。「きみは父上のお気に入りだから、その出しゃばりな態度《たいど》も大目に見てやってるんだ、パル。だがな、リーダーはぼくだぞ。決定はぼくがくだす、それを忘れるな」

「自分が何者か、この男に話したんですか？」

「当たり前だろう。なぜ話しちゃいけない？」

「話したのなら、この男は知っ﹅て﹅い﹅る﹅んですよ、若様《わかさま》。あなたにとって、あなたの家族にとって、宝《たから》を持ち帰ることがどれだけ大切かを。こんなやつにだまされないでください。ぼくたちはもっと見る目を持たないと」

地図屋はため息をついた。正直、ちょっとわざとらしい。それから地図をたたみ始める。

「信じていただけないのでしたら、買いたがっているお客さまはほかにもいらっしゃいますので。それではごきげんよう」

立ちあがった男の袖《そで》を、ラージャはつかんだ。「ちょっと待ってくれ。その地図が本物であることを疑《うたが》う者はここにはいない。少なくとも、まともな人間はみな信じている」

「若様《わかさま》、ぼくはあなたを守ろうとしているだけです。この男はただの――」

「いいかげんにしろ！　いいかげんにしろと、このぼくが言ってるんだ！」ラージャはテーブルの上に身をのりだした。目には怒りの炎《ほのお》が燃《も》えている。「うちのリーダーはだれだ？　言ってみろ」

一度くらい言い返すべきだと、パルにはわかっていた。ラージャは顎《あご》にちょっぴりひげが生えているだけで、中身はまだまだ子どもだ。一人前の男になろうと、世間の荒波《あらなみ》の中でもがいているにすぎない。パルは世間を知っているので、ラージャみたいな人は守ってやらないと食いものにされるだけだとわかっていた。マハラジャ卿《きょう》に頼《たの》まれたのも、まさにそういうことで、彼《かれ》の息子の面倒《めんどう》を見てやることだったはずだ。

「どうした？」ラージャが返事を求めた。

「あなたです、若様《わかさま》」パルは言い返せなかった。使用人根性が染《し》みついていて、主《あるじ》には逆らえない。フェイスとは違《ちが》う。

「だったら、それを忘れるな」

パルになにができるだろう？　地図屋が勝《か》ち誇《ほこ》ったような目をした。この小太りのペテン師《し》は、あとはのうのうとそこに座っているだけでいい。パルがなにを言おうと、どうあがこうと、ラージャは聞く耳を持たないとわかったのだから。いまのラージャの耳に聞こえるのは〝レッドストーン城〟という言葉だけだ。

そんな言葉、耳にしなければよかったとパルは思った。まるで呪《のろ》いの言葉だ。

地図屋は袖《そで》を整えてふたたび腰をおろした。「ご覧《らん》のとおり、とても古い地図なので非常にもろくなっております。地図が不完全なものであることは認めましょう。左端《ひだりはし》は傷《いた》んでいるし、細かなところはにじんでいる。でも誓《ちか》って、これはレッドストーン城への道のりを示《しめ》した地図なのです。数々の偉大《いだい》なる英雄《えいゆう》たちを破滅《はめつ》に追いやったしろものでもございます。あの城を見つけようと、どれほど多くの冒険隊《ぼうけんたい》が荒野《こうや》へ旅立ったことでしょう？　長らく忘れ去られていた古代文明の中心地、現代では理解《りかい》すらできない技術《ぎじゅつ》の真髄《しんずい》、レッドストーンの秘密が眠る場所を目指して」

ラージャは心を奪《うば》われて地図をそっと指でなぞった。「父上はあの城を探すのに半生をかけた。異世界ジ・エンドを見つけ、エンダードラゴンそのものを倒《たお》した父上でも、レッドストーン城には近づくことさえなかったんだ。この文字を見てみろ、パル。古代文字だ」

「あなたがそう言うなら、そうなんでしょう、若様《わかさま》」

ラージャは怒りの目を向けたものの、そのまま地図へ視線を戻した。「部分的に父上から聞いた話と一致《いっち》している。海図のない海を越《こ》えた先に、ほら、ここに沼地《ぬまち》があって、ここには雷《かみなり》ケ峰《みね》を通る道だ。考えてみろよ！　城にたどり着いたら、どんな宝《たから》が見つかることか！」

けれども、ラージャが求めているのはそれだけじゃない。

彼《かれ》は父親の名声の陰《かげ》に埋《う》もれて生きてきた。だいたい、世の中で偉大《いだい》なるマハラジャ卿《きょう》の英《えい》雄伝《ゆうでん》を聞いたことのない人なんているだろうか？　この国一偉大《いだい》な英雄《えいゆう》の息子でいることは、どんな気持ちなんだろう？　ラージャが自分の存在感《そんざい》を示《しめ》すチャンスがあるとしたら、これがそうだ。レッドストーン城を見つけだすこと。

もっとも、それはこの地図がこれまでの五枚とは違《ちが》って、本物だった場合の話だけれど。とはいえフェイスの言うとおり、運がまわってきたのかもしれない。パルが希望を持つことをやめてしまっただけで。

「この地図がほしい」ラージャが言った。

はいはい、そうでしょうとも。なにせ若様はまぬけなんですから。

地図屋はにこやかに微笑《ほほえ》んだ。「この国で名高い英雄《えいゆう》のご子息にこの地図をお譲《ゆず》りできるのは、とても光栄なことです。しかしながら、これは簡単に手に入れたものではございません。信じられないほどの代価を払《はら》っているのです。ええ、まことに法外な代価でして」

「さっさと値段《ねだん》を教えてください」パルは言った。

地図屋はテーブルの上に身をのりだした。「わたくしはこの市場にあるものならなんだって手に入れられます。つまりは地上世界《オーバーワールド》で育つもの、生産されるもの、製造《せいぞう》されるものならなんでも。しかしほかの世界にはもっとすばらしい財宝《ざいほう》があります」手をひらひらと振《ふ》ってみせる。

「英雄《えいゆう》だけが生《い》き延《の》びる望みのある場所で、ネザライトを見つけてきてほしいのです」

「ネザライトで支払《しはら》えと？」パルは叫んだ。「正気ですか？」

地図屋は肩をすくめて地図へ手を伸《の》ばした。「危険《きけん》すぎるようでしたら……」

だがラージャはぴしゃりと地図に手を叩《たた》きつけた。「待ってくれ」

なにをやってるんだ？　パルはテーブルの上に身をのりだした。「ネザライトが手に入る場所はひとつしかない、それはネザーなんですよ、若様《わかさま》。いままでの冒険暮《ぼうけんぐ》らしは大変だったとお考えですか？　ネザーで待ち受けているものと比べたら、こんなのは屁《へ》でもないんですよ」

「ネザーは危険《きけん》だ、危険《きけん》だと、みんな大げさに言ってるだけだよ、パル」

「あなたのお父上でさえネザーへ行くのを恐れていた」

口にするなり、パルはしまったと思った。父親が成《な》し遂《と》げていない冒険《ぼうけん》があると聞かされ、ラージャはいままでになく奮《ふる》い立ってしまった。パルはフェイスを振《ふ》り向《む》いたが、彼女《かのじょ》も地図をじっと見つめ、輝《かがや》く瞳《ひとみ》はやる気満々なのを物語っていた。ネザーへの旅は、まさに彼女《かのじょ》が求めている大冒険《だいぼうけん》だ。生きて帰れたらの話だけれど。

行ったら最後、戻ってこられそうにない。それをふたりにわからせなくては。

「あの、地図屋さん、少し時間をもらっていいですか？　ケーキでも食べていてください」

地図屋の顔にはあせりの色がうかがえた。じっくり話をすれば冷静になり、地図を買うのをやめるとわかっているのだ。地図屋はしぶしぶ地図をしまって立ちあがると、お辞儀《じぎ》をした。

「では、みなさんでご相談ください。でも、地図をほしがっているお客さまはほかにもいらっしゃいますので」

地図屋が市場の人混みの奥《おく》へ消えるまで待って、パルは口を開いた。「危険《きけん》すぎます。森からだって命からがら逃《に》げてきたんですよ。骸骨《スケルトン》の一団に尻《しり》を蹴《け》られて。ネザーではモンスターたちに負けないとでも思ってるんですか？」

「もっと危険《きけん》だって言っても、たかが知れてるんじゃない？」フェイスが言った。

「いいかい、ネザーは全然比べものにならないくらい危険《きけん》なんだ」どこから言って聞かせたらいいだろう？　ネザーの話ならすべて耳にしていた。それはラージャも同じだ。「ネザーはぼくらの世界から切り離《はな》された暗黒世界で、モンスターたちに支配されているんだ。ブレイズの火の玉攻撃《こうげき》をかわせたとしても、ピグリンたちにやられるよ」

フェイスはけらけら笑った。「ピグリン？　なんだかかわいい名前」

「かわいくなんかないさ。あそこはどこもかしこも溶岩《ようがん》だらけだ。ぼくらがネザーへ行くのはまだ無理だ」

ラージャがこぶしをテーブルに叩《たた》きつけた。「いつならいいんだ？　ダイヤモンドの鎧《よろい》で身を固めたあとか？　魔法薬《ポーション》をバケツに何杯分《なんばいぶん》も溜《た》めたらか？　全装備品《ぜんそうびひん》に魔法《エンチャント》を付与したらか？　そういうのはすべてあとからついてくるものだろう、パル。ぼくらが偉大《いだい》な勝利をおさめ、巨大要塞《きょだいようさい》を征服《せいふく》し、栄光をつかんだあとで！　あの地図は本物だ、これまでさんざん偽物《にせもの》を見てきたから、本物は見ればわかる。これはぼくらのチャンスだ、パル。父上に隠《かく》れて生きるんじゃなく、自分の名をあげるチャンスなんだ」

「お父上のようになる必要はないでしょう、若様《わかさま》。自分らしくあればいい。英雄《えいゆう》になる夢《ゆめ》を追いかけなくたっていいんです。だれもが英雄《えいゆう》になれるわけじゃない」

ラージャの目つきが険悪《けんあく》になった。「なにが言いたいんだ？　ぼくは英雄《えいゆう》にはなれないと？」

「いえ……あなたには、もっと違《ちが》う才能《さいのう》があるんじゃないかと。そう言いたかっただけで。だからぼくらは、そう、その才能《さいのう》を見つけださなきゃ」

「従者《じゅうしゃ》の言葉に耳を貸すんだな、ラージャ。そいつはまともなことを言ってるじゃないか」

ん？　だれの声だ？　パルが座ったたままうしろを向くと、とある一団が隣《となり》のテーブルを囲《かこ》んでいた。

よりにもよって、これはまずい。

それはブラボー団だった。向かうところ敵《てき》なしの英雄《えいゆう》たちが集まった、この国で最強の冒険《ぼうけん》隊《たい》。全員、磨《みが》き抜《ぬ》かれた最高の防具《ぼうぐ》に身を包み、まぶしいほどの輝《かがや》きを放っているかのようだ。テーブルに置かれたり、ベルトにさげられたりしている武器《ぶき》はどれも上等《じょうとう》の品だった。

団長のタイラス卿《きょう》がマトンチョップを掲《かか》げた。「ヒツジをボコボコ殴《なぐ》るだけにしておけ。もっとも、おたくはヒツジからも逃《に》げだしたと聞いたぞ。どうした？　メーメー鳴かれて怖《お》じ気《け》づいたか？」

「羊毛アレルギーなんだ！」ラージャがぴしゃりと言った。

パルはため息をついた。「なんで白状《はくじょう》しちゃうんですか」

ブラボー団は席に座ったまま、いったんしんと静まり返った。そのあとどっと笑いだし、メーメーとはやしたてた。ひとりが立ちあがり、ヒツジのまねをして飛《と》び跳《は》ねた。するともうひとりがヒツジにおびえてテーブルのまわりをぐるぐる逃《に》げ始める。だれのまねかをしているのかは、明らかだ。

「もう行きましょう。寝る場所を見つけてあります。宿の主が家畜小屋《かちくごや》に寝床《ねどこ》を作ってくれました。ウマたちもおとなしいようですよ」

「家畜小屋《かちくごや》なんかで寝ないぞ！」ラージャが声を荒《あら》らげた。

「もう宿代がないんです、若様《わかさま》。お願いです、行きましょう」

「メー！　メー！　メェーー！」ブラボー団がはやしたてる。「見ろよ！　さっそく逃《に》げだすぞ！　メェーーー！」

パルはラージャの腕《うで》をつかんだ。「行きますよ、若様《わかさま》」

ラージャは一瞬《いっしゅん》だけ抵抗《ていこう》し、ブラボー団を振《ふ》り返《かえ》った。ラージャの目にはなにが映っているんだろう？　彼《かれ》が体をこわばらせたので、嫉妬《しっと》しているんだとパルは気づいた。そりゃそうだよね？　ブラボー団はラージャの冒険隊《ぼうけんたい》とは正反対なのだ。ラージャの濃《こ》い茶色の目の奥《おく》でプライドと分別がぶつかり合っていた。きっと頭の中ではまた自分に、父上ならどうする？　と問いかけているんだろう。ラージャがいつもそうするせいで、毎度毎度面倒《めんどう》なことになり、パルたちも巻《ま》き添《ぞ》えを食ってきたというのに。

ラージャの手がハートブレイカーの柄《つか》にかかった。

ブラボー団がしんとする。椅子《いす》の脚《あし》が丸石の床《ゆか》をこすり、タイラス卿《きょう》は鋭利《えいり》な斧《おの》の柄《え》に自分の手のひらを置いた。鋭《するど》い斧《おの》は百もの戦いで刃《は》がこぼれているが、ひと振《ふ》りでゾンビ三体の首をはねると言われている。かたい鉄製《てつせい》の古い斧《おの》は、ハートブレイカーのような名剣《めいけん》ではないけれど、タイラス卿《きょう》の長年の相棒《あいぼう》だった。名前はなくとも恐れられている武器《ぶき》だ。

ラージャの手が剣《けん》の柄《つか》からすっと離《はな》れた。「行こう……その家畜小屋《かちくごや》を見つけるぞ。もう疲《つか》れた」

やれやれ。一触即発《いっしょくそくはつ》だったが、冷静になってくれたらしい。まさに逃《に》げたんじゃなく、戦術的撤退《せんじゅつてきてったい》だ。「行こう、フェイス」

彼女《かのじょ》は動こうとしない。座ったままブラボー団をにらみつけている。「あいつらはただのガキ大将じゃない。あたしたちが思い知らせてやらなきゃ」

「また今度にしよう、ね？　ラージャのケガがまだ治ってないんだ」

フェイスはしぶしぶ、本当にしぶしぶ立ちあがった。「オーケー、パル。今度ね」

家畜小屋《かちくごや》までは遠くない。休んだら明日のために、今度は無理のない新たな計画を立てよう。

ネザーへ行くなんてとんでもない話は白紙に戻して、なるべく目標を低くする。小さなことから始めて、少しずつ力をつけるんだ。

「メェエエ」

ラージャがぴたりと止まった。

パルが引《ひ》っ張《ぱ》っても動こうとしない。

「メェエエ。メェエエ」

なんで今夜にかぎってこんなことになるんだろう？　パルが望んでいるのは食べるものと安全に眠れるあたたかい場所だけで、それにあったかい朝食がついてきたらもう言うことなしだ。それぐらいいいいよね？

「メェエエ」

よくないらしい。

ラージャがくるりと振《ふ》り返《かえ》った。「なんと言った？」

タイラス卿《きょう》が立ちあがる。「聞こえただろう。とっとと出ていけよ、ガキが。ここは大人が来る場所だ」

「ぼくは子どもじゃない。名前はラージャ、マハラジャ卿《きょう》の息子――」

「それがなんだ？　その剣《けん》で口先と同じくらい相手を攻撃《こうげき》できるなら、おまえもいっぱしの男かもしれん。だがな、ここにいるみんなを代弁《だいべん》して言うが、口ばかり達者《たっしゃ》なおまえの父親にはだれも興味《きょうみ》がないんだよ。おまえの父親が繰《く》り広《ひろ》げたとかいう冒険《ぼうけん》の数々？」タイラス卿《きょう》はパチンと指を鳴らした。「どれも吟遊詩人《ぎんゆうしじん》に金で広めさせた、ただの作り話だろう。おまえの父親のケツも矢で穴《あな》だらけだったとしても、おれは驚《おどろ》かないね。どうせ逃《に》げてばっかりだったんだろうからな。そういうところを、おまえは父親から受《う》け継《つ》いだんだ、臆病者根性《おくびょうものこんじょう》を」

いまのは大きな間違《まちが》いだ。自分が侮辱《ぶじょく》されたのなら、ラージャは我慢《がまん》しただろう。だが父親が侮辱《ぶじょく》されたとあってはそうはいかない。

ラージャはハートブレイカーを鞘《さや》から抜《ぬ》き放った。「いまの言葉を取り消せ」

「いやだと言ったら？」

「いまこの場で片をつける。だれが本物の臆病者《おくびょうもの》かはっきりさせてやる」

タイラス卿《きょう》はにんまりとして斧《おの》をつかんだ。「面白いじゃないか」

第4章　決闘《けっとう》

市場はあっという間に片づけられた。地元の者たちは広場のまわりに並《なら》ぶ出店の中までさがってぎゅうぎゅう詰《づ》めになり、広々としたスペースが真ん中に作られた。決闘《けっとう》の舞台《ぶたい》だ。ブラボー団は一角に集まって団長を囲《かこ》んでいる。タイラス卿《きょう》は斧《おの》を大きく振《ふ》りまわし、がやがやうるさい中でも斧《おの》がひゅんひゅん空気を切る音がパルの耳にまで届《とど》いた。

一方、真向かいの角にいるパルたちは青くなり、ちょっとだけ腰が抜《ぬ》けそうになっていた。ラージャはごくりとつばをのんだあと、ストレッチを開始した。「あっちのほうがでかくて、強くて、すばやくて、経験豊富《けいけんほうふ》だからって、絶対《ぜったい》に勝つとはかぎらないだろ」

「相手の力を利用するのよ」フェイスが言った。

ふたりとも彼女《かのじょ》を振《ふ》り返《かえ》った。

「それ、どうやるんだ？」ラージャがたずねた。藁《わら》にもすがりつきたいとばかりに声が震《ふる》えている。

「さあ？　英雄《えいゆう》がかないっこない敵《てき》と戦うときによくそう言うじゃない？　あいつにだって弱点はあるはずでしょ。パル、あからさまに目を向けちゃだめよ、でもあいつの膝《ひざ》には注目して」

「あいつのなんだって？」

「膝《ひざ》。そこが弱いと思うんだよね。弱点ってこと。だって、筋肉もりもりの体をあそこで支《ささ》えてるんでしょ」

パルは対戦相手をちらりと見て首を横に振《ふ》った。「タイラス卿《きょう》の脚《あし》は木の幹《みき》みたいに太くて頑丈《がんじょう》そうだよ」

「ぼくの勝ちに決まってる」ラージャはハートブレイカーを抜《ぬ》き放って宣言した。「ぼくが助けを必要としているときに父上の剣《けん》が裏切ることはないんだ」

こんな剣《けん》、目にしなければよかったのに。パルがそう思うのはこれが初めてではなかった。ハートブレイカー。だれが武器《ぶき》に名前なんてつけるんだろう？　そんなことする意味なんてある？　タイラス卿《きょう》の斧《おの》には名前がないけれど、だからといって少しも見劣りはしない。武器《ぶき》に名前をつけることの問題は、どんな試練《しれん》でもこれさえあればと武器《ぶき》に頼《たよ》り、その武器《ぶき》を伝説にしたのはそれを手にしていた人間だという事実をすっかり忘れてしまうことだ。

おまけにハートブレイカーが伝説になったのは遠い昔のことだ。ラージャが剣《けん》をぶんぶん振《ふ》りまわしたので、パルは眉根《まゆね》を寄せた。気のせいかな、刃《は》が少し……ぐらぐらしてる？

「いまから謝ることもできますよ」パルは言った。

「なぜ謝るんだ？　あいつは父上を侮辱《ぶじょく》したんだぞ！」ラージャが噛《か》みついた。「きみだって父上に育てられたようなものなのに！」

使用人として育てられたんです。同じテーブルに着くことも許されなかったじゃないですか？　マハラジャ卿《きょう》の命令に従うよう育てられ、いまはあなたの命令に従っているだけのことです。

自分はなぜラージャのもとを去らないのだろう？　どうして危険《きけん》を脱《だっ》するやいなや、次の危《き》険《けん》に飛びこみ、泥《どろ》や茂《しげ》みをかき分けて、くだらない新たな冒険《ぼうけん》をし続けてるんだ？　ラージャが成功しようと失敗《しっぱい》しようと、パルにはどんな意味があるのだろう？　たとえ焚《た》き火《び》のまわりや団らんの場でラージャの冒険譚《ぼうけんたん》が語られるようになっても、パルの名前が出されることなんて、ないに決まっているというのに。

栄光はだれかと山分けにすると減ってしまうものだ。金の延べ棒《インゴット》をどっさり手に入れてきた父親を持つラージャが、銅《どう》の粒でしかなくても、栄光のかけらなら、ひとつ残らずかき集めなきゃいけないように。結局はそういうことだよね？

パルは比べられる相手もいないし、これまで自分をだれかと比べたこともない。自分になんにも期待《きたい》していないから、がんばったこともない。どうして上にのぼろうとするのさ？　高いところにあがればめまいがするよ。おまえなんて、ほかの人がのぼるために下ではしごを支《ささ》えていることくらいしかまともにできないだろ。

おまえなんて、それしか能がないんだよ。

そうだね。そうかもしれない。

じゃあどうすればいい？　明日ラージャのもとを去るんだ。日がのぼったらすぐに。そして自分の人生を歩もう。だけど、いまは必要とされている。パルはラージャの鎧《よろい》へ目をやった。胸当て《チェストプレート》の肩紐《かたひも》を繕《つくろ》わないといけないが、すぐにちぎれることはなさそうだ。ヘルメットは？

もう長いことへこみがそのままになってる。でも、修理《しゅうり》をする機会がなかった。いまさら遅《おそ》いか。ちゃんとした道具ともっといい素材《そざい》さえあれば、ラージャに本物の鎧《よろい》を作ってあげられるのに……。

待ちきれないようすの人だかりの中から近づいてくる者があった。「どう？　準備《じゅんび》はいい？」彼女《かのじょ》は……名前はなんだっけ？　レディ・ペイン？　タイラス卿《きょう》の右腕《みぎうで》だ。彼女《かのじょ》はうしろで待っている仲間を身振《みぶ》りで示《しめ》した。「団長は夕食をすませたがってるの、冷めないうちにね」

ラージャはヘルメットをかぶった。「それで、あー、もう一度ルールを教えてもらっていいかな？」

「ルール？」ペインは眉根《まゆね》を寄せ、それから声をあげて笑った。「これは楽しくなりそう」

彼女《かのじょ》が歩み去るのを見つめながら、パルの心は沈《しず》んだ。もはや勝てるかどうかの問題ではなく、無事でいられるかどうかだ。ラージャがこてんぱんに痛《いた》めつけられるのは見たくない。でも、これでいいのかもしれなかった。三人ともこんな暮《く》らしには向いていないことがようやくはっきりする。それで故郷《こきょう》へ戻れるんだ。ちょっとばかり顔に青あざができていても、うんと賢《かしこ》くなって。

ラージャには気《き》の毒《どく》でも、パルはそうなればいいと思わずにいられなかった。ラージャのためには最善を願っている、それは本心だ。だが、あきらめることが最善という場合だってあるんじゃないか？

パルは盾《たて》を渡《わた》した。「これを前に突《つ》きだしておいてください。斧《おの》を盾《たて》に叩《たた》きつけさせて相手を疲《つか》れさせるんです。そしてなんでもいいから隙《すき》を見つけること。膝《ひざ》を狙《ねら》うのは最後の手段《しゅだん》です。あっちのほうが優位《ゆうい》だと錯覚《さっかく》させてやりましょう」

「錯覚《さっかく》って？」ラージャが問い返した。

フェイスは最後に鎧《よろい》をちょっと整えてやった。「お父さんから教わったことを思い出せばいいの」

ヘルメットの下のラージャの顔は真っ青に見えた。「教わったことを全部？　たくさんあるんだぞ。それによくごちゃごちゃになるんだ。ぼくはどっちが右側でどっちが左側か思い出すのが苦手なんだよ。しかも父上はすぐに怒鳴るし。それで集中するのが余計に難《むず》しくなるんだ」

集まっている人たちがわーっと歓声をあげた。タイラス卿《きょう》は広場の中央まで進んで待ちかまえている。ピカピカに磨《みが》かれた鎧《よろい》を松明《たいまつ》の明かりが照《て》らしていた。彼《かれ》は……雄々《おお》しく見えた。どこから見ても英雄《えいゆう》そのものだ。それにひきかえラージャは？　せいぜい……英雄《えいゆう》見習い？

ラージャはごくりと音を立ててつばをのんだ。「行ってくる」

「盾《たて》をかまえて隙《すき》を狙《ねら》うんですよ」パルは助言した。

「あなたならやれる」フェイスが励《はげ》ます。「あなたはラージャ卿《きょう》よ、それを忘れちゃだめ」

彼女《かのじょ》はこぶしを宙《ちゅう》に突《つ》きあげて連呼《れんこ》しだした。「ラージャ！　ラージャ！　ラージャ！」

するとなにが起きたかって？　何人かが、たいした数じゃないけれど何人かは、一緒《いっしょ》になってラージャの名前を叫び始めた。これで少しは状況《じょうきょう》がよくなるかもしれない。たしかに彼《かれ》はいつもよりちょっぴり大きく見える……。

とはいえ、それでもタイラス卿《きょう》の胸までしかない。ふたりが向き合うと、互《たが》いの差は痛々《いたいた》しいほどだ。膝《ひざ》を狙《ねら》うのは理にかなった戦略かもしれない。ラージャの身長ではそれより上には届《とど》きそうにない。

「盾《たて》をかまえ続けてください」パルはつぶやいた。

「自分がだれか忘れないで」フェイスが応援《おうえん》する。

タイラス卿《きょう》は盾《たて》を持とうともしなかった。両手で斧《おの》を握《にぎ》っている。斧《おの》の柄《え》は大枝《おおえだ》くらい太いというのに、大きな手で楽々とつかんでいた。彼《かれ》が斧《おの》を掲《かか》げると、観客はおおーっとどよめいた。

フェイスはパルをつついて連呼《れんこ》を再開《さいかい》した。「ラージャ！　ラージャ！　ラージャ！」

パルも声をあげ、みんなをあとに続かせようとした。けれどもおざなりな歓声がいくつかあがったあとは静かになった。

パルは決闘《けっとう》するふたりへ目をやった。いよいよ始まるぞ。

第5章　パルの決断《けつだん》

と思ったら、終わっていた。

なにが起きたのかパルにも、だれにも、一瞬《いっしゅん》わからなかった。ラージャはダイヤモンドの粉《こな》にまみれて立っている。ハートブレイカーだったものは、もうその粉《こな》しか残っていなかった。

伝説の剣《けん》、ハートブレイカー。マハラジャ卿《きょう》がそのすべての偉大《いだい》な冒険《ぼうけん》で振《ふ》るった剣《けん》。エンダードラゴンを倒《たお》した剣《けん》。

「なにが……起きたの？」フェイスが問いかけた。「あたし、目をつぶっちゃったんだわ」

タイラス卿《きょう》さえ……きょとんとしている？　そうしているのは彼《かれ》だけではなかった。パルはなにが起きたかを頭の中で再生《さいせい》してみた。再生《さいせい》は一瞬《いっしゅん》で終了した。

「さっきのキーって音はなんだったの？」フェイスがたずねた。「だれかネズミでも踏《ふ》みつけたのかと思ったけど」

「あれはラージャの雄叫《おたけ》びだよ。ぼくがヘルメットの紐《ひも》をきつく締《し》めすぎたのかな」

「これで……おしまい？」

「うん。おしまいだ」戦いは終了。「行こう。ラージャがぼくらを必要としてる」

本格的に最悪な状況《じょうきょう》になる前に、ラージャのもとへ行きたかった。まわりが騒《さわ》ぎだす前に
……。

「勇敢《ゆうかん》なるラージャ卿《きょう》を見てみろよ！　どうした、英雄《えいゆう》さんよ？　だれかにおもちゃを壊《こわ》されたか？　えーん、えーん！」

「英雄《えいゆう》だと？　ピエロの間違《まちが》いだろ！」

――遅《おそ》かったか。

どっと笑いが起こった。笑い声はしだいに大きくなるのではなく、いきなり爆発《ばくはつ》した。決闘《けっとう》はあれで終わりなんだと、野次馬たちがようやく気づいたのだ。見世物はあれで終了。ドキドキハラハラの接戦《せっせん》、心臓《しんぞう》が止まりそうな緊迫感《きんぱくかん》、息をのむ刃《やいば》の舞《ま》いを期待《きたい》していたのが、蓋《ふた》を開けてみればとんだお笑いぐさだ。

その場に立ちつくし、からっぽの手を凝視《ぎょうし》しているラージャへと、パルは駆《か》け寄《よ》った。ラージャの籠手《こて》にはダイヤモンドの粉《こな》がうっすらと積《つ》もっていた。

「ケガはないですか、若様《わかさま》?」

「おれはあいつに触《ふ》れさえしてないぞ!」タイラス卿《きょう》が言い放った。「あいつが自分の剣《けん》をぶんと振《ふ》り、それでおれは……おれは攻撃《こうげき》を受け止めようと斧《おの》を持ちあげただけだ。そしたら……剣《けん》が勝手に壊《こわ》れたんだ!」

壊《こわ》れた? 壊《こわ》れたのなら、拾い集めてくっつけられるものが残っているはずだ。だが、ハートブレイカーは砕《くだ》けてダイヤモンドの粉《こな》になっていた。ちりとりですくい取る以外、集めようもない。

パルは騎士《きし》を正面から見返した。「満足ですか?」

「別に」タイラス卿《きょう》は肩をすくめた。「マトンチョップはもう冷めちまってるだろう」

ラージャは黙っている。まばたきさえしない。フェイスがやってきたので、ふたりでラージャをあいだにはさみ、げらげら大笑いしている野次馬たちの中を通っていった。

ラージャはまわりが目に入っていなかったが、それでよかったのかもしれない。パルがどこへ目を向けても、見えるのはあざけりに、冷やかし、さげすみばかりだったのだから。野次馬たちははやしたてて、笑っていた。

ラージャのあぜんとした表情《ひょうじょう》をまね、短い、情《なさ》けないほど短すぎる戦いを再現《さいげん》してみせる。ぶんと振《ふ》ってパーン。以上終了。あれじゃもの足りないぞとばかりに彼《かれ》らは通りまでついてきて、もう一度戦えよとラージャをからかった。鍬《くわ》やパンのかたまりなど、手当たりしだいなんでもつかんで、ラージャに挑《いど》んでくる者もいる。けれども野次馬たちもだんだんあきらめ、ブラボー団の勝利を祝いに広場へ引き返していった。町に本物の英雄《えいゆう》たちがいるのに、どうして負け犬についていく必要がある？

家畜小屋《かちくごや》はどこだっけ？　三人は気づくと路地で迷子《まいご》になっていたが、いまはラージャもしゃべっていた。ぶつぶつひとりごとを言っている。それからぴたりと立ち止まると、両手で顔を覆《おお》ってううっと泣きだした。「なにもかもおしまいだ」

さて、どうすればいいだろう？　パルはラージャの背中《せなか》をぽんぽんと叩《たた》いた。「大丈夫《だいじょうぶ》、大丈夫《だいじょうぶ》です。どうにかなりますよ」

「どうにかなる？　どうにかなるだと？」泣いていたのが一瞬《いっしゅん》にしてカンカンだ。ラージャはパルの鼻先まで顔をぐいと突《つ》きだした。「きみがろくに見ていなかった場合のために教えてやるが、ぼくはたったいまハートブレイカーを失ったんだぞ！　父上の剣《けん》を！」

「ええ、まあ……たしかに刃《は》はぐらぐらしていましたけれど」

「それはだれのせいだ？　きみだろう、パル！　きみのせいだ！　剣《けん》の手入れはきみの役目だ！　鋭《するど》い切れ味を保《たも》ち、ぼくが振《ふ》りまわした瞬間《しゅんかん》に粉々《こなごな》にならないようにしておくのがな！」

「素材《そざい》がなくては――」

「言い訳はいい！　きみは言い訳ばかりだ。それ以外になにができるっていうんだ？　どうせきみなんて野心も夢《ゆめ》もないくせに」

フェイスがふたりのあいだに割って入った。「だれのせいでもないよ、ラージャ。あたしたちはみんなベストを尽くそうとしてるの」

「それがきみのベストか？」ラージャは噛《か》みついた。「きみが隊に加わってから、なにひとつうまくいかないじゃないか！　それにどうしてぼくをラージャと呼《よ》ぶ？　ぼくは貴族《きぞく》だぞ、もっと敬意《けいい》を示《しめ》せ！」

フェイスはパルをちらりと見てからラージャへ目を戻した。「あなたはイラついてるだけだよ」

「イラつきもするさ！　きみたちふたりにな。話してなんになる？　どうせきみたちには理解《りかい》できないさ」やりきれないとばかりに、ラージャは言った。「きみらはいまのまんまで幸せなんだ」

幸せ？　ラージャはパルのことを少しでもわかっているんだろうか？　金魚のフンみたいに主《あるじ》のあとにくっついていて、どうして幸せになれる？

自分の考えをラージャにぶつけてやろう、いますぐに。けれども攻撃《こうげき》の言葉はなぜか出てこなかった。三人は運命共同体なのだ、とりあえずいまのところは。

どうしてマハラジャ卿《きょう》とあんな約束《やくそく》をしたのかな？　この親子にそこまでの借りがあったっけ？　そもそもどんな約束《やくそく》だった？　パルが約束《やくそく》を破《やぶ》ったら、ラージャはハートブレイカーを失ったことより傷《きず》つくだろうか？　ラージャは気がつきもせず、気にさえしないのでは？　ラージャは自分のことしか気にしないんじゃないか？

彼《かれ》を見てみろよ。もう冒険《ぼうけん》なんてあきらめているさ。

ラージャは壁《かべ》にだらりと寄りかかり、市場のゴミが散らばっているのも気にせずにしゃがみこんだ。ラージャを立ちあがらせるのは、なんでいつもパルの役目なんだろう？

「もう気がすんだでしょう」パルは言った。「ぼくらは挑戦《ちょうせん》したけど、うまくいかなかったんです」

フェイスは戸惑ってパルを見た。「どういうこと？」

パルは村を通り抜《ぬ》ける大きな道を身振《みぶ》りで示《しめ》した。「朝早く出発すれば、週末には屋敷《やしき》へ戻れる。天気がよければもっと早く着く」

いまやフェイスはぎょっとした顔をしている。「あきらめるの？　そんな簡単に？」

なぜ彼女《かのじょ》には目の前の明白な事実が見えないのだろう？　「ぼくらは冒険《ぼうけん》には向いてないんだよ、フェイス。ラージャは父親とは違《ちが》う。これ以上やったって意味がない」

「たしかにラージャは負けたわよ。だからってなに？　それが人生でしょ。あなたもあたしもそれを知ってる。でも、すごすごと引きさがってガキ大将に勝ち逃《に》げさせるわけにはいかないじゃない。あいつらに反撃《はんげき》しなきゃ」

「負けを認めないのか？　そんなことをしても無駄《むだ》だよ、フェイス」

「あなたは間違《まちが》ってる」彼女《かのじょ》は腕組《うでぐ》みをした。「なにもしなかったら、なにも起きない」

パルは決断《けつだん》を迫《せま》られていた。ラージャという重荷《おもに》がなくなれば、自分にもできることはこの世界にたくさんあるだろう。たったひとつ約束《やくそく》を破《やぶ》るだけのことだ。その事実を背負《せお》って生きるだけのこと。

「ちょっと散歩してくる」パルは言った。

フェイスは顔をしかめた。「どこへ行くの？」

「ぶらぶらするだけだよ。ここでちょっと待ってて」

答えることのできない質問をこれ以上される前に、パルは背中《せなか》を向けた。路地を出ると闇《やみ》から抜《ぬ》けだしたような気持ちになる。さわやかな風が霧《きり》を吹《ふ》き払《はら》ったみたいに。自由になるのはこんな気分なんだろう。

だったらなぜ自由にならない？　このまま歩き続けろ。振《ふ》り返《かえ》るな。うしろにあるのはおまえの過去《かこ》の暮《く》らしで、そいつは惨《みじ》めなものだったんだろ？

ラージャはできそこないだと認めるときだ。自分に正直になって、一生を棒《ぼう》に振《ふ》るな。ラージャはいつまで経《た》っても父親のようにはなれないし、今夜は数ある中の最新の敗北《はいぼく》にすぎず、負けるたびにラージャは自分だけでなく、まわりのみんなも下へ、下へと引きずりおろす。きっと最後はなんにも残らない。ああいう人間は首にぶらさがる石臼とおんなじだ。さっさと切り離《はな》し、ひとりで泥沼《どろぬま》にずぶずぶ沈《しず》ませるのがお互《たが》いのためだ。明日はましになると期待《きたい》するほうがばかなんだ。

どう見ても、パルがいなくなるのがだれにとってもいちばんよかった。ハートブレイカーがなければ、ラージャもようやく分別がついて屋敷《やしき》へ戻るかもしれない。静かな暮《く》らしを送り、父親に失望されることにもいずれ慣《な》れるだろう。だれもが英雄《えいゆう》になれるわけじゃないんだ。

通りに並《なら》ぶ建物の窓辺で松明《たいまつ》の明かりがゆれていた。どの建物にも特別なところはひとつもなく、創造力《そうぞうりょく》を発揮《はっき》することもなしに簡素《かんそ》なブロックを積《つ》んだだけで、どれもそっくり同じだった。この町の名前はなんだっけ？　まったく覚えていない。なんだっていいだろう？　この国には似たような町が何千と散らばっている。記憶しておくべき名前はほんのいくつかだけだ。

そういうところと、レッドストーン城はまるで違《ちが》う。

レッドストーン城は存在《そんざい》する、どこかに。太古の昔に失われた文明の中心で、驚《おどろ》きと不思議に満ちた場所。マハラジャ卿《きょう》の屋敷《やしき》にはレッドストーン回路がいくつかあり、それほど特別なものではなかったけれど、ピストンの仕組みや、レバーで動くドア、敷地内《しきちない》の移動用に作られた簡単な線路にさえびっくりしたのをパルは覚えていた。車輪をカタカタ鳴らし、トロッコにゆられてラージャと一日中ぐるぐるまわったものだ。

そんなレッドストーン回路が町全体に張《は》りめぐらされた都市なんて、どんな場所だろう。ボタンをポンと押したり、レバーを引いたりすればなんでも動くのかな。動く建物、変形する家、朝を迎《むか》えるたびに姿を変える都市。

パルはいつのまにか市場のはずれにたどり着いていた。野次馬たちは消え、ブラボー団の姿はどこにもないが、そこの屋台のひとつに、地図屋が腰かけていた。

パルは広場を横切り、気づくと彼《かれ》の向かいに座っていた。「地図が本物だとどうしてわかるんです？」

「おや、ご主人は使用人をよこして値切り交渉ですか？　少し値段《ねだん》をさげてもらえと？」地図屋は袖口《そでぐち》を整えた。「地図の代価はすでにご提示《ていじ》したとおりです」

「ネザライトが？　色あせた紙切れの代価？　それじゃ地図が本物だとしても、ネザーへ行かなきゃならない。小道を散歩するのとはわけが違《ちが》うんですよ」

「そこはわたくしにおまかせを」地図屋が言った。

パルはその言い方が気に入らなかった。まあ、この……冒険《ぼうけん》に関することはなんであれ気に入らないのだけれど。

どうしてこんなことをしてるんだ？　この男も間違《まちが》いなくペテン師《し》じゃないか。さっさと背《せ》を向けて引き返そう……でも、だれのもとへ？

意気消沈《いきしょうちん》しているラージャのもとへ？　せっかちなフェイスのもと？　ふたりには目的が必要で、いま差しだされている目的はこれだけだ。

それにもしも、もしも、もしも、地図が本物なら？

「装備《そうび》が必要です。完璧《かんぺき》な装備《そうび》をした冒険隊《ぼうけんたい》にとってさえ、ネザーへの旅は危険《きけん》きわまりない」

「それはわたくしにおまかせを」地図屋は繰《く》り返《かえ》した。

パルはラージャ並《な》みにばかなことをしているんじゃないのか？　小さなことからスタートして、少しずつ力をつけてから大冒険《だいぼうけん》にのぞむべきなのに。よく考えもせずに、初めてのチャンスで危険《きけん》な暗黒世界へ飛びこんでいいはずがない。

だけど、もしも地図が本物なら……。

パルは手を突《つ》きだした。「交渉成立です」

地図屋はその手を取らなかった。「ほかのおふたりは？　ネザーへ行くようふたりを説得《せっとく》できますか？」

レッドストーン城を見つけるチャンスのために？　「それはぼくにおまかせを」

地図屋はにやりとし、それからパルと握手《あくしゅ》を交わした。


「なんでこんなに時間がかかったの？　もう真夜中を過ぎてるよ！」フェイスはうしろで丸まって寝ているラージャを指さした。「泣きながら寝ちゃった。どうするの？　家畜小屋《かちくごや》があるって言ってたよね――」

「家畜小屋《かちくごや》は忘れよう。ラージャはこのまま寝かせておけばいい。きみも少し休んで。明日は大事な日になる」

フェイスは目を細めた。「なにか企《たくら》んでるのね。なんなの？」

交渉成立のあと、パルは地図屋と話をしてきた。予想されること、必要なもの、ネザライトが手に入る具体的な場所について話をしてきたのだ。地図屋がネザーへ冒険隊《ぼうけんたい》を送りこむのはこれが初めてではない気がしていた。ほかの冒険隊《ぼうけんたい》はどうなったんだろう？　それはたずねなかった。知らないほうがいい。心配ごとならもう充分《じゅうぶん》にあるんだ。

「きみはなんでついてくるんだい、フェイス？　ラージャにはなんの借りもないだろ？」パルは問いかけた。「彼《かれ》の父親の冒険譚《ぼうけんたん》をうのみにするほどきみはばかじゃない。半分が真実だとしても、人の口から口へと伝えられていくうちに尾ひれがついていくものだろう。あそこまですごい人間がいるわけない。マハラジャ卿《きょう》はひとりでエンダードラゴンを倒《たお》してなんかいないさ。きっと仲間がいたけど、話からは省《はぶ》かれてそのまま忘れられたんだ」

「あなたはどうして残っているの？」フェイスが問いかけた。

「ぼくは従者《じゅうしゃ》だ。従者《じゅうしゃ》がいなくちゃ、騎士《きし》の格好《かっこう》がつかないだろ？　騎士《きし》のいない従者《じゅうしゃ》もね」

「そうかな？　散歩からなかなか戻ってこなかったのはそれが理由？」

彼女《かのじょ》はばかじゃない。でも、それならどうしてばかなラージャについていこうとするんだろう？

「きみはなにを求めているんだい、フェイス？」

「いままでとは違《ちが》う体験、それだけよ」

いい答えだな。パルも何年も同じことの繰《く》り返《かえ》しで、なんにもいいことがなかった。「いままでと違《ちが》う体験ができれば、ぼくも満足だよ」

「隊長はどうなんだろ？」フェイスは丸くなっているラージャへ首をめぐらせた。ラージャは親指をくわえて眠っている。この国でいちばんの英雄《えいゆう》の息子だなんて信じがたい。

「彼《かれ》にはなにか違《ちが》うことが必要だ、ぼくらよりもね。このままじゃラージャはいずれやっていけなくなる」

「じゃあ、どうするの？」

たしかに、どうする？　ネザー行きは無理難題《むりなんだい》だ。それを引き受けるなんてばかのすることだろう。だがなんとなんと、ここにはばかが三人そろっている。ここまではラージャの父親の名声で切り抜《ぬ》けてきた。いざというときにはハートブレイカーもあった。それももう終わりだ。もとからそれほどうまくいっていたわけじゃないけれど。

「ぼくらはラージャを英雄《えいゆう》にする。たとえ彼《かれ》の命が脅《おび》やかされることになってもね」

第6章　ネザーポータル

「ここを通れだって?」ラージャはあとずさった。「いやだ!」

「ぼくらが一緒《いっしょ》です。百パーセント安全ですから」パルは言った。そして地図屋を振《ふ》り返《かえ》った。

「百パーセント安全なんでしょう?」

地図屋はにこやかな笑みを浮《う》かべた。「それはもう、危険《きけん》などほぼ皆無《かいむ》でございます」

三人は朝のうちに町の外で地図屋と落ち合った。廃墟《はいきょ》とがらんとした農場をいくつか通《とお》り過《す》ぎ、丘の上の開けたこの場所にたどり着いた。そこに、門《ポータル》がある。

もちろん、ポータルの話は耳にしたことがあった。それをくぐったことのある冒険者《ぼうけんしゃ》たちが語るのを。マハラジャ卿《きょう》が初めて要塞《ようさい》を攻め落としたときもポータルへ飛びこんだそうだが、彼《かれ》の言い方だと、ただのふつうの門みたいだった。

けれど、これはただのふつうの門じゃない。この門は生きている。まるで心や意志《いし》を持っているみたいだ。そしてこの門は腹をすかせている。黒曜石のポータルは光を吸収《きゅうしゅう》し、闇《やみ》よりも深い真空を内側に作りだしていた。門をのぞきこむと、闇《やみ》がどんどん大きくなってのみこまれそうだ。ラージャの言うとおり、ここはやめておくべきなのかな。

フェイスもラージャと同じく不安そうだ。ポータルを時計まわりと反時計まわりに、何度もぐるぐる歩いている。「これ、具体的にはどういう仕組み？」

「はっきりとしたことはだれも知りませんな」地図屋が平然と言ってのけたので、パルはむっとした。自分はポータルをぐるわけじゃないから、そりゃあ平然としていられるだろうさ。

「あたしたちにこの中へ飛びこめって？」フェイスがたずねる。

「信《フェイス》じるというお名前のとおり、ここはわたくしを信じてください」地図屋は作りかけの屋根が影《かげ》を落とす、木製《もくせい》の長テーブルへと歩いていった。「役立ちそうな品々をいくつか集めておきました」

「魔法を付与《エンチャント》されてるものはあるのか？　魔法薬《ポーション》は？」ラージャが急いで駆《か》け寄《よ》ってくる。

「魔法の剣《けん》はぼくのものだぞ」

そんなうまい話があるわけなかった。テーブルに広げられていたのは武器《ぶき》と防具《ぼうぐ》の寄せ集めだ。それにはしごがいくつか。パルはヘルメットを持ちあげた。前の部分が溶けている。「前の持ち主はどうなったんです？」

地図屋はごほんごほんと空咳《からぜき》をして、鉄の剣《けん》を掲《かか》げた。「これなどいかがです？」

「折《お》れ曲《ま》がっているじゃないですか。どうやって使うんです？　曲がり角に隠《かく》れて、相手を刺《さ》すときとか？」

ラージャはどんどん困惑《こんわく》した顔になっている。「父上が冒険《ぼうけん》へ出かけるときは、エンチャントされた装備《そうび》一式が必ず用意されていたんだぞ！　炎《ほのお》を出す矢！　力が倍になるポーション！　翼さえあった。ぼくも一度試したことがある。翼をつけて屋敷《やしき》のまわりを飛んだんだ。いや、飛ぼうとした。なぜか池にどぼんと落ちたけど」

フェイスはクロスボウを調べながら言った。「なぜって、それはあなただからでしょ」

パルにじろりとにらみつけられても、フェイスはウィンクするだけだった。彼女《かのじょ》はどうやら楽しんでいるみたいだ。パルは具合が悪くなりそうだった。ゆうべはやけになって頭に来ていたから、ネザーへ行くぞと大きなことを言うのも簡単だった。でもこうしておひさまがのぼると、こっちの世界から、闇《やみ》と恐怖が支配する世界へ飛びこむのは、ばかのやることとしか思えなくなってくる。もっとましで安全な生き方があるよね？　ほかの人たちはどうしてる？　ふつうはニワトリやヒツジをつかまえて、農場を始める。自分もそんな暮《く》らしでいい。そうすることに問題はなにひとつない。

けれどもポータルと、その中心でキラキラと渦巻《うずま》く紫色《むらさきいろ》の真空を見つめていると、自分は農民じゃないんだと痛切《つうせつ》に感じた。もちろん、ラージャが羊毛アレルギーなこととはなんの関係もない。

「これを使ってみてください、若様《わかさま》」

それはパルがゆうべのうちに作っておいたものだ。たいした武器《ぶき》ではないが、いま作れる精いっぱいだ。

「石の斧《おの》？」ラージャが言った。「ぼくは騎士《きし》だぞ、暴《あば》れまわる邪悪《イリジャー》な村人の斧使《ヴェンディケーター》いじゃない！　騎士《きし》は輝《かがや》く剣《けん》を持つものだ！　それぐらいだれだって知ってる！」

「最初はみんななにもないところから始めるんです。これだってお役に立ちます。ぼくを信頼《しんらい》してください」

ラージャは口を開けて文句を言おうとしたあと、斧《おの》をぶんと振《ふ》ってみた。「もっといい武器《ぶき》を見つけるまで、これで我慢《がまん》してやる」

ありがとうの言葉もなしか。とはいえ、この斧《おの》なら地図屋が用意した折《お》れ曲《ま》がっている剣《けん》と違《ちが》って、一発がつんとやっただけで壊《こわ》れはしない。

三人は光を放つポータルの真空の前に立った。気のせいかな？　それとも本当に熱風が吹きだしてる？

ネザー。火と闇《やみ》の世界。火の玉を出すガストやブレイズ、ほかにも恐ろしいモンスターたちがうようよいる場所。だけど、そこはひと財産稼《ざいさんかせ》げる場所でもある。たんまりと。

「そうそう、言い忘れておりましたが、これからみなさまが向かうネザー要塞《ようさい》には、競争相手がいるやもしれません」地図屋が言った。

「人気スポットということですか？」パルはたずねた。

「ネザライトが豊富《ほうふ》にございますので。だれかが取りに行けばいいだけですから。困《こま》ったことに噂《うわさ》が広まり、ほかにも勇者たちの冒険隊《ぼうけんたい》がお宝《たから》を手に入れようと狙《ねら》っております」

〝勇者たちの冒険隊《ぼうけんたい》〟と聞いて、パルは胸騒《むなさわ》ぎがした。「ぼくらの知ってる人もいますか？」

地図屋は袖口《そでぐち》をさっと払《はら》った。汚いものを払《はら》い落《お》とすみたいで、いやなしぐさだ。「ブラボー団は自分たちでポータルを作ってすでに向こうへ行っております。勇敢《ゆうかん》な方々ですな、みなさまがどう思っていらっしゃるかはさておき」

ラージャは地図屋に向き直った。「そんなにあいつらがいいなら、どうしてこの役目をぼくらじゃなく連中に頼《たの》まなかった？」

「頼《たの》んだけど断《ことわ》られた」フェイスは大きな目で輝《かがや》くポータルを見つめて言った。「でしょ？」

地図屋は返事をしなかったが、さっと赤くなった顔がそうだと答えていた。

「手をつないでおかないか？」ラージャが提案した。「きみたちがびくびくしてるかもしれないからな。ぼくはそんなことはないぞ」

いい考えじゃないかな？　手をつないでおけば離《はな》ればなれになるのを避《さ》けられそうだ。ポータルをくぐったら溶岩《ようがん》の川の上だった、なんて想像するのはやめよう。腹をすかせたピグリンの一団の真ったただ中だったとか。エンダーマンの目の前だったとか。あるいは――。

もうやめろ。おまえならできる。

いまや熱風はうなりをあげ、まるでかまどから吹きだしてくるかのようだ。ラージャにぎゅうぎゅう握《にぎ》りしめられて、パルの指はしびれ始めていた。

地図屋は大声で最後の指示《しじ》を伝えた。「もうひとつ！　わたくしのかつてのライバルが、宝《たから》の部屋の入り口を守るために頑丈《がんじょう》な鉄の扉《とびら》を取りつけてしまいました。それを開ける手段《しゅだん》を見つけるのです。扉《とびら》の向こうにはあなた方の想像を超えた宝《たから》が眠っておりますぞ！」

パルはポータルに面と向かい、ジャンプしろと自分の脚《あし》に命じた。「そのライバルはどうしてるんです？」

「はるか昔にこの世を旅立ちましたが、やつの作った鉄の扉《とびら》はいまも残っておるのです」地図屋は言った。「要塞《ようさい》をお探しなさい！　扉《とびら》を破《やぶ》って宝《たから》の部屋へ行くのです！　ネザライトはそこにございます！」

「ほかにアドバイスはある？」フェイスが叫んだ。

「そうでした！　いいですか、なにがあっても絶対《ぜったい》に――」

その瞬間《しゅんかん》、パルの住み慣《な》れた世界はぐにゃりとゆがんで消えた。

第７章　暗黒世界

フェイスは悲鳴をあげていた。ラージャも悲鳴をあげている。パルも悲鳴をあげていた。ごうごうとうなりをあげる暗闇《くらやみ》の中を三人は落下していた。

鉤爪《かぎづめ》が彼女《かのじょ》をつかもうとしているさまが頭に浮《う》かんだ。爪が髪や服をつかみ、体をつかまえて、地上世界《オーバーワールド》とネザーのはざまにある亜空間に彼女《かのじょ》を閉じこめようとしている気がする。世界のはざまのこの恐ろしい空間には、ほかになにが、だれが閉じこめられているの？　答えは知りたくないけれど、ここから抜《ぬ》けだせなくなって永遠《えいえん》に絶望《ぜつぼう》の悲鳴をあげている自分の姿が一瞬《いっしゅん》頭に浮《う》かんで心臓《しんぞう》が縮《ちぢ》みあがる。フェイスはラージャとつないだ手をぎゅっと握《にぎ》った。少なくとも彼《かれ》は現実に存在《そんざい》しているんだとわかる。不気味な騒音《そうおん》とぞっとする感覚に支配され、まるで地獄《じごく》だ。三人は回転しながらどんどん、どんどん落下し続け、耐えがたい熱風にあおられたかと思うと、血が凍《こお》りつきそうな寒風にさらされた。ここにはほかにいくつ世界があるの？　このなんにもない空間は、自分の知っている世界とネザーのはざま、というだけじゃないの？　この闇《やみ》の先にはさらに数えきれないほどの世界があるとか？　いったいだれがなんのためにそんな世界を作りだしたのよ？

こんなの、手にあまる。理解《りかい》できない。フェイスは農家生まれのただの平凡な娘で、成功を夢見《ゆめみ》てがんばってきただけだ。世界のなりたちなんて、自分よりはるかに賢《かしこ》い人が考えることだ。

だからもう……。

そのときフェイスは渦巻《うずま》く紫《むらさき》のバリアを突《つ》き抜《ぬ》けた。囚《とら》われの絶望《ぜつぼう》した魂《たましい》たちとはこれでお別れだ。まばたきして頭を振《ふ》っていると、しだいに目の焦点《しょうてん》が合ってきた。ラージャがきつく握《にぎ》っていた手から力を抜《ぬ》いた。

「嘘《うそ》だろ」彼《かれ》が言った。「やったぞ」

フェイスは目の前を横切る溶岩《ようがん》の川を見つめた。あまりの暑さに大気はゆらゆらする壁《かべ》のようで、その向こうに暗い紫色《むらさきいろ》、深い青、緑色の不気味で広大な景色《けしき》が見えた。ここは色が反転した世界だ。

「やったね」フェイスは自分自身につぶやいた。

ラージャとパルだって、やればできるのかもしれない。

フェイスがふたりの冒険隊《ぼうけんたい》に加わったのは、ほんの少し前のことだ。フェイスは大冒険《だいぼうけん》に出て、自分が生まれ育った退屈《たいくつ》な村のはるかかなたへ旅をしたいとずっと願ってきた。冒険者《ぼうけんしゃ》たちは彼女《かのじょ》の村に立ち寄っては、さまざまなものを物々交換《こうかん》し、一日、二日、宿泊したものだ。彼《かれ》らは大いに食べ、飲み、体を癒《いや》して、自分たちが倒《たお》してきたモンスターの話をして聞かせ、見つけてきた宝《たから》で村の人たちに〝おおーっ〟と声をあげさせた。

宝石《ほうせき》、エンチャントされた武器《ぶき》、金にダイヤモンド、エメラルドでいっぱいの財布《さいふ》。フェイスは彼《かれ》らの話を聞いたあと、ヒツジやニワトリを連れて自分の農場へ帰り、家畜《かちく》に餌《えさ》をやった。けれど、心の中では……もっと違《ちが》う暮《く》らしを夢見《ゆめみ》ていた。

地平線を越《こ》え、自分の家の畑や丘の向こうへ行ってみたかった。振《ふ》り返《かえ》ることなく前を見て道を歩き続けたかった。でも、だれもフェイスを理解《りかい》してはくれなかった。

なにが不満なの？　住む場所があって、ひもじい思いなんてしたことがなく、友だちだっていっぱいいるのに。これ以上なにがほしいの？　外の世界は危険《きけん》だよ。冒険者《ぼうけんしゃ》たちの話を聞いていなかったの？　荒野《こうや》に潜《ひそ》むモンスターたちのことを。ゾンビにスケルトン、エンダーマンにクリーパーのことを。あの冒険者《ぼうけんしゃ》たちは生き残ることができた人たちだよ。生き残れなかった人たちはどうなったと思う？　さまようクリーパーに爆破《ばくは》されたり、邪悪な村人《イリジャー》に殺されたりしたのよ。そんなふうに死にたいの？

ささやかで安全な暮《く》らしでいいじゃない。危険《きけん》を冒《おか》すのはやめなさい。言われたことを、自分の知っていることだけをやる。ふつうであることのなにがいけないの。大勢《おおぜい》の中のひとりであることに満足しなさい。

家族はフェイスのためを思ってくれたのだろう。彼女《かのじょ》によかれと考えていたのだ。それ自体は間違《まちが》っていない。けれど外になにがあるかを見もしないなんて、生きていると言える？

だからフェイスはある夜、ニワトリに餌《えさ》をやり、ヒツジたちを集めて、畑に水をまいたあと、リュックに荷物《にもつ》をまとめて杖を手にし、ブーツの紐《ひも》を結ぶと、家をあとにした。

村はずれの丘のいただきで、一度だけ故郷《こきょう》を振《ふ》り返《かえ》った。連《つら》なる屋根の上で月が輝《かがや》いていた。みんなどの家もそっくりおんなじに見える。どれが自分の家かもはっきりとはわからなかった。

なおんなじで、これからもなにひとつ変わらないのだろう。風がフェイスを呼《よ》んでいる気がした。行こう、と背中《せなか》をそっと押すように。

けれども、旅へ出発して初めての夜は、危うく人生最後の夜になるところだった。

――ここまで真っ暗になるとは思わないじゃない？　それにこんなにさっさと道に迷《まよ》うなんて。広い道はしだいに細くなって小道になり、やがてようやく人が歩けるだけの狭さになって、気づいたら道はなくなり、彼女《かのじょ》は森の中にいた。分厚《ぶあつ》く生《お》い茂《しげ》る樹木が月の淡《あわ》い光を隠《かく》し、巨《きょ》大《だい》キノコの幹《みき》にぶらさがるシュルームライトの薄気味《うすきみ》悪い発光をさえぎっていた。じっと見ているあいだにも、彼女《かのじょ》を取《と》り囲《かこ》む影《かげ》が大きくなってのみこまれそうだった。影《かげ》はなにもかものみこんでいるように見えた。

そんなに怖がることないでしょ。ここへは前にもキノコを探しに来たことがあるじゃない。

けれども暗いとまるで違《ちが》って見えた。物音はより不気味に響《ひび》く。木立《こだち》を渡《わた》る風は嘆《なげ》き声《ごえ》のようで、鈴なりの骨《ほね》さながらにカサカサと葉っぱをゆらした。大枝《おおえだ》がミシッときしむ音に、フェイスは背筋《せすじ》がぞっとした。

弓なら持っていた。冒険者《ぼうけんしゃ》の忘れものだったが、フェイスはそれを使って何日も何週間も弓を射《い》る練習《れんしゅう》をした。指の皮がむけて、腕《うで》と肩はひどい筋肉痛《きんにくつう》になったのに、矢はまともに飛びさえしなかった。けれど拾ってきた古い的《まと》にやがて一本が当たった。フェイスに必要だったのは、その命中した一本、初めての成功だ。あとは同じやり方で射《い》る練習を繰《く》り返《かえ》すうちに、めきめきと腕《うで》があがっていった。

とはいえ、まわりが見えないのに、弓がなんの役に立つの？　それでもフェイスは矢をつがえた。美しい矢羽根に指をすべらせると、自分は無力な餌食《えじき》ではなく、運命を変える力を持つ人間なんだと自信が湧《わ》いてきた。

それに、あと戻りはできない。これまでの生活はもう過去《かこ》のものだった。それだけは心の底から確信《かくしん》している。

四方八方からざわざわと音がした。でもほかにも――風にゆれるキノコの木のざわめき越《ご》しに、かすかな足音が聞こえた。

これはもうお話じゃない。暖炉《だんろ》を囲《かこ》んで座り、ぬくぬくと居心地よくして、だれかの冒険譚《ぼうけんたん》を聞いているのとはわけが違《ちが》う。これは現実で、しかもいま起きていることだ。

前方に立ち並《なら》ぶ細長い影《かげ》の中で、なにかが動いた。フェイスは弓を引きしぼった。弓がしなってきしんだので、フェイスは思わず顔をしかめた。そのなにかは物音に気づいてくるりとこっちに向き直り、シューッと大きな音を立てた。

フェイスの指は弦《つる》を引いたまま凍《こお》りついた。クリーパーがこっちへ向かって進んでくる。遠くはない。この距離《きょり》ならはずすもんか。でも心臓《しんぞう》はどくどくと胸を叩《たた》き、狙《ねら》いを定めようとしても腕《うで》はぶるぶる震《ふる》えている。クリーパーが近づいていてきた。フェイスは矢を放ったが、早すぎた。

一本目はあさっての方向へ飛んでいき、下生えの中に永遠《えいえん》に消えた。クリーパーがなおも接《せっ》近《きん》してくる。

フェイスは二本目をつがえ、自分を落ち着かせた。クリーパーが木立《こだち》のあいだを前進し、苔《こけ》むした大岩を飛《と》び越《こ》えるあいだも、大きく息を吸《す》いこむ。待ちかまえ、何度も練習《れんしゅう》してきた動作で一気に弓を顎《あご》まで引しぼる。クリーパーが大きな木の幹《みき》をまわりこもうと、立ち止まった瞬間《しゅんかん》に狙いを定め、手を離《はな》した。

二本目の矢が命中し、クリーパーはぐらついた。三本目の矢はど真ん中に命中して、クリーパーは一瞬《いっしゅん》ガクンとうしろへひっくり返りかけた。けれどもまだ前進し、ふたたびシューッと音を立て、全身をぶるぶると小刻《こきざ》みに震《ふる》わせる。

四本目で倒《たお》すことができた。

爆発《ばくはつ》はなかった。クリーパーはただ……消滅《しょうめつ》した。フェイスはモンスターがいまのいままでいた場所へ行ってみたが、なにも残っていなかった。戦利品も、彼女《かのじょ》の勝利を証明《しょうめい》するものもなし。でも、かまわない。だって自分で倒《たお》したんだもの。最初のモンスターを自分の力でやっつけた。

さあ、行くよ。

「行こう」

「えっ？」フェイスは我《われ》に返《かえ》って問い返した。

パルが溶岩《ようがん》の川沿《かわぞ》いを指さしている。「行くんだよね？」

クリーパーならやっつけたことがあるけれど、ネザーにはほかになにが潜《ひそ》んでいるんだろう？　ネザーまで行った冒険者《ぼうけんしゃ》は多くはないし、生きて帰ってきた冒険者《ぼうけんしゃ》となるとさらに少ない。フェイスは腰に手を当てて、曲がりくねる溶岩《ようがん》の川の先を見つめた。遠くに見えるのは丘？　それとも要塞《ようさい》？「そうね、早く行って早く戻ろう」

「戻れたらの話だけどね」パルが言った。

「戻れるよ。ブラボー団にすべて持っていかせるの？　栄光をひとり占めさせるわけ？　あたしたちのほうがあいつらより上だよ」

「ぼくらは目下ほぼ一文無しなのに、よくそんなことが言えるね。この冒険《ぼうけん》はぼくらにはまだ早い。待つべきだったんだよ」

「ずっと待ちっぱなしで一生を終える人だっているんだよ、パル。チャンスは一瞬《いっしゅん》なの」

「〝いまを生きろ〟ってやつかい？　そういうのはもういいよ。前にもさんざん聞かされたんだ」パルは、少し先でツタに向かって斧《おの》を振《ふ》りまわしているラージャを身振《みぶ》りで示《しめ》した。「彼《かれ》からね。でも最近はあんまり聞かされてないな。有名な父親がいるからって、幸運が転がりこんでくるわけじゃないのに気づき始めたのかも。〝ぼくの父上がだれだか知ってるのか？〟って威張《いば》っても、モンスターには通じないしね」

三人はツタを垂《た》らす青緑色の巨大《きょだい》キノコがそびえている一帯に入っていった。あちこちへ伸《の》びる根っこのあいだから、奇妙《きみょう》な赤と茶色のキノコが生えていて、下生えのあいだを黒っぽい異様《いよう》な人影《ひとかげ》がさまよい歩いている。

斧《おの》を振《ふ》りあげるラージャを、パルは止めた。「エンダーマンです。離《はな》れていたほうがいい」

「気味の悪いやつらだな」ラージャは武器《ぶき》を掲《かか》げたまま言った。

「戦うのはやめとこう」フェイスも口を開いた。「その機会ならこの先いくらでもあるってあたしの直感が言ってる」

「あんなやつぐらい倒《たお》せたぞ」ラージャは自分に言い聞かせるようにして反論した。

フェイスは幹《みき》のひとつをなでてみた。表皮が焦《こ》げていて、まだあたたかい。彼女《かのじょ》は肩にかけていた弓を取って矢をつがえた。「パル……」

「どうしたの?」

「ここ、なにかいる」彼女《かのじょ》は言った。「ラージャ! しっかり目を開いてて!」

けれどラージャは髪にからまったクモの巣を取るのに忙しい。「なにを見るためにさ?」

そう、なにを見るために? 大気に灰のにおいがまじっている。あそこの大きなキノコに自生しているツタが干からびて煙《けむり》をあげている。葉はすべて熱にやられてしなびていた。「なにか、熱いものよ」

　ラージャは小ばかにして笑った。「まさかとは思うが目に入ってないのか？　木立《こだち》の向こう側には溶岩《ようがん》が流れているんだぞ」

「いいから斧《おの》をかまえて、ラージャ」

　なにか火のついたものがこの木立《こだち》に投げこまれたのだ。一本の木はいまや黒焦《くろこ》げで、炭化《たんか》して枝《えだ》も葉もない。直撃《ちょくげき》されたんだ……でもなにに？

　パルが前方を見て、はっと息をのんだ。

　フェイスはその視線をたどった。

　茂《しげ》み越《ご》しに、ゆがんだ森との境目に広がる荒《あ》れ地《ち》の向こうから、なにかが近づいてくるものが見えた。それは月光のように淡《あわ》く輝《かがや》いて空き地のすぐ上を漂《ただよ》い、最初は霧《きり》かと思った。

「あれはなんだ？」ラージャがささやいた。震《ふる》える両手で石斧《いしおの》を握《にぎ》りしめている。

　それはふわふわと上昇し続けた。幽霊《ゆうれい》みたいで、ついじっと見てしまう。まるで蒸気《じょうき》に悪意をまぜて作られたかのようだ。ぽっかり開いた口の奥《おく》で、炎《ほのお》がちらりとゆれた。

　地面から一メートルぐらいのところに浮《う》かんでいるそいつのまわりで、葉がパチパチと音を立てて煙《けむり》をあげた。灰色の体の下では蒸気《じょうき》がゆれている。

こっちは戻ることはできないし、左側は溶岩《ようがん》の川にさえぎられていた。身動きしないでじっとしていたら、やりすごせるかも――。

「逃《に》げろぉ！」ラージャが悲鳴をあげた。「逃《に》げないと殺されるぞ！」

ごおっと音をあげ、モンスターの口から火の玉が飛びだした。ラージャの頭上をかすめてそばの木を消し去り、フェイスを吹き飛ばす。木が炎《ほのお》に包まれ、突如《とつじょ》として薄暗《うすぐら》い木立《こだち》はゆらゆらするオレンジ色の光と躍《おど》る影《かげ》に照《て》らされた。

フェイスはよろめき、もうろうとしながら新たな矢をつがえた。だけど頭がくらくらして、矢は暗がりの中へ飛んでいく。みんながわめいているのが聞こえるが、爆発《ばくはつ》でがんがんと耳鳴りがする。フェイスは次の矢に手を伸《の》ばした……。

矢筒《やづつ》はからっぽだった。

さっき吹き飛ばされたときにひっくり返ったせいだ。大事な矢はいまや地面に散らばっている。拾わなきゃ！　フェイスはよろよろと足を踏《ふ》みだした――。

巨大《きょだい》キノコに火の玉が命中してぼっと燃《も》えあがり、火の粉《こ》が降《ふ》ってきた。からみつくツタの中に投げこまれたフェイスはそこから脱出《だっしゅつ》した。じっとしていたら火の玉を食らうだけだ。

「逃《に》げるんだ、フェイス！」パルが叫んだ。「あいつはガストだ！　ぼくらじゃ勝ち目はない！」

「逃《に》げないよ！」フェイスは言い返した。「あたしはもう逃《に》げない！」

「ポータルまで急げ！」ラージャが怒鳴る。「もともとレッドストーン城になんか行きたくなかったんだ！」

ふたりともなにをやってるの？「逃《に》げないでよ！　戦って！」

逃《に》げるラージャは彼女《かのじょ》とすれ違《ちが》いざまに斧《おの》をぽいとほうり投げた。「勝手にやれ！　行くぞ、パル！」

「はい、すぐに、若様《わかさま》！」

ガストは巨大《きょだい》キノコの上まで上昇した。あそこからなら空き地とその先のなんにもないネザーの荒《あ》れ地《ち》をすっかり見渡《みわた》せるだろう。パルとラージャは森を抜《ぬ》けるなり丸見えになって、ガストに燃《も》やされ灰になってしまう。だけどその前に、あたしが相手になってやる。矢を拾えたらの話だけれど！

火の玉がこっちへ飛んできた。フェイスはそれを——ぎりぎり——かわし、火の玉はうしろのグロウストーンを粉々《こなごな》にした。

ラージャはもう森の外へ出てしまっている。ガストはいまにも彼《かれ》を標的《ひょうてき》にしそうだ。フェイスは弓を捨《す》てて斧《おの》をつかんだ。「おーい！　そこのでっかい蒸気《じょうき》のかたまり野郎！かかってきなさい！」

ガストはいっそう大きく口を開いた。そこから火の玉が発射《はっしゃ》される。フェイスはひとつ目をしゃがんでよけ、ふたつ目は横にさっとかわした。けれども一直線に飛んできた三つ目は、斧《おの》の柄《え》をしっかり握《にぎ》ってぶんと振《ふ》り、石の刃《は》の平たい部分で火の玉をとらえて、降《ふ》りそそぐ火の粉の中へまっすぐ打ち返した。

火の玉はガストに命中し、モンスターは叫び声をあげた。一瞬《いっしゅん》、全身をゆらめく火に包まれ、煙《けむり》で真っ黒になったが、ガストはまたも火の玉を次々に発射《はっしゃ》してきた。フェイスはそれをどんどん打ち返してやった。いくつかはでたらめな方向へ飛んでいったものの、やがてガストに一発当たり、さらに次もヒットして、ドカン、ドカンと破裂《はれつ》した。いまやガストは煙《けむり》をあげ、浮遊《ふゆう》する体は火に包まれているが、それでも憎《にく》しみは弱まらないらしい。逃《に》げていくふたりには目もくれない。ヽヽヽヽフェイスをやっつけなくては気がすまないのだ。

フェイスはにっと笑った。「だったらかかっておいで。鬼さんこちら」

あざける声にガストは怒りを爆発《ばくはつ》させた。これまでよりずっと大きな火の玉を口から吐《は》きだす。火の玉は木立《こだち》の中を突《つ》っきって生《お》い茂《しげ》る樹木の葉に火をつけ、薄暗《うすぐら》い空き地一面に目がつぶれそうなほどまぶしい熱波が押し寄せる。

フェイスはありったけの力をこめて斧《おの》を振《ふ》った。衝撃《しょうげき》が斧《おの》を震《ふる》わせ、彼女《かのじょ》の全身にまでびりびり伝わる。

火の玉をとらえた瞬間《しゅんかん》、勝負がついたのがわかった。炎《ほのお》のミサイルはもとの方向へまっすぐ飛んで帰り、カッと放たれた光がフェイスの目を焼いた。

火の玉はガストのど真ん中に命中し、モンスターの体はポンと濃《こ》い煙《けむり》に変わった。フェイスは煙《けむり》が消えるまで見届《みとど》け、モンスターが本当にいなくなったのを確認《かくにん》すると、疲《つか》れてがっくりと膝《ひざ》をついた。

パルが引き返してきて彼女《かのじょ》を見おろした。「フェイス？　ケガをしたのかい？」

へえ、やさしいところがあるじゃない？　心配してくれるんだ。もしかしてこれでも三人は冒険《ぼうけん》仲間で、みんな等《ひと》しく大切な一員なのかもしれない。危険《きけん》に直面したときは、だれもが平《びょう》等《どう》なんだね。「大丈夫《だいじょうぶ》、ちょっと休んでるだけ」

「ラージャが斧《おの》を返せって言ってるんだけど」

「ああ。そうだね」残念《ざんねん》、平等《びょうどう》なんて幻想《げんそう》だったか。

「きみが握《にぎ》りしめてるんだけど」

「ああ、ごめん」斧《おの》へ顔を向けると、右手でしっかり握《にぎ》りしめていた。刃《は》は火の玉を打ったところが焦《こ》げているけれど、刃先《はさき》は鋭《するど》そうに見える。フェイスは開きなさいと指に命じて手を離《はな》した。

パルは斧《おの》を取り、ラージャをちらりと振《ふ》り返《かえ》った。「さっきのはすごかったね。でも、この話はもうしないでおこう。ラージャの性格は知ってるだろ」

フェイスは立ちあがって矢を拾い集め、自分たちの隊長へ目をやった。伝説の英雄《えいゆう》の息子。それが自分の爪を調べて、いらいらと足踏《あしぶ》みしている。ラージャは彼女《かのじょ》の視線に気がついた。

「もういいか？　さっさと行くぞ！」

あいつは臆病者《おくびょうもの》だ。それはまぎれもない事実。けれどフェイスはなぜか言い返す気になれなかった。なぜかな？　彼女《かのじょ》は家族の期待《きたい》に逆らった。ラージャも同じジレンマを抱《かか》えてるんじゃない？　彼《かれ》は父親のようになることをみんなから期待《きたい》されている。どうして？　そうなるのがいちばんだって、どうしてみんな思いこんでいるの？　親や年上の人がいつも正しいと決めつけて、なんにも考えずに同じ道をたどっていいの？

そんなわけない、あたしたちはみんな、前に進みながら道を築《きず》いていくものでしょ。

「これをご覧《らん》よ、フェイス」

パルはガストが浮上《ふじょう》してきた場所にかがみこんでいた。地面には有害そうな濃《こ》い煙《けむり》がまだ残っていて、フェイスが近づいていくと名残惜《なごりお》しそうにふわふわ流れていった。パルは灰色の砂利《じゃり》みたいなものを手のひらでさわった。「ガストはやっつけられたとき、これを落としたんだ」

「それ、なに？」

パルはにおいをかいだあと、指についたものをぺろりとなめて顔をしかめた。「たぶん、火薬かな。ガストの火の玉の燃料《ねんりょう》に違《ちが》いない」手ですくって慎重《しんちょう》に袋に入れる。「なにかに使えそうだ」

「危険《きけん》じゃないの？」

「だからこそ役に立つんじゃないか」パルは彼女《かのじょ》を見てウィンクした。「ふたりだけの秘密だよ、いまはね」

「隊長は興味《きょうみ》ないんじゃない」

噂《うわさ》をすればで、いつのまにかラージャがそばにいた。パルから斧《おの》をつかみ取り、ふたりをにらみつける。「いますぐ出発するぞ」そう言うなり、踵《きびす》を返《かえ》してずんずん歩いていく。「要塞《ようさい》はあっちだ！」

フェイスは弓を拾ってラージャに続き、パルは彼女《かのじょ》と肩を並《なら》べた。じめじめした空き地を突《つ》き進むと、すぐに上り坂になった。巨大《きょだい》な溶岩《ようがん》の滝《たき》がうなりをあげて流れ落ち、岸辺にしぶきをまき散らしている。遠くにモンスターたちがうろうろしているのが見えたが、幸い、向こう岸だ。

坂は血みたいに黒っぽい赤色の葉をつけた木々に覆《おお》われ、三人のまわりには不自然な色で変なにおいの奇妙《きみょう》な木やキノコが生えていた。背中《せなか》に気配を感じ、心臓《しんぞう》をばくばくさせて振《ふ》り返《かえ》っても、なんにもなかったことが一度ならずあった。風にのってささやき声や、意味不明なあやしい言葉、それに警告《けいこく》が聞こえる気がした。ネザーから二度と戻らなかった人たちはどうなったのかな。「ポータルがある場所まで、どうやって戻るかはわかってるんだよね？」ラージャは足を止め、見くだすように唇をゆがめて彼女《かのじょ》へ目をやると、ポケットに手を入れて小さな円盤状《えんばんじょう》のものを取りだした。「当たり前だろ。このコンパスに従えばいいだけさ。こいつのおかげで迷子《まいご》になんて……あれ。おかしいな」

たしかにおかしかった。ラージャは東西南北、すべての方向へコンパスを向けて試していたが、針はぐるぐるまわるばかりだ。

フェイスは三人がいる高原からあたりを見おろしてみた。真紅《しんく》の森に、赤々と燃《も》える溶岩《ようがん》の川、濃《こ》い紫色《むらさきいろ》の野原が一面をいろどり、空の代わりには乾《かわ》いた血の色をした気味の悪いネザーラックの円天井だ。不気味だけど美しいと認めなきゃね。ここに住みたいとは絶対《ぜったい》に思わないけれど。「溶岩《ようがん》の川に沿《そ》っていけばいいんじゃない。帰るときは右手に川があるようにすれば、あの空き地まで戻れるよ」

ラージャは役に立たないコンパスをポケットに突《つ》っこんだ。「そんなのわかってるさ。これからそう言おうとしてたんだ。まだ時間を無駄《むだ》にするのか、それともそろそろ冒険《ぼうけん》を始めていいか？」

あとどれくらいのぼるの？　坂は終わりがないかのようだ。けれど要塞《ようさい》は向こう側のどこかのはずだと、三人はのぼり続けた。岩をつかめる場所を探し、枝《えだ》にしがみつき、垂《た》れているツタをよじのぼる。どれくらいのぼり続けたのかわからないが、幅《はば》のある岩棚《いわだな》にあがったところでラージャが足を止め、ため息をついた。「ここでひと休みだ」

フェイスはほっとして座りこんだ。「だれか食べものを持ってきた？」

ラージャが眉根《まゆね》を寄せる。「パル？」

パルは首を横に振《ふ》った。「フェイスが持ってきたと思っていました」

「なんでそう思うのよ？」フェイスはたずねた。

ラージャが飛びあがる。「ふたりとも持ってきてないのか？　使えもしない使用人を連れている意味がどこにある？」

パルはどうして黙っているの？　ぼろくそに言われているのに、座ってじっとうつむいているなんて。ラージャはさんざんパルをののしり、ようやく終わったかと思ったら、息継《いきつ》ぎをしただけでふたたびわめきだした。

「いいかげんにしなよ、ラージャ」フェイスは言った。

ラージャがじろりと見る。「なんだって？」

ふたりはにらみ合った。フェイスは我慢《がまん》の限界《げんかい》だったし、ラージャだって引きさがるのはプライドが許さないだろう。フェイスも引きさがるつもりはなかったけれど、ここで喧嘩《けんか》をしてもだれのためにもならない。だから肩の力を抜《ぬ》くことにした。「あたしたちは三人で旅をしてるんでしょ」

それが、ラージャが自分のメンツを保《たも》つのに必要なきっかけになった。

「もちろんさ。だからぼくみたいに先見の明があるリーダーがいてよかったな。さっき空き地でこれを見つけたんだ」

ラージャはリュックを探ると、ていねいにくるんだ包みを取りだした。三人の前の地面に置いて、包みを開く。「キノコだ。おいしいシチューが作れるぞ」

フェイスはキノコをじっと見た。「ネザーに生えているものは食べられないんでしょ。どれも毒《どく》があるはず」

「これは違《ちが》う」ラージャが言って、口の中へひとつほうりこんだ。

顔が紫色《むらさきいろ》に変わるとか、黄色いぶつぶつだらけになるのをフェイスは待った。ところがラージャはもぐもぐと食べてにこやかな笑みを広げた。「これは屋敷《やしき》にいた料理人の特別料理に使われていたんだ。ネザーでしか取れないキノコだから、その料理が出されるのはいちばん大切なお客が来たときだけだった。レシピはうちだけの秘密だったけど、料理人に教えてもらってる。これだけあれば三人分作れるぞ」

へえ、意外。ラージャが料理を作ってくれるんだ！　キノコはボウルの中でペースト状《じょう》にされたあと、ハーブを少しと、ラージャの水筒の水を加えられ、急いで熾《おこ》した火にかけられた。それからしばらくして、三人はラージャお手製《てせい》の料理にありついた。しかも、おいしい。

ラージャにもひとつは才能があったんだ。

フェイスの疲《つか》れが吹き飛んでいく。パルとラージャも、顔を見ればそうだとわかった。

パルはひと口目はそろそろと口に入れたけれど、あとはがっついて食べ、信じられないとばかりに首を横に振《ふ》っていた。ラージャにも得意《とくい》なことがあるんだ。すごく得意《とくい》なことが。

ラージャは食べながら遠い目をして、寂《さび》しそうに小さく微笑《ほほえ》んだ。食事にはそんな力があるよね？　楽しかったときのことを思い出させる力が。輪になって座り、食事を分け合うことにまさるものはそうそうない。とはいえ、本当にあっという間にボウルは空になって片づけられた。

　フェイスは上り坂を見あげた。さらに険《けわ》しくなっているが、もう平気だ。新たな力が体にみなぎっている。「シチュー、おいしかったよ、ラージャ」

「それはどうも」ラージャが言った。「だが、呼《よ》ぶときはラージャ卿《きょう》と呼《よ》んでくれ」

「はいはい」フェイスはお辞儀《じぎ》をしてみせた。「すごくおいしゅうございました、ラージャ卿《きょう》」

　ラージャはごほんと咳払《せきばら》いした。「ぼくが先頭を行く」

「いまの、聞こえたか？」坂の途中《とちゅう》でラージャが立ち止まった。坂のてっぺんをじっと見つめている。

　フェイスは耳をそばだてた。「これって……だれかが戦ってる音？」

「行くぞ」騎士《きし》ラージャはそう言って、斧《おの》の留《と》め金《がね》をはずした。

　てっぺん近くまで坂をよじのぼり、遠くであがる雄叫《おたけ》び、悲鳴、鋼《はがね》がぶつかり合う音に、つかの間動きを止めた。ほかにも奇妙《きみょう》な音がする。

「あれってブタの鳴き声？」フェイスはたずねた。

「近くに農場があるのかな?」パルが返した。

「家畜《かちく》があんなに騒《さわ》いでるんじゃ、ろくでもない農場だね」フェイスは弦《つる》に指をすべらせて矢を当てる位置を見つけた。「ブタたちもかわいそうに、なにをされてるんだろ?」

ラージャが坂のてっぺんに立った。「自分の目で見てみろ」

「見るって、なにを?」フェイスは彼《かれ》のうしろからよいしょっとのぼっていった。

「なにって……あれはなんなんだ?」

三人は坂のてっぺんにたどり着いた。向こう側は広大な深い谷で、そこに朽《く》ちかけた巨大要《きょだいよう》塞《さい》がそびえていた。ブラックストーンで築《きず》かれた巨大要塞《きょだいようさい》はいかにも恐ろしげで近づきがたく、しかも溶岩《ようがん》の堀《ほり》に囲《かこ》まれている。

その堀《ほり》にかけられたひとつだけのアーチ橋の上で、武装《ぶそう》したふたつの集団が戦いを繰《く》り広《ひろ》げていた。

フェイスは目をこすった。「あたし、自分で思っていたより疲《つか》れてるみたい。あれが鎧《よろい》を着たブタに見えるんだけど」

「それはあれが鎧《よろい》を着たブタだからだよ」パルが言った。「ピグリンだ」

フェイスはぶるぶると首を振《ふ》った。「冗談だと思ってた」

パルはピグリンたちを相手に戦っている一団に注意を向けた。「あっちのグループはどうだい？　先頭にいる男に見覚えは？」

見覚えがある。「あれ、タイラスじゃない。地図屋の言ったとおりだね。ブラボー団は自分たちのポータルを通って来てたんだ。あたしたちはどうするの？」

ふたり一緒《いっしょ》にラージャを振《ふ》り返《かえ》った。これは彼《かれ》の冒険《ぼうけん》で、指示《しじ》を出すのは彼《かれ》だ。

ラージャはそこに立ちつくし、恐怖に目を見開いて戦闘《せんとう》を凝視《ぎょうし》していた。武装《ぶそう》したブタたちとブラボー団。その組み合わせを見ても、むくむくと勇気が湧《わ》いてきたりはしない。ラージャはハートブレイカーが粉々《こなごな》になったときのことを、まだ思い返しているのかな。あれはつい昨日のこと？　一日のうちにあとどれだけ悪いことが起きるんだろう？　冒険《ぼうけん》はここまでね、とフェイスは観念《かんねん》した。ラージャに飛びこんでいく勇気があるわけ――。

「ブラボー団にぼくの栄光を横取りさせはしないぞ」ラージャはそう言って斧《おの》を握《にぎ》りしめた。「あいつらの相手はブタにさせておこう。ぼくらは要塞《ようさい》の中に入る」

意外や意外。甘ったれに見えても、心の奥底《おくそこ》には勇気の種があるのかもしれない。

「別の入り口を見つけなきゃね」フェイスは言った。「あの橋の上ではブラボー団とピグリンたちがしばらく忙しくしていそうだもん」

要塞《ようさい》は巨大《きょだい》だった。いくつもの塔《とう》が目のくらむような高さまでそびえ、壁《かべ》は崩《くず》せそうにない。それに堀《ほり》という大きな難関《なんかん》がある。溶岩《ようがん》がボコボコと泡立《あわだ》ち、その表面を炎《ほのお》がなめて壁《かべ》の下側を溶かしていた。谷の上からだと外壁《がいへき》の先の中庭や広場まで見え、砦《とりで》の遺跡《いせき》の中にはほかにもモンスターたちがうろついているのがわかった。

「こっそり忍びこみましょう」パルが言った。「中へ入ったら、お宝《たから》を取ってすぐに逃《に》げる。それでいいですね？」

フェイスはうなずいた。こっそりやるのに大賛成《だいさんせい》。

ラージャは唇を噛《か》んだ。「父上はこそこそしたことなど人生で一度もないぞ。父上の鎧《よろい》はダイヤモンドでできているんだ。地平線の向こうからだって、父上がやってくるのは見えただろう。父上ならあそこへ行く」ラージャは橋を指さした。「先頭でハートブレイカーを振《ふ》って焼き豚をおやつにしていただろう」

つまりなにが言いたいの？　ブラボー団とともに戦うってこと？

ラージャは自分の斧《おの》を見おろした。石で作られた簡素《かんそ》なただの斧《おの》を。

「それに父上はこんな武器《ぶき》で戦ったことはない。こんなもの、父上にはふさわしくない」

パルは同情《どうじょう》の目を主《あるじ》へ向けた。「若様《わかさま》、これは――」

ラージャは肩をすくめて両手で斧《おの》を握《にぎ》った。「だが栄光への道はひとつじゃない。父上の歩いた道をたどるのにはもう飽《あ》き飽《あ》きだ。そろそろ自分の道を見つけなきゃな」そう言ってふたりを振《ふ》り返《かえ》る。

「では、だれも見てないうちに栄光をごっそりつかむぞ」

第8章　砦《とりで》の遺跡《いせき》

上から溶岩《ようがん》が流れ落ちてくる。自分たちの知っている世界から遠く離《はな》れてしまったのをひしひしと感じ、フェイスは鳥肌《とりはだ》が立った。空気は暑く、よどんでいる。新鮮な風など少しも吹いておらず、感じるのはうだるような暑さだけ。ボコボコと泡立《あわだ》つ溶岩《ようがん》の池があちこちにあり、生えているのは奇妙《きみょう》なキノコのみだ。ぼうっと光るやつ、木のように背《せ》の高いやつ。遠くでは炎《ほのお》の壁《かべ》がめらめらと燃《も》え、陽炎《かげろう》がのぼって地平線がかすんでいる。前へ進もうとするフェイスの額《ひたい》から汗が蒸発《じょうはつ》した。

砦《とりで》の遺跡《いせき》のまわりはところどころに森林が広がり、おかげで見つからずに接近《せっきん》することができた。三人はぼんやり輝《かがや》くポータルのそばを通《とお》り過《す》ぎた。先輩冒険者《ぼうけんしゃ》たちの亡骸《なきがら》が、根っこや葉っぱのあいだに散らばっている。冒険《ぼうけん》がうまくいかなかった人たちもいるんだ。

彼《かれ》らの装備《そうび》も打《う》ち捨《す》てられたままだ。さびが出たり、腐《くさ》ったりしているものがほとんどだけれど、使おうと思えばまだ使える武器《ぶき》もある。でも骸骨《がいこつ》になった前の持ち主の手から剣《けん》をもぎ取るのは忍びなかった。

「自分たちがこんな最期《さいご》を迎《むか》えるなんて、思ってもなかったろうな」パルが言った。「人間って、そういうものなんだろうね。とうてい無理なのに、自分こそはお宝《たから》を手に入れるんだって考える。哀《あわ》れなまぬけだよ」

「あたしたちには無理だって思ってるの？」フェイスはたずねた。

「ぼくがどう思っていようと関係ないさ。全部ラージャの決めることだもん」

ラージャはいつになく暗い顔をして、骸骨《がいこつ》になった冒険者《ぼうけんしゃ》たちの中を歩いていた。なにを考えているんだろ？　地面に転がるからっぽの頭蓋骨《ずがいこつ》にも、彼《かれ》が抱《いだ》いているのとおんなじ夢《ゆめ》がかつては詰《つ》まっていたんだな、とか？　ラージャの傲慢《ごうまん》さという巨大《きょだい》な壁《かべ》にもぴしりとひびが入っているのかも？

でも、それはいま必要なこと？　この冒険《ぼうけん》は失敗《しっぱい》する運命にあるとみんなで怖《お》じ気《け》づく必要なんてある？「ラージャの決めること？　どうしてそうなるのよ？　こう言ってはなんだけど、彼《かれ》は悪い人じゃなくても、まぬけでしょ」

パルは彼女《かのじょ》に向かって顔をしかめてみせた。「ぼくはラージャの世話をすると約束《やくそく》しているんだ。だからぼくにはここにいる理由があるけど、きみにはないよね。だったら、彼《かれ》と、彼《かれ》についてきてるきみとでは、どっちがよりまぬけかな」

「冒険《ぼうけん》ができると思ったの」フェイスは言った。「あたしの育ったところで育っていたら、あなたにもこの気持ちが理解《りかい》できるよ」

「当ててみせようか。毎日が昨日と同じ日の繰《く》り返《かえ》し。村には知っている人ばかり。きみは自分の親とそっくり同じ人生を送る。当の親たちはその親とおんなじ人生を送ってきた。きみの母親が結婚したのは初めてのキスの相手だろ」

「つまり、あなたも一緒《いっしょ》だったってこと?」フェイスはたずねた。小さな村はどこも似たり寄ったりなのかな。それが問題なのだけど。

「みんなでお互《たが》いの面倒《めんどう》を見ていたよ。楽しい時間は分かち合い、苦しいときは支《ささ》え合って。クリーパーに壁《かべ》を吹き飛ばされたときは、直すのをお隣《となり》さんたちが手伝ってくれた。食事の時間には必ず食卓で食事。暖炉《だんろ》の炎《ほのお》を見ながら、うとうとと眠りに落ちる。そういうことだろう？　あたたかい布団、安らかな眠り。退屈《たいくつ》な暮《く》らしだけど、安全だ」

パルにどうやって説明すればいいの？　あの息苦しさを。フェイスが育った狭苦しい世界のことを。ええ、みんな助け合っていたけど、よそ者に対してはどうだった？　彼《かれ》らを恐れ、信用しようとしなかったじゃない？　よそ者だけじゃない、伝統とはかけ離《はな》れた新しい考え方もすべて遠ざけられた。息をしてふつうに生活していても、中身は死人も同然で、命のきらめきはかけらもない、なんて人だっている。だからあたしは村を出ていかなきゃならなかった。自分の求めるものを、変わりたいという熱い思いを、だれも理解《りかい》してくれなかったから。村人たちは変わることを恐れていた。たいていの人はそうだ。どうしてだろう？　惨《みじ》めな暮《く》らしを送りながらも、不安のあまりなにも手を打たない人たちを見たことがある。人は幸せよりも、慣《な》れ親《した》しんだものを選《えら》ぶ。あたしはそんなふうになるもんか。

「新しい未来には、希望があるでしょ」

パルは首を横に振《ふ》ると、ラージャのうしろをとぼとぼとついていった。

選択肢《せんたくし》があるかないか。それがパルとフェイスの人生で違《ちが》うところかもしれない。パルには選択肢《せんたくし》がひとつもないんだろう。どんなにすばらしい人生を送っていても、自分で選《えら》んだ人生でなければ、最終的に牢獄《ろうごく》にいるのと同じだ。フェイスも家が恋しいけれど、自分の居場所はここで、これが自分の人生だった。親に決められ、親もまたその親に決められて、どんどんさかのぼった果《は》てに、ただの地面に最初の種を植えつけた人までたどり着くほど延々《えんえん》と繰《く》り返《かえ》されてきた人生ではなく。

要塞《ようさい》は重苦しい闇《やみ》の中にそびえていた。不規則《ふきそく》に立ち並《なら》ぶブラックストーンの巨大《きょだい》な柱、壁《かべ》から噴《ふ》きでる溶岩《ようがん》。溶岩《ようがん》の流れは大きな城を取《と》り囲《かこ》む堀《ほり》へ注ぎこみ、焦《こ》げた岸にしぶきを飛ばしていた。

堀《ほり》にかけられたブラックストーンの橋は、強烈《きょうれつ》な熱のせいで端《はし》にひびが入っている。橋の先には両開きの扉《とびら》があり、大きく開け放たれていた。そこから異様《いよう》な生きものがわらわらと出てきている。ぱっと見は人間に見えるが、頭はブタだ。ブタ人間たちは束《たば》になって、ブラボー団の突入《とつにゅう》を押しとどめていた。矢が飛《と》び交《か》い、互《たが》いに押し合いへし合いして、相手を押し返そうとしている。戦いの中心で、大きな斧《おの》を振《ふ》りかざしてブタ人間を叩《たた》き切っているのは、タイラスだ。

「さすがブラボー団はその名に恥じないね」パルが言った。「正面突破《とっぱ》を試《こころ》みるなんて、すごく勇敢《ゆうかん》だよ」

「すごくばかでもあるよ」フェイスは言った。「あのブタ人間はなんて名前だったっけ？」

「ピグリン」ラージャが教えた。「不快な生きものだ。父上が一匹調理《ちょうり》させたことがある。それが思っていたよりまずいんだ」

窪地《くぼち》の王国に戦いの音がこだまする。タイラスとブラボー団は雄叫《おたけ》びをあげ、ピグリンたちはブーブー鼻を鳴らしている。武器《ぶき》が盾《たて》に打ちつけられた。鋼《はがね》がぶつかり合うけたたましい音が鳴りやむようすはない。

「行って加勢《かせい》しなくていいの？」フェイスは問いかけた。「ブラボー団は苦戦しているみたいだよ」

「いい気味だ」ラージャが言った。

「彼《かれ》らに必要なのは加勢《かせい》じゃない、退却《たいきゃく》だよ」パルは要塞《ようさい》に目を走らせている。「あんな乱闘《らんとう》の中へぼくらが飛びこんでいったら、ますますややこしくなる。ブラボー団はぼくらを攻撃《こうげき》してきかねない。ああいうチームは典型的《てんけいてき》な〝まずはぶっ叩《たた》いてあとで確認《かくにん》する〟ってタイプだよ」

ラージャは神妙《しんみょう》そうにため息をついた。「あいつらは父上のお気に入りだった。父上は昔気《むかしかた》質《ぎ》だからな。冒険《ぼうけん》に関しては正攻法をよしとしている。たとえ短絡的《たんらくてき》でもね」

「それって、つまりどういうこと？」フェイスはたずねた。自分が新米の冒険者《ぼうけんしゃ》なのはわかっている。だから知らないことは質問したほうがいい。

「扉《とびら》を蹴《け》り開《あ》け、モンスターをやっつけ、お宝《たから》を奪《うば》う」ラージャは説明した。「突《つ》き詰《つ》めると、冒険《ぼうけん》の基本はそれだけだ」

「あの扉《とびら》はだれも蹴《け》り開《あ》けられそうにないですけどね」パルは正面の門を指さして言った。

「ピグリンたちのほうはぞくぞくと加勢《かせい》が出てきてる。ブラボー団はいまのうちに逃《に》げなきゃまずい」

「だけど入り口はあそこだけだぞ」ラージャが言った。

「そうでしょうか？」パルはどうだろうと思った。ここは砦《とりで》の遺跡《いせき》だ。ピグリンと溶岩《ようがん》の堀《ほり》にしっかり守られた、堅牢《けんろう》な遺跡《いせき》。でも別の入り口がないとはかぎらない。「まわりを調べてみましょう」

フェイスは正門前の戦いをまだじっと見ている。「助けるべきじゃない？」

「ふたつたずねるよ。どうして？　それにどうやって？」

「だって、このまま見捨《みす》てるのは正しいことじゃない気がする。物語では、勇者たちは巨大《きょだい》な悪に打ち勝つためならいつでも手を組むものだもん。互《たが》いの違《ちが》いをかなぐり捨《す》てて、未来永劫《みらいえいごう》、戦友となって勝利を祝うものでしょ」

「きみが言ってるのは、ひとつのお宝《たから》の前でふたつの冒険隊《ぼうけんたい》が鉢合《はちあ》わせしたときにまず実際《じっさい》に起きることをだいぶ美化した物語だ」

フェイスは顔をしかめた。自分の期待《きたい》している返事をもらえないことは、たずねる前からなんとなくわかった。「実際《じっさい》はなにが起きるの？」

「奪《うば》い合《あ》いだよ。たいていは力ずくのね」

ラージャがうなずく。「パルの言うとおりだ、うん。ほかの冒険隊《ぼうけんたい》が大冒険《だいぼうけん》から帰ってきたところを待ち伏せして襲《おそ》いかかり、相手が苦労《くろう》して手に入れてきた宝《たから》を横取りするやつらの話を、父上から聞いたことがある」

「それ、ひどいじゃない」フェイスは言った。

堀《ほり》のまわりには茂《しげ》みに隠《かく》れた小道がぐるりとめぐっているようだと、パルは見て取った。どんな状態《じょうたい》であれ、道は道だ。「そろそろ行こうか?」

三人は堀《ほり》のまわりを茂《しげ》みに沿《そ》ってのろのろと前進した。パルが見たこともない植物が生えている。木ではなく、真っ青な巨大《きょだい》キノコだ。幹《みき》をはがしてみると、木のようにかたい。ツタも、ロープみたいに頑丈《がんじょう》だ。堀《ほり》の幅《はば》はどれくらいかな? 距離《きょり》はまちまちで、ジャンプするには明らかに広すぎるけれど、つり橋をかけるのは可能かも? はしご程度しか作れないとはいえ、場所さえよければ要塞《ようさい》の壁《かべ》までは届《とど》きそうだ。あと必要なのは——。

「入り口があった」フェイスが堀《ほり》の向こうの壁《かべ》の一部を指さした。「見える? 壁《かべ》に割《わ》れ目《め》がある。あれなら体をねじこむだけの幅《はば》がありそう」

「どうして修理《しゅうり》されてないんだ?」ラージャが不思議そうに言った。

パルは堀《ほり》のふちに立ってみた。下では溶岩《ようがん》がボコボコと泡立《あわだ》ち、炎《ほのお》が堀《ほり》の壁面《へきめん》をなめている。大気はあたり一面でシューシューと音を立て、強烈《きょうれつ》な熱気にゆらめいていた。「わざわざ修理《しゅうり》する必要もないでしょう? 頭がどうかしてなきゃ、こんな堀《ほり》を越《こ》えようとはしない」

「じゃあどうするんだ?」

パルは青い巨大《きょだい》キノコの幹《みき》をパチンと叩《たた》いた。「この堀《ほり》を越《こ》えるんです」

ラージャは堀《ほり》のふちからあとずさった。ずーっとうしろまで。「そんなの……頭がどうかしてるだろう！」

「こんな場所にいること自体、頭がどうかしてます。そしてぼくらはこうしてここにいる。正面突破《とっぱ》を試《こころ》みているブラボー団はぼくらに輪をかけて頭がおかしいんだ。この幹《みき》から作った橋なら、きっと持ちこたえます、若様《わかさま》。結びつければ、堀《ほり》を越《こ》える自分たち専用のつり橋ができる。うまくいったら、ピグリンがタイラスとその仲間たちの相手をしているあいだに中へ入って戻ってこられますよ。入るにはこれしかない。ぼくを信用してください」

「きみを信用するだと？」ラージャがわめいた。

「お父上はぼくを信用されて、あなたの従者《じゅうしゃ》にしたんです。あなたの世話をぼくに託《たく》したんです」

「きみはここまでその務《つと》めをしっかり果《は》たしてきたとは、思えないけどな」ラージャは火を噴《ふ》く溶岩《ようがん》の堀《ほり》へ目をやり、それからパルに目を戻した。「本当に大丈夫《だいじょうぶ》なんだろうな？」

本当は……自信がない。だけど追いつめられていて、ほかに選択肢《せんたくし》はなかった。「ぼくが最初に行きます」

ラージャは斧《おの》を手に取った。「ぼくもこいつの扱《あつか》いに慣《な》れなきゃな。幹《みき》はどれくらい必要だ？」

「ひとつだけです。そこから板材が七つ取れます。それだけあればいい」

ラージャは巨大《きょだい》キノコの幹《みき》を切り始め、フェイスは見張《みは》りに当たった。なんだかついにチームとして機能しているみたいだ。

パルが見守っていると、ラージャは汗を流して働きながらも、すべてを投げだしそうに見える瞬間《しゅんかん》があった。キノコの幹《みき》は見た目よりもかたいのだ。それをだれのせいにもできないので、ラージャは斧《おの》を振《ふ》るい続けた。たまには精いっぱい労働する日があってもいい。

材料が集まると、三人は堀《ほり》へ戻り、パルはキノコの橋作りに取りかかった。

「戦いの音がまったく聞こえないね」フェイスが言った。「ブラボー団が勝ったのかな？」

「もしもそうなら、彼《かれ》らはへとへとだろう。出し抜《ぬ》くチャンスはまだあるよ、フェイス」パルは仕上げにつり橋の横木をぐいっと引《ひ》っ張《ぱ》った。「これなら大丈夫《だいじょうぶ》」

「じゃあとは、渡《わた》ってみるだけね？」

力を合わせ、外壁《がいへき》の上部が崩《くず》れて突《つ》きでている部分にツタを引っかけ、慎重《しんちょう》につり橋をかけた。さあ、最後の審判《しんぱん》の瞬間《しゅんかん》だ。つり橋は持ちこたえてくれるだろうか？

パルはぱんぱんと両手をはたいた。「ぼくが作ったんだから、ぼくが試す」

パルは両腕《りょううで》を広げて足を踏《ふ》みだし、最初の板に体重をのせた。つり橋がしなり、キノコがミシミシと不吉な音を立てる。下では溶岩《ようがん》がパルの気配を感じ取ったかのように、盛大にボコッとはじけた。

中央に近づくにつれて、橋はますます大きくゆれた。ここまで来たらもう引き返せない。ここで橋が崩《くず》れたら、向こう側までジャンプできるかな？　まだ遠すぎるように見える。もうあと一歩進めば。だけどそうしたらさらに橋がしなって、持ちこたえられないかもしれない。きっとバラバラになるんだ。この足を踏《ふ》みだせばそうなるに決まっている。でも後退《こうたい》するには、ぐるりと反対を向かなくてはいけない。

「ゆっくりとだよ」フェイスが声をかけた。「それに体重を分散して」

パルは熱くてもう耐えられなかった。汗が皮膚《ひふ》からしゅうしゅう蒸発《じょうはつ》していく。靄《もや》の先に向こう側が見えた。安全なところまであとほんの少し。

パルはツタをつかんで体がぐらぐらするのを止めると、慎重《しんちょう》に足を踏《ふ》みだし、向こう側を見《み》据《す》えて橋を渡《わた》りだした。ゴールに近づくとツタがぎしぎし音を立てたが、体重をかけることでツタの結び目がぐっと締《し》まった。ついに端《はし》までたどり着き、パルは壁《かべ》の前におり立った。

「パル？」フェイスが大きな声を張りあげた。「大丈夫《だいじょうぶ》？」

パルは汗をぬぐった。「平気だったよ」

次はフェイスの番で、ほとんど下を見ないでさっさと渡《わた》ってきた。彼女《かのじょ》が手の届《とど》くところまで来ると、パルはすぐにつかんで引《ひ》っ張《ぱ》った。フェイスは灼熱《しゃくねつ》の堀《ほり》を見おろしてから、にっこりした。「これで死ぬまでにやりたいことをひとつクリアよ」

「そんなふうに楽しめるなんて、どうかしてるよ、きみは」パルは言った。

フェイスはラージャを振《ふ》り返《かえ》った。「楽勝だよ。下は見ないように！」

ラージャは堀《ほり》のふちから下を見てごくりと息をのんだ。「落ちたらどうするんだ？」

「落ちませんよ。ぼくを信用して」パルは手を差しだした。「こっちまで来たらぼくが引《ひ》っ張《ぱ》ります」

ラージャとパルは一歩間違《まちが》えば確実《かくじつ》に死ぬ溶岩《ようがん》の堀《ほり》をはさんで向き合った。自分の命がかかっているときに、相手をどれだけ信用できるものだろう？　ふたりは一緒《いっしょ》に育ってきた――二、三歳の年の差は小さなころは気にもならなかった――互《たが》いのことを実の兄弟よりもよく知っていたが、時が流れるにつれてそれぞれの立場の違《ちが》いが目につくようになった。ラージャは貴族《きぞく》の息子、パルはただの使用人で、ラージャを支《ささ》えるために存在《そんざい》していた。それでもパルはラージャに成功してほしかった。自分を疑《うたが》う気持ちを、自分は失敗作《しっぱいさく》でだめな息子だという思いこみを、ラージャに克服してほしい。

「あなたならできます」パルは大声で言った。

ラージャはためらっていた。溶岩《ようがん》を見おろすおびえきった顔を地獄《じごく》の炎《ほのお》が赤々と照《て》らす。ふたりのあいだにある踏《ふ》み板《いた》は十二枚。それを渡《わた》りきりさえすれば、ラージャは生まれ変われるだろう。彼《かれ》の夢見《ゆめみ》る英雄《えいゆう》に一歩近づける。英雄《えいゆう》は恐れ知らずじゃない。英雄《えいゆう》だって、みんなと同じくらい恐怖する。だけど彼《かれ》らはそれを乗《の》り越《こ》え、なにがなんでも突《つ》き進むのだ。

ラージャに必要なのは……あとひと押しだ。

「わかりましたよ。ぼくらがそっちへ戻ります。地図屋のところへ行って、ネザライトは見つからなかったと報告しましょう。彼《かれ》も理解《りかい》してくれますよ。今度はだれに地図を売るんでしょうね？」

フェイスも調子を合わせてくれた。「そりゃあ、タイラスよ。明日の朝には、タイラスとあいつの仲間はレッドストーン城へ向かって出発するんでしょうね。あたしたちはこれから一生、吟遊詩人《ぎんゆうしじん》に出会うたびに彼《かれ》の冒険譚《ぼうけんたん》を聞かされることになるんだろうなあ。吟遊詩人《ぎんゆうしじん》たちはもうほかの人のことなんて歌わなくなるんじゃない？」

パルはうなずいた。「この国でタイラス以上に有名な英雄《えいゆう》はいなくなるだろう、あとにも先にもね」

「いいや、そんなことにはさせないぞ」ラージャがうなった。

彼《かれ》はわめきながらどすどすとつり橋を渡《わた》ってきた。最後の板を踏《ふ》みはずし、隙間《すきま》に片足がすべり落ちたとき、パルとフェイスが体をつかんだ。その瞬間《しゅんかん》、下から火柱があがった。炎《ほのお》の小鬼がせめてひとりはのみこんでやろうとするかのようだ。けれどふたりはラージャをしっかりつかんで引きあげた。

「やったぞ」ラージャはつぶやき、振《ふ》り返《かえ》って溶岩《ようがん》の堀《ほり》を見つめた。

やったのは彼《かれ》ひとりじゃなかったけれど、パルは喜んでラージャに誇《ほこ》らしさを嚙《か》みしめさせた。だって、いいじゃないか。ラージャが自分を誇《ほこ》れるチャンスはめったにない。

つり橋をはずそうとしたが、ツタが引っかかってしまったので、そのままかけておくことにした。あとどれぐらい持つかな？　じりじりと炎《ほのお》に焼かれてじきにあちこち弱くなるだろう。ここを通って帰るなら、急がないと。

パルはツルハシを取りだすと、壁《かべ》の割《わ》れ目《め》をのぞきこんだ。暗がりに目が慣《な》れるまで少し時間がかかったが、割《わ》れ目《め》の先には光が、少なくとも明かりがあった。

ああ、怖いさ。悪夢《あくむ》の奥深《おくふか》くへ入っていくような怖さだ。厳重《げんじゅう》に守られている要塞《ようさい》へ侵入《しんにゅう》しようとしていることより、自分が指揮をとっていることのほうが怖い。最悪なのは、ふたりともパルを頼《たよ》りにしているらしいことだ。だから次にどうすればいいかもわからないのに、パルはふたりを振《ふ》り返《かえ》って言った。「ぼくについてきて」

だれかに決断《けつだん》をまかせてしまえば楽だ、たとえそのだれかがまぬけでも。人はだれかに導《みちび》かれ、どうやって生きていくかを指示《しじ》されるのが好きなんだ。

パルは自分のことを、十人並《な》み以上だとは思っている。でもいまは？　頼《たよ》りになる英雄《えいゆう》に導《みちび》いてもらわなきゃいけないときにかぎって、パルがその役目をやるはめになるなんて。ツルハシをきつく握《にぎ》りすぎて、ぶるぶる震《ふる》えていた。割《わ》れ目《め》に体を押しこみ、ブタたちが動きまわっている物音がしないかと耳をそばだてる。

壁《かべ》の割《わ》れ目《め》の先がぱっと開けた。ゆらめく松明《たいまつ》の明かりが、じめじめした細い通路を照《て》らしている。パルのあとからふたりも出てきた。フェイスの意志《いし》の強さも、胸の不安を隠《かく》しきれていない。ラージャは自分がここまで来たことに驚《おどろ》き、目を丸くしてきょろきょろしている。

三人は一列に並《なら》んで、音を立てないよう探索《たんさく》を進めた。けれど要塞《ようさい》は広大だ。

「宝《たから》の部屋はどこでしょう?」

「要塞《ようさい》の中心だろう」ラージャが言った。「もっと奥《おく》まで行かないと――」

パルはラージャの口を手でふさいだ。フェイスも口をつぐみ、三人は物陰《ものかげ》に体をぴったり押しつけた。

カチャン、カチャンという足音がどんどん大きくなってくる。鎧《よろい》を身につけただれかがこっちへ近づいているんだ。

チャンスは一度しかない。近づいてくるやつを一発で倒《たお》さなきゃ。しくじれば仲間を呼《よ》ばれて、この冒険《ぼうけん》は即座《そくざ》に終わりを迎《むか》える。壁《かべ》の割《わ》れ目《め》までの道を思い出せるといいけれど。

向かいの壁《かべ》に大きな影《かげ》が映った。足音が大きくなる。鎧姿《よろいすがた》が角を曲がってくるのが見えた。

「いまだ！」パルは叫んだ。

ツルハシが盾《たて》にガチンと当たると、パルはなぎ払《はら》われて壁《かべ》にぶつかり、その衝撃《しょうげき》で肺の空気を一気に吐《は》きだした。ラージャが斧《おの》を振《ふ》るが、相手は重い鎧《よろい》を着ているにもかかわらず、すばやくしゃがみこんでそれをかわした。フェイスの矢は胸当《チェストプレート》てにはじかれ、続いて彼女《かのじょ》の手から弓が払《はら》い落《お》とされた。相手は斧《おの》を掲《かか》げて、松明《たいまつ》の明かりのもとへ進みでた。「おまえらはおしまいだ！　タイラスさまの不意をつけると思ったか？」

タイラス？

うわっ、まずい。

タイラスは興奮《こうふん》して目をぎらつかせ、パルめがけて斧《おの》を振《ふ》りかざした。

第9章　遺跡《いせき》の罠《わな》

そのときラージャがパルの前に飛びだした。「タイラス！　やめろ！」

タイラスは攻撃《こうげき》をやめたが、それもかろうじてだ。ラージャの頭をかち割る寸前でぐいと体をひねり、斧《おの》は甲高い音を立てて火花を散らし、石壁《いしかべ》を削《けず》った。

騎士《きし》タイラスはあぜんとして三人を凝視《ぎょうし》した。「どういうことだ……どうやってここに来た？」

タイラスの姿はぼろぼろだ。つい昨日はピカピカに輝《かがや》いていた鎧《よろい》はボコボコにへこんで焦《こ》げていた。額《ひたい》には包帯を巻《ま》き、左目は腫《は》れあがっている。けれども斧《おの》を持つ手は力強く、めらめらと燃《も》える瞳《ひとみ》は警告《けいこく》を発していた。

「冒険《ぼうけん》に出るのはきみだけじゃないさ」ラージャが言った。

タイラスはラージャの胸ぐらをつかんだ。「おれは信じないぞ！　おれをつけてきたな？」

「彼《かれ》を放して」フェイスが食ってかかり、ラージャを引き離《はな》した。「あたしたちは自分たちでここへ入る方法を見つけたのよ。そっちがどう思おうと、たまたまここで鉢合《はちあ》わせしただけ」

タイラスはうなり声をあげ、襲いかかってくるんじゃないかとフェイスは一瞬《いっしゅん》思った。こいつったら、手当たりしだいぶちのめしたがってる！　斧《おの》の柄《え》を握《にぎ》ったまま、うずうずと指を動かしているじゃない。

「おれの邪魔《じゃま》をするな」タイラスは怒鳴った。「さもなきゃおまえらをピグリンどもにくれてやる」

「ブラボー団の残りのメンバーはどこにいるの？」フェイスはたずねた。

タイラスは首を横に振《ふ》った。「おれひとりだ」

そうなることぐらいわからなかったのかな？　とパルは思った。正面から突破《とっぱ》できるとでも？　英雄《えいゆう》と呼《よ》ばれる連中は頭がどうかしているらしい。偉大《いだい》な冒険譚《ぼうけんたん》はすべて自分のことだと思いこんでいるんだ。けれどもタイラスの顔に苦痛《くつう》の色が浮《う》かんでいることに、パルは気づいた。彼《かれ》は団長だったのに、みんなの期待《きたい》に応《こた》えられなかったのだ。

「ぼくらの仲間になってください」

「なんだと？」タイラスが言った。

「なんだって？」これはラージャだ。

「助けになるなら、ネコの手も借りたいぐらいなんです」パルは疑《うたが》わしげな顔をしているタイラスと向き合った。「あなたはなおさらそうでしょう。こうして要塞《ようさい》の中へ入ったけれど、まだ宝《たから》の部屋を見つけなきゃいけないし、脱出《だっしゅつ》する必要だってある。ここまでどれだけ大変だったにしろ、同じぐらい手ごわいモンスターたちが帰り道にも待ちかまえていますよ」

ラージャはひげをポリポリかいた。「たしかにそうだな。ぼくも帰り道のことは考えてなかった」

でしょうね。ラージャの目はつねにお宝《たから》へ向けられていて、いやなことは眼中に入らない。帰り道は長いし大変になるのは目に見えている、だけどもしも……。

パルはタイラスをじっと見た。「あなたたちのポータルはどこです？」

タイラスは顔をしかめた。「おまえたちには関係ない」

「この近くにある、そうでしょう？　だからぼくらより先にここへたどり着いていた。ぼくらのポータルは谷を越《こ》えた向こう側だけど、あなたたちのポータルは要塞《ようさい》のすぐそばにある。きっとそうだ」

「言っただろう、おまえたちには関係ない。ポータルの場所は教えないぞ」

頑固《がんこ》でまぬけ。でも、そんなことには慣《な》れっこだ。どちらも英雄《えいゆう》には必要な性格らしい。

「じゃあ、ぼくらがどうやってここへ入ったのかも教えられませんよ。がんばって正門から出ていくんですね。ピグリンの軍隊《ぐんたい》はいまごろ正門に勢《せい》ぞろいしてるだろうなあ。あいつらを全部倒《たお》して出ていくんですか？」

タイラスがにらみつける。「やるしかないならやるさ」

頑固《がんこ》でまぬけでやけっぱち。

どうやればタイラスに現状《げんじょう》をわからせることができるんだろう？　鉄のヘルメットの下のさらにかたい頭にどうすれば分別を叩《たた》きこむことができるのかな？「宝《たから》のことを気にしてるなら、四人でも持ち帰れないぐらいどっさりあるはずです。みんなで山分けしましょう」

「宝《たから》などどうでもいい。重要なのは栄光だ。おれは戦い抜《ぬ》いてここまで来たんだ、おまえらに栄光を横取りはさせないぞ。自分たちが英雄《えいゆう》になろうって気だな？」

「いえ、そんなことはしません。ぼくらはただ――」

タイラスの耳には入っていない。「マハラジャ卿《きょう》だって冒険隊《ぼうけんたい》を引き連れていたよな？ 冒《ぼう》険《けん》や探検《たんけん》にひとりで行ったわけじゃない。仲間がいたが、そいつらのことをだれが覚えている？」

ラージャがうなずいた。「ほかはだいたいみんないっしょくたになってたな。隊のメンバー全員を、父上は〝ハリー〟と呼《よ》んでいた。で、それがどうしたんだ？」

タイラスはひとりひとりを指さした。「吟遊詩人《ぎんゆうしじん》たちが歌にするのはだれだ？ 宝《たから》は山分けにできる、だが栄光は？ 栄光を手に入れるのはひとりだけ、あとはゼロなんだ」

「だったらゼロに慣《な》れることね」フェイスが言った。

いっせいに彼女《かのじょ》のほうを振《ふ》り向《む》いた三人の表情《ひょうじょう》はバラバラだった。ラージャはぎょっとした顔、タイラスは怒った顔、パルは静かに愉快《ゆかい》がっている顔だ。

タイラスはずんずんとフェイスへ近づき、顔を突《つ》き合わせた。「おまえはなにさまだ、もういっぺん言ってみろ」

そのとき、意外にもラージャがふたりのあいだに体をすべりこませた。「彼女《かのじょ》はぼ、く、ら、の仲間だ」

「……仕方《しかた》がない、話にのってやってもいい」タイラスは鎧《よろい》を整えた。武器《ぶき》を持った戦士がよくやるように、なぜかくるくると手首をまわしてみせる。「だが戻ったら、このことは絶対《ぜったい》に二度と口にするな。いいか？」

「ぼくらの話なんて、どのみちだれも信じない」パルは言った。

「そりゃあそうだ」タイラスが同意する。「タイラスさまがおまえたちのようなやつらと手を組む？　ありえん」

さあて、それじゃこれからどっちへ進もう？　おそらく西の方向へ、要塞《ようさい》の中心へ向かう通路をパルは選《えら》んだ。宝《たから》の部屋はまず間違《まちが》いなくそこだ。

「こっそり進もう。この冒険《ぼうけん》では、英雄的《えいゆうてき》行動の出番はないんだ」

フェイスは彼《かれ》に向かって顔をしかめた。「あたしがガストをやっつけたことはどうなの？　あれはなんて呼《よ》ぶのよ？」

「自分の務《つと》めを果《は》たしたってことだよ。たしかに勇敢《ゆうかん》だった。賢《かしこ》くもあった。英雄的《えいゆうてき》行動かどうか？　きみが満足するならそう呼《よ》んでもいいよ。だけどぼくの言いたいことは変わらない。

自分からトラブルを探しに行くことはない。遅《おそ》かれ早かれ向こうがぼくらを見つけるんだから」

パルは先頭に立った。屋内でも屋外でも、パルは方向感覚がすぐれているのだ。たぶん長年の屋敷勤《やしきづと》めのおかげで、千もの用事を言いつけられて走りまわり、マハラジャ卿《きょう》のおんぼろ屋《や》敷《しき》でありとあらゆる場所を探索《たんさく》してきたからだろう。屋敷《やしき》の仕事は楽しかった。どうやら大きな建物はどれもだいたい同じ造《つく》りらしい。ひとつを知りつくしているパルには、ここのこともある程度わかった。

四人はフゴッフゴと鼻を鳴らすピグリンの見まわりから隠《かく》れ、ホグリンが地面を掘《ほ》り返す家《か》畜小屋《ちくごや》を忍び足で通過《つうか》し、溶岩溜《ようがんだ》まりをひとつと言わず飛《と》び越《こ》えるはめになった。しかし奥《おく》へ進むほど、要塞《ようさい》はより壮大で、より手のこんだ造《つく》りになっていった。四人は溶岩《ようがん》の噴水《ふんすい》に照《て》らされたブラックストーンの大広間を横切り、煙《けむり》をあげる裂《さ》け目《め》にかかった橋を渡《わた》って、悲痛《ひつう》なささやき声を風が運ぶのを耳にした。

そしてついに長い廊下《ろうか》へ足を踏《ふ》み入れた。床《ゆか》には異なるブロックで模様《もよう》が描《えが》かれ、突《つ》き当たりには両開きの巨大《きょだい》な鉄の扉《とびら》がある。

「あれですよ、あれがずっと前に亡くなった地図屋のかつてのライバルが取りつけた扉《とびら》に違《ちが》いない」パルは言った。「宝《たから》の部屋はあの先だ」

ラージャは近づいて片方の扉《とびら》に肩を当てた。「ようし、力を貸せ」

四人は扉《とびら》を押した。だがびくともしない。

フェイスは肩をさすった。「ほかに入り口があるんじゃない？」

パルはうしろへさがって扉《とびら》をじっくり眺《なが》めた。「かもね。でも探しに行ってたら、どれだけ時間がかかるかわからない。ぼくらは扉《とびら》の前にいるんだ、フェイス。扉《とびら》を開ける方法があるはずだよ」

あと少しなんだ！　扉《とびら》を開ける手段《しゅだん》があるに決まっている。だけど扉《とびら》の表面には取っ手も鍵《かぎ》穴《あな》もない……。

フェイスが床《ゆか》に視線をおろした。「どうしてこんなにいろんなブロックが敷《し》かれてるんだろ？　要塞《ようさい》内のほかの床《ゆか》は全面ブラックストーンだったのに。ほら見て。木。石。黒曜石。ラピスラズリ。金まである。どれも赤い粉でつながってる。どういう意味かわかる？」

「きっと感圧板《かんあつばん》だ」パルは赤い粉を指でこすってみた。指がチリチリする。「これ、ただの粉じゃないぞ」

「それはレッドストーンダストというんだ」ラージャが言った。「間違《まちが》いない。父上はレッドストーン城を見つける旅の途中《とちゅう》で、奇妙《きみょう》な回路に遭遇《そうぐう》したと話していた」

なるほど、そういうことか。「この赤い線でブロックをつなげて……なにかの装置《そうち》が作動する仕組みになってるんでしょうか？」

ラージャは床《ゆか》をいろどるブロック——感圧板《かんあつばん》——を身振《みぶ》りで示《しめ》した。「正しいやつを押せば扉《とびら》が開くんだ。明白だろ」

パルは眉根《まゆね》を寄せた。「間違《まちが》ったやつを押したら？」

フェイスが眉《まゆ》をつりあげる。「なにか悪いことが起きるとか？」

ラージャはため息をついた。「たいていそうだろう。つまり扉《とびら》には罠《わな》が仕掛《しか》けられてるんだ」

でもどんな罠《わな》だろう？　パルは扉《とびら》の前に立つと、床《ゆか》から天井、側壁《そくへき》へと目を凝《こ》らした。罠《わな》を解除《かいじょ》する方法はなさそうだ。扉《とびら》のまわりを全部掘《ほ》り返して、作動装置《そうち》のおもとを見つけださないかぎり。罠《わな》を解除《かいじょ》できないなら、残る選択肢《せんたくし》はひとつだけ、感圧板《かんあつばん》を手当たりしだいに作動させてみるしかない。パルは扉《とびら》から後退《こうたい》し始めた。

「とりあえず、装置《そうち》を動かしましょう」

「なにが起きると思う？」フェイスが問いかけてきた。

「なんにも起きないか、溶岩《ようがん》がどうにかなるんだろうな。ぼくがこういう仕掛《しか》けを作るなら、特定の板が押された瞬間《しゅんかん》に床《ゆか》が崩《くず》れるようにする。この建物の下は丸ごと溶岩《ようがん》の湖だから、落とし穴《あな》にするのがいちばん理にかなってる」パルは壁際《かべぎわ》を示《しめ》した。「みんな壁《かべ》に張《は》りついていれば安全だ。そこからきみが木の感圧板《かんあつばん》に矢を射《い》ってくれ」

タイラスは斧《おの》を自分の盾《たて》に打ちつけた。「時間の無駄《むだ》だ。ピグリンどもがおれたちのにおいを追ってくるぞ」

ラージャは壁《かべ》のほうへ向かいだした。「きみのにおいを、だろ」

うまくいくかな？　フェイスはそう思いながら弓を取りだした。なんにも起きなかったら、パルがまぬけに見えそう。だけど生きたまま溶岩《ようがん》に焼かれるよりは、まぬけに見えるほうがましよね。へたにみんなから期待《きたい》されていないことも、パルにとってはよかったかも。どうせ失敗《しっぱい》すると思われているんだから。

フェイスは弦《つる》を耳まで引《ひ》っ張《ぱ》り、手を離《はな》した。

矢はこつんと小気味のいい音を立ててブロックの中央に当たったあと、はじかれて床《ゆか》をすべっていった。音は反響《はんきょう》したが、それでおしまいだ。なにも起きなかった。

タイラスは大笑いした。「従者《じゅうしゃ》の助言に耳を貸したりするから、このざまだ。使用人を思いあがらせないほうがいいのには理由がある——」

と、ブロックがゆっくりと横へ動いて、床《ゆか》が開き始めた。部屋の下から溶岩《ようがん》が現れ、その熱で室温が急上昇する。これではあっという間に扉《とびら》までたどり着けなくなりそう！

フェイスはひと握《にぎ》りの矢をつかんだ。「走る準備《じゅんび》をして！」

「扉《とびら》までたどり着けるもんか！」ラージャがわめく。

「いいから走る準備《じゅんび》をして！」フェイスはふたたび矢を放ち、別の感圧板《かんあつばん》の中心に命中させた。するとと床《ゆか》の別の部分が動いてそっちまで開き始めた。

「なにやってるんだよ！」パルは言った。

「ああ失礼？　じゃあなんでもいいからどうぞアドバイスしてちょうだい！」

彼女《かのじょ》がふたたび矢を放つ前に、パルはその手をつかんだ。「待って」

「時間がないのよ——」

「待つんだ」

パルは回路の作りをよく見た。フェイスが矢を当てたふたつのブロックは同じ模様《もよう》だ。となると、同じ模様《もよう》になっている残りのブロックでも同じ仕組みが起動して、その部分の床《ゆか》が開くはず。だったら……。

パルは扉《とびら》にいちばん近い、右上の木のブロックを指さした。「あれだ」

「どうしてわかるの？」

「あれだけ模様《もよう》が違《ちが》う。だから機能《きのう》も違《ちが》うはずだよ」

フェイスはうなずき、矢を放った。

隠《かく》れていたピストンが動きだす。扉《とびら》はガタガタ震《ふる》えたあと、ゆっくりと開いた。

フェイスはにっこりとした。「やるじゃない、パル。すごいよ」

パルもつい笑い返していた。「喜ぶのはここを脱出《だっしゅつ》してからだよ」

タイラスは貪欲《どんよく》そうに目を輝《かがや》かせ、にんまりとした。「お宝《たから》をちょうだいしようぜ」

まだ床《ゆか》は開き続けていたが、四人は走りだした。

第10章　宝《たから》の部屋

宝《たから》の部屋は溶岩《ようがん》プールの上に作られていた。中央にある宝《たから》の山へ行くには、広大な死の溶岩《ようがん》プールの上で交差する橋を渡《わた》るしかない。地獄《じごく》の灼熱《しゃくねつ》に大気がゆらゆらする先にある大きなチェストを、フェイスは指し示《しめ》した。「宝《たから》はあそこよ。でも、いやに簡単に見つかったわね」

「簡単だと？　おれはここへたどり着くまでに仲間を全員失ったんだぞ」タイラスは斧《おの》を掲《かか》げた。「その分は取り返してやる」

「待って。用心しなきゃ。宝《たから》が守られもせずに置きっぱなしになっているなんて、本気で思ってるの？」

「だが、なにも見当たらないぞ」

「そう、なにも見当たらない」フェイスは言った。「それが最後の罠《わな》なんだって。あたしにはわかる」

「根拠は？　どんな根拠がある？　ネザーに来たこともないくせに。要塞《ようさい》を探索《たんさく》したこともないだろう」

「ないよ、でもだからって――」

タイラスは微笑《ほほえ》んだ。上から目線の見くだした笑みだ。「ここはベテラン冒険者《ぼうけんしゃ》にまかせたらどうだ？　おまえはここで待ってれば、あとはおれがやってやるよ」

「だから、わからないの？　あたしはあなたに力を貸そうとしてるの！」

「おまえみたいな小娘の力は必要ない。おれさまはタイラス卿《きょう》だぞ、忘れたのか？　おれの名前は国中にとどろいている！　おとなしく座って、本物の英雄《えいゆう》の活躍《かつやく》ぶりをとくと見ておけ」

こいつったら、ラージャよりたちが悪い。思いあがった知ったかぶりでなきゃ、英雄《えいゆう》になれないルールでもあるの？「わかった。見せてよ」

タイラスはふんと髪を払《はら》った。手出しはするなよとばかりに、ラージャとパルまでにらみつける。救いようのないばか。

ラージャは壁《かべ》に寄りかかると、食べものはないかとポケットを探った。「さっさと頼《たの》むぞ。

汗っかきのブタのにおいがしてきた」

タイラスは斧《おの》をしっかり握《にぎ》りしめ、目を糸のように細くしてそろそろと橋を渡《わた》った。松明《たいまつ》がゆらめき、床《ゆか》に波打つ影《かげ》を落とす。聞こえるのはタイラスの鎧《よろい》が立てるカチャカチャという音だけだ。

そしてなにも起きなかった。

なにかあると思ったのに。どこかから槍が飛んでくるとか、床《ゆか》が開いて溶岩《ようがん》プールにぼちゃんとか。ところがタイラスはなにごともなく橋を渡《わた》っている。

「なによ、ばかばかしい」フェイスは憤慨《ふんがい》した。「宝《たから》の部屋に罠《わな》を仕《し》掛《か》けない人がいるわけ？」

「ぼくらも行くとするか」ラージャが言った。「めぼしい宝《たから》はタイラスが自分のものにするだろうな。彼《かれ》の名誉《めいよ》を重んじればそれが正当だ」

彼《かれ》の名誉《めいよ》は重んじられるかもしれないけれど、フェイスに言わせれば、そんなことはどうでもいい話だ。「全部みんなで平等《びょうどう》に山分けすべきじゃない？」

ラージャは大笑いした。「山分けは平等《びょうどう》な者同士でやることだろう！　タイラスがいちばん、それからぼく、次がパル、最後がきみ。それが世の中における順番だ」

「どうしてあたしが最後なの？　新米だから？　それともほかの理由？」

ラージャはびっくりした顔で彼女《かのじょ》を見つめた。「ほかの理由って？」

「聞いたことがあるもん。女は冒険隊《ぼうけんたい》に入っても、まわりに助けてもらうだけだって。女は絶《ぜっ》対《たい》に英雄《えいゆう》にはなれないって」

パルは笑いをこらえている。「そんなことはないのを、きみはすでに証明《しょうめい》してるよ」

フェイスは顔をしかめた。「証明《しょうめい》できるのはまだまだ先よ」

「来いよ！　なんの危険《きけん》もないぞ！」タイラスが宝《たから》の箱に片足をのせて叫んだ。「おれの予想したとおりにな」

三人はいちばん近くの橋を渡《わた》った。フェイスは用心し、タイラスが踏《ふ》んだところにだけ足をのせた。ブロックの中に感圧板《かんあつばん》が仕込まれている可能性はまだある……。

けれどもなにか作動したり、爆発《ばくはつ》したり、ぱかっと開いたり、飛んできたりすることはなく、四人はチェストの前に集合した。すっごくがっかり。「それで、次はどうするの？」

タイラスは斧《おの》の柄《え》を両手で握《にぎ》った。「チェストを叩《たた》き割って、中身を奪《うば》うのさ。ちょっとさがってろ、飛んできた破片《はへん》でケガしたくないだろ」

ん？　なにか変だ。「待って。におわない？　なにか燃《も》えてるよ。もうちょっとチェストを慎重《しんちょう》に調べたほうが――」

タイラスは雄叫《おたけ》びをあげて斧《おの》を頭上に振《ふ》りあげると、重厚《じゅうこう》な南京錠《なんきんじょう》を叩《たた》き壊《こわ》してチェストからはずした。フェイスに向かってにやりとし、チェストの蓋《ふた》を蹴《け》り開ける。

中身があふれだして床《ゆか》に散らばった。金や鉄の延べ棒《インゴット》がガラガラと床《ゆか》にぶつかってあちこちへ跳《は》ね返《かえ》るが、四人が探し求めているものではない。金と鉄にまじって、黒い金属《きんぞく》のインゴットがあった。触《ふ》れると、部屋はこんなに暑いのにひやりと冷たい。

タイラスはその黒い金属《きんぞく》を手で示《しめ》した。「ネザライトはおれのものだ」

「インゴットは六つある。半分ずつにしよう」

ラージャの提案にタイラスは首を横に振《ふ》った。「だめだ。すべておれのものだ。ほかはくれてやる。それでまともな武器《ぶき》を買えよ、ラージャ。石の斧《おの》なんて滑稽《こっけい》だぞ。原始人みたいに石の斧《おの》を手に走りまわる息子を見たら、おまえの父親はどう思うだろうな？」

でも、なにかが焼けるあのにおいはどんどん強くなっている。どこからにおってくるの？

フェイスはパルへ顔を向けた。「やっぱりにおうよ。ここを離《はな》れなきゃ」

タイラスはふんと嘲笑《あざわら》った。「逃《に》げろ逃《に》げろ、臆病者《おくびょうもの》どもめ」

空気がゆれ、強い熱風が宝《たから》の部屋へ吹きこんできた。泡立《あわだ》つ溶岩《ようがん》の中からジュージューと燃《も》える小さな立方体《キューブ》が浮《う》かびあがる。そいつは蛇腹《じゃばら》みたいにびょんと伸《の》びた。炎《ほのお》がそいつの体をなめている。火明かりが部屋を赤く染《そ》める。

「まずいぞ」ラージャはそう言ってあとずさった。

キューブからは溶岩《ようがん》がしたたり落ち、ブロックの床《ゆか》に飛んで、ジュージュー音を立てる溶岩《ようがん》溜《だ》まりが点々とできる。ジュージューと燃《も》える音はさらに大きくなり、熱気が刻一刻《こくいっこく》と強烈《きょうれつ》になっていった。

「逃《に》げなきゃ」フェイスは言った。

タイラスは炎《ほのお》のキューブをじっと見ている。「おれは逃《に》げないぞ。いままで逃《に》げたことはないし、これからも逃《に》げることはない」

タイラスはなにを証明《しょうめい》しようとしているの？　英雄《えいゆう》であり続けるために本気で命を捨《す》てるつもり？

キューブが部屋の中央にあがってきた。その目が開いた。それは燃《も》えさかる炎《ほのお》が満ち満ちたふたつの穴《あな》だ。キューブはゆっくり向きを変えた。溶岩《ようがん》の大きなしずくが体からぼたぼた落ちる。そいつのまわりの空気は熱でゆらゆらしていた。

「マグマキューブだ」ラージャがささやいた。「父上が一度戦ったことがある。一体だけなら、問題ないはずだ」

パルがうめき声をあげて指さした。周囲にそびえる柱でここからは見えにくいが、すみっこから赤く輝《かがや》くキューブがさらに出てきた。「三体の場合はどうなんです?」

ラージャはふらりとあとずさった。「えーと。そうなるとまったく別の作戦が必要になるな」

フェイスは震《ふる》える手で矢をつがえた。近づいてくる炎《ほのお》のかたまりが相手では、木製《もくせい》の矢なんて笑っちゃうほど貧弱だ。「それって、どんな作戦?」

ラージャはごくりと息をのんでから答えた。「逃《に》げよう」

第11章　ネザーからの脱出《だっしゅつ》

パルはリュックにネザライトを押しこんで背負《せお》った。ずしりと重いが、心地よい重さだ。

「面倒《めんどう》なことになる前に逃《に》げましょう」

ラージャは斧《おの》を親指でいじっている。「でもタイラスはどうするんだ？」

「ぼくらには関係ないですよ」

「死んでしまうぞ」

「いま言ったように、ぼくらには関係ありません」パルは扉《とびら》へ向かおうとして、ラージャもフエイスもついてこないのに気がついた。「ほら、行きましょう」

ラージャは斧《おの》の柄《え》をぐっと握《にぎ》った。「考えてるんだが……」

あーあ。ラージャがなにか考えると、ろくなことにならない。

「こんなとき、父上ならどうするだろう?」

「そもそもこんなことにはなってないでしょうね」最善ではないけれど、正直な返事だ。「タイラスはぼくたちと一緒《いっしょ》に行くのだっていやがっていたんですよ、それをお忘れなく」

三体のマグマキューブは、パルたちを一箇所《いっかしょ》へ追いこもうとしているようだ。いますぐ逃《に》げないと、火に取《と》り囲《かこ》まれてしまう。

フェイスはラージャの隣《となり》へ進みでた。「さっきはそうでも、いまはいまよ」

ふたりがどうしたいのかはパルにもわかったが、それは彼《かれ》がしたいこととは正反対だ。「相手はマグマキューブだよ。いったいどうやって三体も倒《たお》すんだ?」

フェイスはにこりとした。「作戦を考えよう。いつもそうしてきたでしょ」

「そんなの大嘘《おおうそ》だ」パルがうめいたのを、ふたりとも聞いていない。ふたりはただ英雄《えいゆう》のまねごとをしたがっているだけだ。

そのうえ、待とうともしない。ふたりはキューブめがけて走りだしていた。いっそひとりで帰ろうかとパルは思った。どのみち宝《たから》は手に入れたんだし。ここへ来た目的は果《は》たしたよね?

パルは呼《よ》び止めようとしたが、ふたりとももう行ってしまった。

パルはツルハシを取りだし、ふたりのあとを追った。キューブがぴょんぴょん跳《は》ねるせいで、橋がゆれているのがここからでもわかる。

パルはすぐにふたりに追いついた。ラージャは興奮《こうふん》して目をギラギラさせ、フェイスは矢をつがえている。彼女《かのじょ》は戦いの音がするほうへ首を傾《かたむ》けた。「一体ずつ倒《たお》していこう、中央にいるやつからよ。不意打ちをかけて、なるべくすばやく、全力で攻撃《こうげき》。シンプルにね、いい？」

「どうぞお先に」パルは言った。不服なのに気づかれないといいが。

ふたりはなにも気づかなかった。フェイスはうなずくと柱の角を曲がり、ラージャはそのすぐうしろに続き、斧《おの》を掲《かか》げて突進《とっしん》した。

一体のマグマキューブがぴょんぴょん跳《は》ねて、タイラスを追いかけていた。着地するたびに床《ゆか》全体がゆれる。タイラスが柱のうしろにさっと隠《かく》れたので、マグマキューブは柱に激突《げきとつ》した。ガラガラ落ちてくる瓦礫《がれき》から逃《のが》れるので精いっぱいのタイラスは、ラージャたちに気づいてさえいない。

フェイスが一体のマグマキューブの背中《せなか》に矢を連射《れんしゃ》し、ラージャが突撃《とつげき》する。矢が背面《はいめん》に刺《さ》さった瞬間《しゅんかん》、マグマキューブはこの新たな敵《てき》をくるりと振《ふ》り返《かえ》った。ラージャが斧《おの》を振《ふ》りおろし、マグマキューブがぶるりと震《ふる》える。パルはやあっと声をあげ、別のマグマキューブにツルハシを突《つ》き刺《さ》しては、跳《と》んでこられないところまで走って逃《に》げるのを、できるだけ何度も繰《く》り返《かえ》した。

その隙《すき》にタイラスは息を整え、急に形勢《けいせい》が有利になったのに気づくと、自分も猛攻に出た。ラージャとフェイスは力を合わせて次々に攻撃《こうげき》を加え、矢を浴びたマグマキューブが激《はげ》しく震《ふる》えだしても手をゆるめなかった。モンスターはいきなりフェイスめがけてぴょんと高く跳《と》びあがった。フェイスには逃《に》げ場がない。もしもあれに押しつぶされたら――。

空中でフェイスの矢が命中した。マグマキューブは破裂《はれつ》し……四体の小さなキューブになった。ミニキューブは追いかけ合うようにして、ぴょんぴょんあちこちへ跳《と》んでいく。一体がぶつかってきて、ラージャは床《ゆか》に転倒《てんとう》した。

そのすぐあと、また別のマグマキューブがバラバラになって、ミニキューブがさらに誕生《たんじょう》した。

これじゃ、どうにもならない。こんなにどんどん増殖《ぞうしょく》されたらお手上げだ！

パルは柱の裏へまわって、最後に残った大きなマグマキューブから隠《かく》れた。別の作戦が必要だ。でも、どんな作戦？

パルは火薬をひとつまみ取りだした。キューブをじっと眺《なが》めて、ジャンプしたり、壁《かべ》や邪魔《じゃま》になるものにぶつかったりするさまを観察する。ようし、それなら……。

火薬の袋と砂の袋をベルトからはずした。みんなは力を合わせて最後の大きな一体に攻撃《こうげき》している。すると、そいつまで分裂《ぶんれつ》し、いまや十数体のミニキューブがあちこちへぴょんぴょん跳《は》ねて溶岩《ようがん》をまき散らしていた。一体に体当たりされ、フェイスは危うくぺちゃんこにされかけた。次にまたあんな攻撃《こうげき》を食らったらまずい。

パルは橋を引き返すと、扉《とびら》のそばに砂を盛って小さな山にした。量はこれで足りるかな？　もしかして多すぎ？　わかるはずもないし、試す時間もなかった。パルはリュックから作業台を出し、床《ゆか》にドンと置いた。

ラージャがこっちを振《ふ》り返《かえ》った。「それをいまやる必要があるか？　本、本当に？」

「ちょっとだけ時間をください、若様《わかさま》！　考えがあるんです！」

「考え？　ぼくの考えを教えてやる。逃《に》げよう！」

「今回は逃《に》げません」パルはぴしゃりと言った。「これならうまくいきます」

たぶん。

ひょっとしたら？

運がよければ？

パルは火薬をひとつかみして、作業台に叩《たた》きつけた。

よし。これでいいんじゃないかな。あと必要なのは刺激《しげき》だ……。「フェイス！　これに火をつけてくれ！」

「火？　これって、なによ？」

「ぼくらの脱出作戦《だっしゅつさくせん》だ！」パルは声を張《は》りあげた。「いいから、火をくれ！」

フェイスはうなずくと、自分のほうへジャンプしてくるミニマグマキューブに向かって矢を放った。矢は溶岩《ようがん》をぼたぼた垂《た》らしてぴょんと跳《は》ねたキューブの真下を通過《つうか》した。矢羽根に火がつき、彗星《すいせい》みたいに弧《こ》を描《えが》いて飛んでくる。

「いまだ！　逃《に》げろ！」パルは叫んだ。みんないますぐここから逃《に》げないと。片方の目では戦《せん》闘《とう》を、もう片方の目では着火した火薬の山を見て、残り時間はごくわずかだとパルは判断《はんだん》した。

ラージャは一体のマグマキューブを斧《おの》で払《はら》いのけてから橋の上を走って扉《とびら》へ向かい、先に橋を渡《わた》ったフェイスは矢を放って彼《かれ》を援護《えんご》するが、タイラスは頑固《がんこ》に戦い続けている。

「なにをしてるんです?」パルは大声で呼《よ》びかけた。「ここから逃《に》げますよ!」

タイラスは斧《おの》をしっかり握《にぎ》り直しただけだ。「おれは逃《に》げん」

「じゃあ、あなたはここに閉じこめられるんですね。そうなるとだれもあなたの冒険譚《ぼうけんたん》を耳にすることはないんですよ、タイラス。ひとりぼっちの悲しい最期《さいご》だ。それがあなたの望みですか?　忘れ去られることが?」

挑発《ちょうはつ》するパルを、タイラスがにらみつける。煮えたぎる血の熱さがここからでも感じられそうだ。あともうちょっと熱くさせてやりさえすれば……。

「偉大《いだい》なるラージャ卿《きょう》。歌になるのは彼《かれ》のことだろうなあ。ネザーへ冒険《ぼうけん》の旅に出て、いかにしてたったひとりで要塞《ようさい》を制覇《せいは》したか。そんなのは嘘《うそ》だと言う人がだれかいるかな?」

「そんなことをさせるか」タイラスが怒鳴った。「あんなひよっこにおれの栄光を横取りさせはしないぞ」

パルはにっこりとした。「では、さっさと行きましょう」

そして勇者となって初めて、タイラスは逃《に》げだした。

「自分がなにをやってるか、わかっているんだよね」フェイスがパルにたしかめる。

正直、自分でも不安だが、それを口にするつもりはなかった。タイラスが扉《とびら》を出るのと同時に、パルは最後に残ったひとつかみの火薬を投げた。

砂と火薬をまぜ合わせたものからはもくもくと煙《けむり》があがり、爆発《ばくはつ》寸前だ。フェイスは足を速めると、パルとラージャに体当たりして三人とも扉《とびら》をくぐり、宝《たから》の部屋の外へ脱出《だっしゅつ》した。

爆発《ばくはつ》で扉《とびら》は完全に破壊《はかい》された。支柱の上に渡《わた》されたブロックがガラガラと崩《くず》れ落《お》ち、天井も半壊《はんかい》だ。ラージャはパルの腕《うで》をつかんで助け起こした。「とんでもないことをするな、パル」

いまや戸口は瓦礫《がれき》で埋《う》まり、マグマキューブが向こう側からばんばんとぶつかっている。パルはモンスターたちを閉じこめたのだ。

「どうしてちょうどいい火薬の量がわかったの？」フェイスが問いかけた。

「わかってなかったよ」

「自分が吹き飛ばされてたかもしれないじゃない」

「きみだって同じくらい危険《きけん》なことをやってたよね」パルはとりあえず大きな埃《ほこり》だけ払《はら》った。

「さあ、もう帰ろう」

宝《たから》の部屋で繰《く》り広《ひろ》げられた大乱闘《だいらんとう》をあとにして、四人は廊下《ろうか》を走った。「なんだかきみ、楽しそうだね？」パルはフェイスにたずねた。

彼女《かのじょ》がにっこりする。「あなたは楽しんでないの？　あたしたち、やり遂《と》げたんだよ、パル！　あたしたちがやったんだ！」

冒険《ぼうけん》は最初から最後まで恐怖の連続だったし、しかもまだ終わっていない。まだここから脱出《だっしゅつ》しなくてはいけなかった。パルとラージャとタイラスは角を曲がったところで足を止めて息をついた。タイラスは皮膚《ひふ》が真っ赤にただれて髪はチリチリに焦《こ》げ、汗が湯気みたいに蒸発《じょうはつ》していた。どこかで斧《おの》をなくしたらしく、盾《たて》は黒く焦《こ》げ、ところどころ穴《あな》が開いている。「どこから脱出《だっしゅつ》するんです、タイラス？　あなたのポータルの場所は？」

「聞いてどうなる、ピグリンどもを倒《たお》して橋を通過《つうか》するのは不可能だ。いまごろ正門にはブタどもの仲間が到着《とうちゃく》してるぞ」

「ぼくらは正門から入ってません」

タイラスは困惑《こんわく》した顔でパルを見つめた。「ほかに入り口はないぞ。堀《ほり》にかかっている橋はひとつきりだ」

「いまはふたつだ」ラージャはそう言ってパルの背中《せなか》をバンと叩《たた》いた。「ぼくの従者《じゅうしゃ》が作った橋があるからな。なかなか賢《かしこ》いやつだろう」

悪くない褒《ほ》め言葉だ。最高の褒《ほ》め言葉ではないけれど、ラージャの口からもっとましなのが出てくるまでは、これで我慢《がまん》、我慢《がまん》。

フェイスが角を曲がってきて合流した。「マグマキューブは閉じこめたけど、あれだけの爆《ばく》発音《はつおん》だもん、要塞中《ようさいじゅう》の敵《てき》が原因を調べにやってくるだろうね。ぐずぐずしないで先へ行かない？」

もちろん、パルに異論はない。タイラスでさえうなずいた。英雄《えいゆう》らしく最後まで戦うことには、もうそこまでこだわっていないらしい。

ピグリンとホグリンがプギィとかフゴッとか鼻を鳴らして廊下《ろうか》を突進《とっしん》してきた。先頭はホグリンで、蹄《ひづめ》を鳴らしながらどんどん加速している。

「相手にするには多すぎる」パルは早くも後退《こうたい》しながら言った。「お目当てのものは手に入れたし、つり橋へ行こう」

意外にも、彼《かれ》の意見にも異論は出なかった。

モンスターたちが四人を追いかけてきた。要塞《ようさい》を破壊《はかい》した者たちに、ピグリンとホグリンが復讐《ふくしゅう》しようとしているのだ。宝《たから》の部屋から流れてきているらしい焦《こ》げくさいにおいはパルにもかぎ取れた。

まあ、要塞《ようさい》はもともとぼろぼろだったから、さらにぼろぼろになったところで、だれも気にしないかもしれないが。

四人は外壁《がいへき》の割《わ》れ目《め》から外へ抜《ぬ》けだし、キノコとツタで作ったつり橋にたどり着いた。つり橋からは煙《けむり》があがっている。下側に火がついてちろちろと燃《も》え、キノコに含まれた水分がじゅうじゅうと音を立てて蒸発《じょうはつ》していた。

タイラスは橋へ目をやり、次にその下で渦巻《うずま》く溶岩《ようがん》を見た。「ピグリンどもを相手にするほうがましだ」

「絶対《ぜったい》に安全ですから」パルは言った。「たぶん」

「さっさとドロンするぞ」ラージャは進みでると、走ってつり橋を渡《わた》った。

フェイスはパルへ顔を向けた。「いま彼《かれ》、〝ドロンする〟って言った？」

「ラージャは意味不明な言葉をよく使うんだ。それは教養《きょうよう》があるせいらしいよ」

次にフェイスがつり橋を渡《わた》り、そのあとタイラスがしぶしぶ足を踏《ふ》みだした。半分まで来たところで、橋がギギッときしんだ。タイラスは残りを走って渡《わた》り終えたが、彼《かれ》の重さでつり橋の強度は弱まった。

ピグリンたちがパルを発見してプギィと鼻を鳴らし、それが橋を渡《わた》り始める合図《あいず》になった。つり橋の板の裏側から炎《ほのお》が舌を伸《の》ばしてパルの足首を焼く。ブーツの靴底《くつぞこ》はくすぶっていた。つり橋が大きくゆれ、ツタがほどけだしている。

パルがみずから作ったつり橋だ。あともう少しだけ持ちこたえてくれ。

「急いで、パル！」フェイスが叫ぶ。「なにをぐずぐずしているのよ？」

パルはうしろを見た。最初のピグリンがそろそろと橋に足をのせている。ほかの連中はうしろに集まってフゴフゴ、ブフンと声援《せいえん》を送っている。たぶん隊長だろう、けて鼻を鳴らすと、剣《けん》を片方の手から反対の手に持ち替《か》えてみせた。つり橋はひとりでも危ういのに、ふたり？　パルは次の板を踏《ふ》み、つり橋がさらに大きくゆれてめまいがするのを無視した。つり橋がくるりとひっくり返ったらどうなるんだろう？　そんな考えは頭から消し去って、待っているみんなに意識を向けた。ラージャさえ心配そうな顔をしている。まあ、そうだよね、ぼくがいなかったら、だれがラージャの靴下《くつした》をたたむんだ？

フェイスが片手を差しだしている。パルはその手を目指した。残り数枚の板は走って渡《わた》り、最後につるりと足がすべりかけたが、フェイスとラージャが体をつかんで安全な地面まで引《ひ》っ張《ぱ》りあげてくれた。ピグリンの隊長はフゴッと鼻を鳴らして板から板へとジャンプし、そのうしろから残りのピグリンたちがつり橋にわっと押し寄せた。

パルは片手を出した。「斧《おの》を」

ピグリンの隊長は恐怖に目をむいた。鼻を鳴らしてあわてて橋を引き返そうとするが、ほかのピグリンたちがすぐうしろにみっしりと続いているせいで、後退《こうたい》できない。

パルは斧《おの》を振《ふ》りおろした。ミシッと音を立ててツタに切れ目が入る。つり橋がぐらぐらし始め、うしろのピグリンたちもフンゴォォと鼻を鳴らした。隊長は頭を低くして剣《けん》をかまえると、パルめがけてまっすぐ走りだし、板から板へとジャンプした。

斧《おの》が再度《さいど》振《ふ》りおろされ、ツタは切断《せつだん》された。支《ささ》えていたものがなくなり、つり橋は下へと落ちていった。ピグリンの隊長は最後にもう一度鼻を鳴らしてから、溶岩《ようがん》の中へどぼんと転落した。

残ったピグリンたちは怒りのあまりフンゴォオオと大騒《おおさわ》ぎしているが、溶岩《ようがん》の堀《ほり》の向こう側からでは手も足も出なかった。

ラージャは堀《ほり》のふちから下をのぞいて、ぺろりと舌なめずりした。「みんながどうかは知らないが、ぼくは急に焼き豚が食べたくなったな」

第12章　旅のはじまり

ポータルを通る帰りの旅は最初のときと同じくらいぞっとするものだった。フェイスは叫びすぎて喉《のど》が痛《いた》くなり、もとの世界にほうりだされたときには、四人ともふらふらになっていた。ラージャは木のうしろへ行って胃袋の中身を吐《は》きだし、パルはしゃがみこんで両膝《りょうひざ》を抱《かか》えている。

「ぼくはもう二度とやらない」パルは彼女《かのじょ》に言った。

タイラスは彼《かれ》らのほうを向いて、腰に両手を当てた。「おまえたちのようなやつらに助けられるはめになるとはな。いいか、なにがあったかきかれても、絶対《ぜったい》におれの名前は出すんじゃないぞ」

フェイスは立ちあがって彼《かれ》と向き合った。「本当に自分の名声がそこまで心配？」

「おれには名声がすべてだ。長い時間をかけて築《きず》いたんだからな。どのみち、だれがおまえらを信じる？　ラージャのようなやつにタイラスさまが助けてもらっただと？　前にも言ったがありえん話だ」

「だけど事実でしょ、実際《じっさい》にそのとおりのことが起きたじゃないの」

「いつから人が事実を信じるようになった？」タイラスは言い放った。「人はいちばん好きな話を信じるんだ。おまえらもすぐにわかるさ」かつては斧《おの》がさがっていたベルトの輪っかに手を引っかけ、顔をしかめる。「おれは一からやり直しだ」

「あたしたちの仲間になれば？」フェイスは言った。「四番目の空きはあるよ」

ラージャが口をぬぐいながら戻ってきた。「それを決めるのはきみじゃないだろ。隊長はぼくだぞ、忘れたのか？」チュニックの袖口《そでぐち》を整える。「なあ、タイラス。ぼくらの仲間にならないかい？　四番目の空きはある」

「いまわたしがそう言ったじゃない！」

ラージャは眉間《みけん》にしわを寄せた。「きみが？　いつ？」

ほんとに忘れたんだ。あきれた。貴族《きぞく》がフェイスたちと同じ目で世の中を見ていないのは知っていたけれど、世の中どころか、なんにも見てやしない。

タイラスは首を横に振《ふ》った。「あばよ。それにいいか、ネザーで起きたことをだれかに話しても、おれはその話を否定する。それにはっきり言って、そもそもだれがおまえらを信じる？」

タイラスは自分の分のネザライトを取ると、さっさと去っていった。

ラージャはそのうしろ姿を見つめている。「思ってたのと違《ちが》うぞ。タイラスはぼくの前に片《かた》膝《ひざ》をついて、永遠《えいえん》の忠誠《ちゅうせい》を誓《ちか》うんじゃないのか？　血《ち》の誓《ちか》いを立てて義兄弟になったってよかったんだ。堂々と男らしく手のひらを切って握手《あくしゅ》を交わしてさ」

いったいどこからそんな考えが出てくるんだろ？　「あなたは血を見るのもだめだから無理だよ。自分の血ならなおさらでしょ」

「真の味方は血の絆《きずな》によって結ばれるものなんだ。そんなこと、だれでも知っているぞ」

「はいはい」フェイスは言った。「ナイフを出しておいて。あたしはいつでもいいよ。あなたの準備《じゅんび》ができたらどうぞ」

ラージャは困惑《こんわく》した顔でフェイスを見た。「等《ひと》しい身分の者同士での話だ。タイラス卿《きょう》はぼくと同じ貴族《きぞく》だろ。そんなことも理解《りかい》できないのか？」

「ふたりとも、そこまで」パルがリュックを持ちあげた。「ぼくらはやり遂《と》げたんです。タイラスじゃない。ブラボー団でもない。ぼくらがね。要塞《ようさい》に侵入《しんにゅう》し、お宝《たから》をいただいた。ぼくはそう理解《りかい》してます」

ラージャは体重を右足にかけたり左足にかけたりしながら、居心地悪そうな視線をフェイスとパルのあいだで行ったり来たりさせた。「うん……そうだな。よくやった、パル。それにきみもだ、フェイス。きみたちがいなかったら……やり遂《と》げることはできなかった」

ラージャから感謝の言葉？　へえ、これって前進よね？

フェイスにとって初めての正式な冒険《ぼうけん》。そして生きて戻ってきた。やり遂《と》げたいまになって、大きなショックが襲ってくる。何度もひやりとさせられた。どの危機も、最悪の事態に発展しかねなかった。

いまになって怖《お》じ気《け》づいているけれど、さっきまではそうじゃなかった。ガストにマグマキユーブ、ピグリンと出くわしたときは少しも怖くなかった。だってそうでしょ？　わくわくしていたんだもの。あらゆるものを敏感《びんかん》に鮮明《せんめい》に感じられた。あらゆるものに意味があった。これまでは風のない凪《なぎ》の海で生きていたようなものだった。吹きつける風や、波のうねりを感じるのがどんなことかも知らなかった。要塞《ようさい》の暗闇《くらやみ》を忍び足で進むのがあんなに楽しいなんて知らなかった。フェイスは生きている意味を見つけたのだ。

そう、それだ。魂《たましい》の奥底《おくそこ》から、自分が求めているものがわかった。子どものころに聞いたどの物語より、実際《じっさい》に体験したことのほうがずっといい。これは現実で、彼女《かのじょ》の人生なのだから。

町へ戻っても、歓声をあげて出迎《でむか》えてくれる群衆はいなかった。みんないつもと変わらず毎日の暮《く》らしを送っている。フェイスの変化に気づいてくれたっていいのに。この決然としたまなざしとか、堂々とした足取りとか……それと焦《こ》げた眉毛《まゆげ》とか、気がつかないの？

町の人たちははっと立ち止まり、少し震《ふる》えたりして、彼女《かのじょ》の変貌《へんぼう》ぶりに恐れおののいたりするものだと思っていた。ちょっとだけでも。

フェイスは生まれ変わっていた、自分では別人みたいに感じる。一方、世の中はそんなことに少しも興味《きょうみ》がないらしい。だれかを呼《よ》び止《と》めて一部始終を話してあげたかった。どんなにすごくて、どんなに怖くて、どんなに胸が躍《おど》る冒険《ぼうけん》の旅だったかを。

「もっと大騒《おおさわ》ぎされると思ったんだけどな」

パルが振《ふ》り返《かえ》った。「なにがだい？」

「あたしたちの冒険《ぼうけん》のこと」

「そこは吟遊詩人《ぎんゆうしじん》の出番だろ。少し待つんだね。しかるべき相手の手のひらに何枚かコインを握《にぎ》らせれば、きみの物語にきれいなリボンをかけて語ってくれるよ。自分の手柄《てがら》は別のだれかに自慢《じまん》してもらうほうが感心されるもんだ」

たしかにそうだろうけれど、腑《ふ》に落ちない。ガストと対決したとき、実際《じっさい》にはどんな感じだったか、吟遊詩人《ぎんゆうしじん》にわかるの？　パルの火薬が扉《とびら》を吹き飛ばしたときのことは？

とはいえフェイスも、村へやってきた吟遊詩人《ぎんゆうしじん》を目の当たりにしたことがあった。彼《かれ》らは食事と寝る場所と交換《こうかん》に歌や話を聞かせてくれた。即興《そっきょう》で言葉をつむぎ、フェイスやほかの幼い子どもたちを含む、それに耳を傾《かたむ》ける者たちに魔法をかけてくれた。

吟遊詩人《ぎんゆうしじん》の言葉は、それだけで、とてつもない危険《きけん》や、恐ろしいモンスター、語《かた》り継《つ》がれる英雄《えいゆう》たちのいる魔法の世界への扉《とびら》を開く鍵のようなものなのだ。自分はいまやその驚《おどろ》きに満ちた世界へ続く扉《とびら》をくぐり、もう二度ともとの世界へ戻ることはないのだと、フェイスはふと気がついた。はっきりとした境界が存在《そんざい》せず、地図にも載《の》っていない魔法の世界の住人に、彼女《かのじょ》はなったのだ。

なんだか皮肉なものだ。

「まじりけひとつないネザライト」地図屋はインゴットを日差しにかざしてひっくり返した。「これほどのものはほかにはありませんな。ダイヤモンドよりもさらに貴重《きちょう》です」

「見つけるのもさらに大変だ」ラージャは言った。「ネザーはものすごく苛酷《かこく》な場所だった、ぼくのような英雄《えいゆう》にとってさえ」

ぼくのような？　ラージャは本当にそう言ったの？　この冒険《ぼうけん》は三人で成《な》し遂《と》げたんでしょう、とフェイスは言おうとしたが、パルが首を横に振《ふ》った。言うだけ無駄《むだ》か。冒険譚《ぼうけんたん》に出てくる英雄《えいゆう》はひとりと決まっている。パルとフェイスはその仲間だ。ラージャの誇大妄想《こだいもうそう》につきあう忍耐強さをパルはどこで身につけたんだろうとフェイスが首をかしげるのは、なにもこれが初めてじゃなかった。

「報酬《ほうしゅう》の地図はどこだ？」ラージャが言った。

「ネザライトはこれですべてですかな?」地図屋が問いかける。

フェイスが顔を向けて眉《まゆ》をひょいとあげてみせると、パルはしーっと唇に指を当てた。自分の取り分は隠《かく》しておくつもりなのだ。パルは地図が本物かどうか疑《うたが》っているから、万が一、ただの紙切れだった場合でも、手元には冒険《ぼうけん》の成果《せいか》が残っているようにしたいのだ。

ラージャはテーブルの上に身をのりだした。「それだけでもありがたく思うべきだろう。きみが送りこんだほかの冒険隊《ぼうけんたい》は手ぶらで帰ってきたんじゃないのか?」

地図屋はぎこちなく微笑《ほほえ》んだ。「ほかの冒険隊《ぼうけんたい》ですと?」

「ブラボー団よ」フェイスは言った。「彼《かれ》らとはどんな取引だったの?」

「おお、ブラボー団ですか! あの者たちはものの数にも入りません。わたくしにはわかっておりました、多くの者たちが失敗《しっぱい》してきたこの冒険《ぼうけん》で成功するのはあなた方だと」

「打《う》ち捨《す》てられた武器《ぶき》や防具《ぼうぐ》を見ました」パルは言った。「要塞《ようさい》のまわりの平野にはそういうものがいっぱい散報酬《ほうしゅう》らばっていたんです」

「大きな報酬《ほうしゅう》には大きな危険《きけん》がつきものですからな」地図屋はネザライトをしまって言った。それから地図を取りだし、テーブルにそっと広げる。「お約束《やくそく》どおりに。レッドストーン城へ至る道でございます」

ラージャは神聖な書物のようにうやうやしく地図を手に取った。「〝大沼地《おおぬまち》〟。〝雷《かみなり》ヶ峰《みね》〟。そして目指す都市。父上が話していたとおりだ。これだ、これこそぼくの勇敢《ゆうかん》さをみんなに示《しめ》す絶好《ぜっこう》のチャンスだぞ」

「どこまで正確《せいかく》かわかりませんよ。この道だって」パルは地図の一部を指でなぞった。「実際《じっさい》の距離《きょり》はどれくらいです？　こんな場所は聞いたこともないが」

「この国の外へ出るんだよ。それが肝心なところだろ？　すでに知りつくされている場所へ行って冒険《ぼうけん》になるか？　父上は何年もかけてレッドストーン城を見つけようとした。父上が達成《たっせい》できなかった唯一《ゆいいつ》の冒険《ぼうけん》だ。城を手に入れて戻ってきたぼくを父上が歓迎《かんげい》するところを想像してみろ。少なくとも、ぼくに敬意《けいい》を払《はら》うようになるぞ」

フェイスもラージャも過去《かこ》から逃《に》げようとしているが、やり方は違《ちが》っていた。彼女《かのじょ》は自分の両親が象徴《しょうちょう》していたすべてから、自分たち以外を認めようとせず、広い世界から取り残されていることから、世の中をおびえた目でしか見ないことから、なるべく遠くへ逃《に》げたかった。一方のラージャは、偉大《いだい》すぎる父親と肩を並《なら》べられるようになろうとしてもがいている。

パルはどうなんだろう？　彼《かれ》がここにいる理由だってあるはずだ、ラージャの気まぐれにいちいちつきあうために一緒《いっしょ》にいるわけじゃないだろう。

それでは、と地図屋は立《た》ち去《さ》った。ラージャは暖炉《だんろ》のそばのテーブルへ戻り、穴《あな》が開くほど地図を見ている。

宿は混んでいた。客の多くは商人だ。取引をしている人たち、話をしている人たち、ともに笑って食事をしている人たち。暖炉《だんろ》で串刺《くしざ》しにしてあぶっている肉のおいしそうなにおいが立ちこめ、みんなにぎやかに騒《さわ》いでいる。

部屋の奥《おく》から冒険者《ぼうけんしゃ》の一団がこっちへ向かって乾杯《かんぱい》してくれた。ネザーから生還《せいかん》した冒険隊《ぼうけんたい》だと噂《うわさ》が広まったんだ。その噂《うわさ》にはタイラスの名前はまったく出てこないのかな。この風景ごと自分のものにしようとばかりに、フェイスは深く息を吸《す》いこんだ。この場所の名前さえ知らないけれど、自分が生まれた場所よりわが家みたいに感じる。自宅の玄関扉《げんかんとびら》の色さえもう思い出せなかった。

「次はどうするの？」フェイスは問いかけた。

パルはネザライトのインゴットを取りだして入念に眺《なが》めていた。「食料や材料を補給《ほきゅう》する。

明日には出発だ。だから今夜は快適なあたたかいベッドでよく眠るんだね。この先は溝《みぞ》の中や木の下で寝ることになるだろう」

「悪くないじゃない。星空の下で眠るのって楽しそう」

「夜間にすぐそばを何かがうろついていてもそう言えるかい？　人が歩いたことのない道を進み、未知の土地へ行くんだぞ」

「でも目指すはレッドストーン城でしょ！　考えてみて、パル！　最後に人が訪れたのがどれぐらい前かもわからない場所を、あたしたちが最初に探検《たんけん》するなんてすごくない？　パルは必ずやり遂《と》げてお宝を手に入れてやるって意気ごむどころか、うまくいかないかもって心配ばっかりしてるじゃない」

「追い求めていた宝《たから》が手に入らなかったときは？」

「そんなの関係ない。でこぼこ道だって、がっくりして歩くより、胸に希望を抱《だ》いて歩くほうがずっと楽でしょ」

　パルは声をあげて笑った。「きみはだれにも止められないんだね？」

「そうよ。あたしを止められるものなんて存在《そんざい》しない。足を踏《ふ》みだしさえすれば広い世界があるんだもん。パル、あたしは世界中を見てみたい。あたしの育った場所では……知ってる顔だけを見ていることにみんな満足してたみたいだった。自分たちにできる最善の生き方をしていたのかもしれないけど、だれも新しいことを探してみようともしなかった。それが我慢《がまん》できなかったの。外へ飛びだし、そこになにがあるのかを自分の目で見る。どうするか決めるのはそのあとでいいでしょ」

「それはレッドストーン城があればの話だよね。あの地図だって偽物《にせもの》かもしれない。そうしたら、ぼくらは骨折《ほねお》り損《ぞん》のくたびれもうけだよ。まあ、そうなっても初めてのことじゃないけどね」

「じゃあ、あなたはどうして一緒《いっしょ》に行くの？」フェイスは問いかけた。「ラージャにどんな借りがあると思ってるのか知らないけど、そんなの、もう利子をつけて返したでしょ。もっといい人生を探せばいいじゃない」

「もっといい人生？　どこから探し始めればいいのかさえ、わからないよ」パルの声には聞《き》き逃《のが》しようのない絶望感《ぜつぼうかん》がうかがえた。

「次の旅はみんなにとって大きな負担《ふたん》になるよ、フェイス。ぼくらの財布《さいふ》にとって、ってだけじゃなく、ここにとってね」そう言って胸を叩《たた》く。

「ネザーは行って帰ってくるだけだった。あっという間に始まってあっという間に終了。次は長くつらい道のりになる。手に入れられる宝《たから》は最後の最後までなにもなし。そもそも宝《たから》があるかどうかもわからない。たいていの人にはそんな根気はないよ。みんなすぐにご褒美《ほうび》をほしがるものだ。午後がんばった分の報酬《ほうしゅう》はその日の夕方にもらえないと、人は仕事を投げだすんだ」

「あたしが投げだすと思う？」

パルは伸《の》びとあくびをした。「これからわかるさ」

第13章　海底《かいてい》の神殿《しんでん》

パルは岸辺のふたりを眺《なが》めた。ラージャは地図を何度もひっくり返し、フェイスは遠くに見える水平線上の点々でしかない島々が地図のしるしと一致《いっち》するかを調べていた。ここから先は海を渡《わた》らなくてはいけないが、この一帯は旅する者もほとんどいない。

この茶番にいつまでつきあわなきゃいけないんだろう？　ラージャはいつになったら自分が父親とは違《ちが》うことに気づくんだ？　冒険《ぼうけん》暮《ぐ》らしは彼《かれ》には合っていないのだと。

地図屋にだまされたに決まっている。

それにだまされるのはこれが初めてじゃない。ラージャは側《そば》から見ていると絶好《ぜっこう》のカモだ。世間知らずで思いあがっていて、自分は偉《えら》くて優秀《ゆうしゅう》なんだと、めちゃくちゃに自己評価《じこひょうか》が高いのだから。

実際《じっさい》のところは、彼《かれ》は一人前の男になりたくてじたばたしている子どもだ。顎《あご》にちょっとだけ毛が生えていても、ラージャを大人として見る人なんていない。お涙ちょうだいの話でも、もうけ話でも、ラージャは褒《ほ》めちぎられさえすればころりと信じてしまう。パルは何度も何度もそれを目にしてきた。やめましょうとラージャを説き伏せるのもあきらめてしまった。

おかしな話だよね？　どう見ても――どう見たって――うますぎる話を持ちかけてくる他人のことは疑《うたが》わないのに、注意するよう助言する友人には食ってかかるなんて。

だけど、ペテン師《し》もラージャも、話を売り物にしているという点で、同じ商売をしているのでは？　つまり、冒険《ぼうけん》をしてレッドストーン城を発見することが目的のようでいて、実は城を発見したあとにその冒険譚《ぼうけんたん》が広められることのほうが真の目的のように、パルには思えてきた。

栄光、名声、遺産《いさん》、なんとでも好きに呼《よ》ぶといいけれど、それらは黄金よりもさらに長くこの世に残るということなのだろう。

栄光。つまらない冗談だ。

パルはその代価を知っていた。マハラジャ卿《きょう》の古い屋敷《やしき》は修理《しゅうり》されることもなく、しまいには雨漏《あまも》りのするぼろぼろのあばら家になった。あくせく働いて金を稼《かせ》ぐことはマハラジャ卿《きょう》のプライドが許さなかったからだ。有名な冒険家《ぼうけんか》かつ英雄《えいゆう》は、労働で手を汚すようなことはしない、というわけだ。

　農場は放置され、畑は雑草でぼうぼうなのに、年老いたマハラジャ卿《きょう》は雨漏《あまも》りのする広間をぶらついて、この戦いやあの勝利の話をし、声の聞こえるところにいる全員をうんざりさせた。冒険暮《ぼうけんぐ》らしで集めてきた品々には埃《ほこり》が積《つ》もってクモの巣がかかっていた。彼《かれ》は自分が何者かだった過去《かこ》から逃《のが》れられないでいた。

　ラージャはそんな父親みたいになりたがっている。いったいなんのために？　どうして近ごろでは名声ばかりが重要視されるのかな？　死んだあとまで人々の記憶に残ることのなにが大切なんだろう？　英雄《えいゆう》となって彫像《ちょうぞう》を立ててもらっても、のちのちまで喜ぶのは石を餌《えさ》にしているシルバーフィッシュぐらいだ。

　パルは三つのボートを最終チェックした。かっこいいボートとは言えず、腰かけるときに木のささくれに気をつけないといけないが、水に浮《う》くし、海を渡《わた》って次の陸地まで運んでくれる。

「準備《じゅんび》ができました」

　ほかのふたりが水際《みずぎわ》から戻ってきた。ラージャは地図を掲《かか》げ、そこにあるしるしと海の果《は》てに見える島々を見比べた。「目指すは〝巨人《きょじん》のアーチ〟だ。それさえ通過《つうか》すれば、正しい方角へ進んでることになる」

「どれくらいでたどり着くんですか？」パルはたずねた。

「わからないな」ラージャは認めた。「だけど食料は数日分あるし、それぞれ釣《つ》り竿《ざお》を持ってる。問題はないさ。アーチをくぐったあとは陸地までボートをこぐ。そこからはレッドストーン城を見つけるまで徒歩で行く」

パルは首を横に振《ふ》った。「地図が正しいとしたらでしょう。偽物《にせもの》なら、史上最大の骨折《ほねお》り損《ぞん》になりますよ」

フェイスがパルの肩をぴしゃりと叩《たた》いた。「ボートを出そう」

パルがなにをしてもふたりを引き止めることはできそうにない。三人は荷物《にもつ》をのせると、ボートを水辺まで引《ひ》っ張《ぱ》った。波をとらえた瞬間《しゅんかん》、パルのボートは生きもののようになり、いきなり動いて波のいただきを越《こ》えてゆれ、勝手に進んでいこうとした。パルは波に足を取られて転び、水をびゅーっと吹きだしながら起きあがると、彼《かれ》のボートに乗りこんだフェイスが体をつかんでボートに引《ひ》っ張《ぱ》りあげてくれた。人の重さで沈《しず》んだボートは、飼《か》い慣《な》らされたウマみたいに安定した。フェイスは自分のボートにひょいと乗《の》り換《か》えた。

「若様《わかさま》？」ラージャはどこに？　まさか冒険《ぼうけん》の出だしでおぼれたりしてないよね？「若様《わかさま》？」

だが、ラージャは波にのまれるどころかすでにボートに乗りこみ、オールでゆうゆうと水をかいていた。「レッドストーン城が待ってるぞ！」

少なくとも出だしは上々だ。

パルはボートを点検《てんけん》した。急ごしらえだが、板はすべてしっかり結びついている。一度も海を見たことがないわりに、われながら頑丈《がんじょう》なボートを作れた。いい仕事をしたときはそれに満足しないと。役に立つものを上手に作ったんだ。パルは板に手をすべらせて船体にかかる水圧を感じ、波が打ち寄せる音と、オールが一定のリズムでなめらかにしぶきをあげる音に耳をすませた。

三人は次々と横に並《なら》んで一緒《いっしょ》にオールを動かした。一頭のイルカが三人についてきたあと、どこか別の場所で遊ぶために離《はな》れていった。

ラージャは意外なほど優雅《ゆうが》な身のこなしでオールを操《あやつ》っている。「父上は沈没船《ちんぼつせん》を発見したことがあるんだ。水中から脱出《だっしゅつ》するのにイカと戦わなければならなかったんだぞ」

「マハラジャ卿《きょう》はなにを探してたの？」フェイスがたずねた。偉大《いだい》なるマハラジャ卿《きょう》の物語となると、彼女《かのじょ》はいつももっと聞きたがる。

「すばらしいお宝《たから》だよ」ラージャが言った。「なんだったかは忘れたけど」

やがて島々が近くに見えてきた。どれも無人島だが、岸辺や崖《がけ》の上には見捨《みす》てられた古い集落跡がいまもしがみついている。人は建設《けんせつ》しないではいられないんだ。そして三人が探している〝巨人《きょじん》のアーチ〟はこの島々のどこかにあるはずだった。

やがて島と島のあいだにかかる〝巨人《きょじん》のアーチ〟が、海底《かいてい》からせりあがってくるかのようにゆっくりと視界《しかい》に入ってきた。冒険《ぼうけん》の旅のはじまりを告げ、地図の正しさを証明《しょうめい》するかのようだ。木に覆《おお》われた石造《いしづく》りの巨大《きょだい》なアーチには、ツタやエメラルド色に生《お》い茂《しげ》る葉、連《つら》なる花々が垂《た》れている。ごつごつした岩のあいだでは無数のオウムが巣を作っていた。頭上で群れをなす鳥の鳴き声が空にこだましている。潮《しお》の流れが速くなり、彼《かれ》らの小さなボートをつかまえてアーチをくぐらせた。

ラージャはあぐらをかいて太ももの上に地図を広げた。「アーチを通過《つうか》したら、夕日へ向かって直進だ」

パルは出発地点の浜辺を振《ふ》り返《かえ》った。陸地がゆっくり遠のいていく。あそこには自分の知っているすべてがあった。最高の暮《く》らしではなかったけれど、彼《かれ》の知っている唯一《ゆいいつ》の暮《く》らしだ。ほかのふたりと違《ちが》って、未知の土地や、見知らぬ岸辺におり立つわくわく感を求めているわけではない。パルは、ボートに、自分で作ったボートに寄りかかった。雲に覆《おお》われた空のもと、ボートが海の上で規則《きそく》正しくゆれていることに、パルは……満足感を覚えた。ちょっとしたことにも喜びを見つけなきゃ、やっていけないよね。

「パル、起きて」フェイスが彼《かれ》の肩をゆすった。「下になにかある」

パルはまばたきして眠気を払《はら》い、体を起こした。ボートは晴れた夜空のもとで上下にゆれていた。まわりの島々はきらめく海面の上に延《の》びる黒いシルエットになっている。

「なにかって?」パルはたずねた。

フェイスはボートのへりから海をのぞきこんでいたが、急に指さした。「あそこ。見える?」

「どうせ魚の群れだよ」

「いいから見て」

　パルはあくびをしてボートから身をのりだし、じっと目を凝《こ》らした。月の光は水中の浅いところまでしか届《とど》かないが、ひとつ目玉の巨大《きょだい》な魚の群れが、水中にあるなんだかよくわからない建築物《けんちくぶつ》のまわりを泳いでいるのが見えた。だれが水中に建築物《けんちくぶつ》なんか作ったんだろう？　すると突然《とつぜん》、ひとつ目玉からビームが発射《はっしゃ》され、一瞬《いっしゅん》だけ稲妻《いなずま》のように海底《かいてい》の遺跡《いせき》をまぶしく照《て》らした。

「あの遺跡《いせき》、なにでできてるんだろ？」フェイスがたずねた。「あんな不思議な色の石、見たことないよ」

「きいてみよう」パルはラージャのボートをオールで叩《たた》いた。「起きてください」

「んあ？」ラージャは釣《つ》り竿《ざお》を握《にぎ》ったまま眠ってしまっていた。海の旅のあいだ、ずっと釣りをしていて、色鮮やかな熱帯魚を半ダース釣りあげている。「もう着いたのか？」

　パルはボートの下を身振《みぶ》りで示《しめ》した。「あれがなにかわかりますか？　だれかが水中に城を建《た》ててるんです」

「あれか？」ラージャはそっけなく言った。「あれは海底神殿《かいていしんでん》だ。探検《たんけん》する価値《かち》はほとんどないぞ、海綿を集めたいなら別だけどな。まあでも、きれいだろ。プリズマリンの美しさは格別だ。父上の主寝室《しゅしんしつ》はあの石で飾《かざ》られているんだ」

フェイスはまだ海の中を見ている。「でも、だれが作ったの？」

ラージャは肩をすくめた。「さあね」

「あのひとつ目玉はなんなの？」フェイスは水中の新たな世界になおも魅了《みりょう》されて質問を続けた。

「ぼくは知りたくないな」パルはオールを動かし始めた。あれはここに棲《す》みついている魚で、この先へはついてこないかもしれない。

釣《つ》り竿《ざお》がぐいと引かれた。ラージャが竿をしっかり握《にぎ》り直す。「なにかかかったぞ」

「逃《に》がしてやってください、若様《わかさま》。食料なら充分《じゅうぶん》にありますから」

だがラージャは聞いていない。釣《つ》り竿《ざお》と懸命《けんめい》に格闘《かくとう》している。「でっかいな！　よし、引きあげるぞ！」

その生きものは水中から飛びだすと半狂乱で身を躍《おど》らせた。バタバタと跳《は》ねる体がボートの上におろされる。尾《お》は分厚《ぶあつ》くて力強く、巨大《きょだい》な丸い体にあの奇妙《きみょう》なひとつ目玉がついていた。

手を伸《の》ばしたラージャは、魚の体から突《つ》きだしたトゲに悲鳴をあげた。魚がくるりとこっちを向く。

「捨《す》ててください！」パルは叫んだ。

ラージャはほうりだした釣《つ》り竿《ざお》をつかむと、ひゅんと振《ふ》ってその生きものを海のほうへと飛ばした。しばらくしてぽちゃんと水に落ちた音がした。

水面がぶくぶくと泡立《あわだ》ち始めた。仲間が叩《たた》きつけられたのに反応《はんのう》して、ほかのひとつ目玉たちがビームを発射《はっしゃ》していた。一匹がパルのボートにぶつかり、トゲが船体を削《けず》った。するとひとつ目玉たちは標的《ひょうてき》発見とばかりに、三つのボートのまわりに集まりだした。

第14章　いにしえの王国

のちに、それはガーディアンと呼《よ》ばれるモンスターだと判明《はんめい》した。でもいまはどこかもわからない海のど真ん中で、パルの頭にはオールでそいつらをぺしゃんこにすることしかなかった。

ひとつ目玉たちはトゲを出してパルのボートへ突進《とっしん》しては、ガタガタ震《ふる》える板に穴《あな》を開けようとした。異様《いよう》な目からはビームを放ち、水をじゅうじゅう泡立《あわだ》たせてボートの外側を焦《こ》がしていく。これでは遅《おそ》かれ早かれ、パルの小さなボートはバラバラにされてしまう。そうなる可能性があるとかではなく、もう時間の問題だ。その時間は刻々《こくこく》と迫《せま》っていた。パルは水面近くに浮上《ふじょう》した一匹の頭をバンと叩《たた》いた。浮上《ふじょう》してきたら、あの破壊《はかい》ビームを発射《はっしゃ》する前に叩《たた》いてやるぞ。ラージャはボートの上に立って怒鳴っている。「舳先《へさき》に一匹いるぞ！　早く！　もう一匹、左舷《さげん》だ！」

「そこから逃《に》げて！」フェイスが叫ぶ。

ふたりのまわりには怒り狂ったひとつ目玉たちはいない。ガーディアンたちの狙《ねら》いはパルだ。

またも一匹にまっすぐ体当たりされて、パルのボートはガクンとゆれた。板がきしみ、水がびゅっと入ってくる。

もう万事休すだ。

フェイスが声を張《は》りあげ、遠くへ向かって手を振《ふ》った。「あっちよ！　あっちに岸辺がある！　こいで、パル！　ボートをこいで！」

パルはあわてふためいて見まわした。あそこだ、水上に黒い線がある。陸地か？　距離《きょり》は？　よくわからない。「無理だよ！」

フェイスはオールで水を叩《たた》いて、モンスターの注意を引きつけようとした。「とにかくボートをこいで！」

パルはオールを動かし始めた。海のモンスターが追いかけてきて攻撃《こうげき》を続けるが、オールを水中深くまで差し入れて大きくひとかきする。幾筋ものビームが闇《やみ》を貫き、そのうちひとつはパルの顔をかすめて眉毛《まゆげ》を焦《こ》がした。

「こげ！」ラージャが叫ぶ。

いまやパルのボートはあちこちに穴《あな》が開き、かなりの水が入りこんでいた。一匹のガーディアンが船体にトゲが刺《さ》さって抜《ぬ》けなくなっている。ラージャはそいつを思いっきり叩《たた》いて始末《しまつ》した。

「こげ！　こげ！　急ぐんだ！」

モンスターたちはこっちの作戦に感づいたんだろうか？　岸にたどり着く前にパルの美しいボートを水没させてやるとばかりに、さらに激《はげ》しく攻撃《こうげき》してくる。もうボートの底には十センチ近く水が溜《た》まっていた。

一匹が体当たりしてきて、パルの手からオールを叩《たた》き落とした。パルは水へ手を伸《の》ばし、手の甲をトゲで引っかかれながらもオールをつかむと、ビームを発射《はっしゃ》される前になんとかそいつを手の甲から払《はら》い落《お》とした。ひとつ目玉は水をはねあげて水中へ戻り、水が泡立《あわだ》って蒸気《じょうき》があがった。

もろくなった船体に別のやつが頭から突《つ》っこみ、ボートが大揺《おおゆ》れした。そいつは上半身だけが船体にはまりこみ、逃《のが》れようとじたばたした。目から発射《はっしゃ》されたビームがボートの内側を焼いて一直線の焦《こ》げ跡《あと》を作る。パルは何度も何度もそいつを叩《たた》いてようやく向こう側へ押しだしたが、ひとつ目玉が開けた大きな穴《あな》から水がどっと入ってきた。一箇所《いっかしょ》が決壊《けっかい》したとたん、ほかの場所からもいっせいに水が入ってくる。パルが悲鳴をあげてオールを動かすと……。

オールの先が水底をこすった。

フェイスが自分のボートを砂浜にのりあげ、水を蹴散《けち》らしてパルのほうへ走ってくる。「ボートからおりて！　おりてってば！」

弱くなった板をビームが貫通し、ボートは完全に破壊《はかい》された。濡《ぬ》れているにもかかわらず、板にぱっと火がつく。もうだめだ。パルは荷物《にもつ》をつかんでボートから飛びおりた。ガーディアンが怒りのままにボートをバラバラにしているあいだに、三人は岸をめがけて走った。ラージャはパルをつかむと、波から出るまでの最後の数メートルを引きずった。そこでようやくパルはがくりと膝《ひざ》から崩《くず》れ落《お》ちた。

ラージャが隣《となり》にしゃがみこむ。「パル？　ケガをしたのか？　大丈夫《だいじょうぶ》なんだよな」

「大丈夫《だいじょうぶ》です」

ラージャはパルを抱《だ》きしめた。見た目よりも力強い。

「ぼくは大丈夫《だいじょうぶ》です、若様《わかさま》」

ラージャはぱっと体を引いた。目に浮《う》かんでいるのは海水だよね。まさか涙のはずはない。

「ならよかった。もちろんきみは大丈夫《だいじょうぶ》だな」

ボートはもう形すらほとんどとどめていなかった。レーザービームで底をハチの巣にされ、船体の残骸《ざんがい》には煙《けむり》をあげる深い溝《みぞ》が焼きつけられている。ひとつ目玉たちはボートに体当たりし続け、すべての板を木っ端《こっぱ》みじんにしていた。

すぐにパルのボートの名残《なごり》は海に浮《う》かぶ破片《はへん》だけになった。ガーディアンが目からビームを出すのをやめると、海は暗くなった。モンスターの群れはなおも獲物を探すかのように海岸線に沿《そ》ってうろうろしていたが、やがて徐々に向きを変え、ゆったりと力強く尾を振《ふ》って海の深みへ引き返していった。

「なんともない?」フェイスが問いかけた。

「うん。ぼくをここに置いていってくれ。もうたくさんだ」

「この砂浜に?　でもあたしたちはここまでたどり着いたんだよ、パル。〝海図のない海〟を渡《わた》ったんだもの、ここがいにしえの王国があった陸地に違《ちが》いないわ。あたしたちはやり遂《と》げたのよ」

パルはためらいながらのろのろ立ちあがった。「ここがいにしえの王国？　ぼくらの国となんにも変わらないじゃないか」

ラージャは顔の前で地図をひらひらさせた。「ここが目的地だ！　地図に描《か》かれているとおりだぞ。あそこに丘があるだろう？　地図のここにあるやつだ。さあ行こう」

「かしこまりました、若様《わかさま》」パルはため息をついた。「なんなりとおおせのとおりに」

パルがリュックを背負《せお》っていると、ラージャはさっさと行ってしまった。

「自分のリュックを置いていってる」パルはぼそりと言った。理由ならわかっている。荷物《にもつ》を運ぶのはパルの役目というわけだ。ラバじゃあるまいし、貴族《きぞく》が重い荷物《にもつ》を運ぶなんてとんでもないってことだろう？　そういうのはパルみたいな平民のやることなんだ。

だが、これからは違《ちが》うぞ。

パルが追いつくと、ラージャは眉根《まゆね》を寄せた。「ぼくのリュックは？」

「砂浜でしょう、若様《わかさま》。あなたが置きっぱなしにしてきたんだ」

「どうして持ってこない？」ラージャは心底面食らっている。

「あなたはぼくをなんだと思ってるんですか、若様《わかさま》？　あなたの子守女とでも？　ぼくがここにいるのは、あなたにあったかいミルクを飲ませてベッドで眠りつかせるためですか？」

ラージャはぽかんとパルを見ている。

ちっともわかっていない。ラージャにとって、パルはただそばにいるだけの存在《そんざい》なのだ。風景の一部とまでは言わなくても、栄光とか、なんであれラージャが胸に抱《いだ》く野望を実現させるためにいつもそばにいる存在《そんざい》。だがラージャの進む道と、パルの進む道は同じではない。いまは自分たちの命を一枚の宝《たから》の地図にかけているんだから、こっちだって言いたいことを言わせてもらうぞ。パルは砂浜のリュックを示《しめ》した。「ほら、あそこにあるでしょう」

ラージャはリュックを取りに行って戻ってきた。「けっこう重いぞ」

「でしょうね」

するとラージャはいつになく珍しいことをした。地図を広げ、三人で一緒《いっしょ》に見られるようにして持ったのだ。「ここにある道は川に沿《そ》っている。ここを進むのはどうだ？」

ふたりの意見を求めている。パルは地図の細かな部分を調べた。「こっちはどうです？　もっと近道だ」

「そうだが、沼地《ぬまち》を通ってる。道に迷《まよ》いやすいぞ」

パルはフェイスへ目を向けたが、彼女《かのじょ》はどっちがいいとも言わなかった。やがてラージャがうなずき、地図を丸めた。「きみの案を試してみよう。難《むずか》しそうならいつでも引き返せるんだし。それでいいか?」

パルはうなずいた。決断《けつだん》をくだすのも、意見を求められるのも慣《な》れていない。リュックの荷《に》物《もつ》が増《ふ》えたみたいな変な感じがした。けれど、これは運びがいのある重荷《おもに》だ。

「じゃあ、沼地《ぬまち》へ向かいましょう」パルは言った。

第15章　ラージャの特技

フェイスの村では、自宅の玄関《げんかん》から十キロ以上離《はな》れたところまで出かけたことのある人はひとりもいなかった。ところがフェイスはこうして、いにしえの王国にたどり着いている。お父さんとお母さんはなんて思うだろう？　友だちは？　びっくりする？　誇《ほこ》らしく思ってくれる？　それともただまごつくだけ？　わが家にいればいいだろうって？

たしかにそうだね。冒険《ぼうけん》の旅が終わって、見たいものをすべて見たら、フェイスもくるりと踵《きびす》を返《かえ》してわが家へ向かうかもしれない。だけど、少なくともフェイスはそのときには外の世界が差しだしてくれるものを見てきている。外の世界のすばらしさを満喫《まんきつ》し、危険《きけん》を乗《の》り越《こ》えている。

ここまでのところ、ラージャの地図は間違《まちが》っていなかった。だからフェイスは思った、ここまで間違《まちが》っていないのなら、ここから先も間違《まちが》っていないいんじゃない？　レッドストーン城はここに存在《そんざい》するのよ。

三人は村を見つけた。村人たちは親切だったけれど、三人には理解《りかい》できない言葉を話した。食料を交換《こうかん》してもらい、ラージャは地図にある目印と一致《いっち》する場所をいくつか見つけた。パルはまだ半信半疑《はんしんはんぎ》で、地図は濡《ぬ》れて汚れてしまってるじゃないか、それだって本当に川なのかただのシミなのかわからないだろう、とぶつぶつ文句を言っていた。

けれども夜には必ず寝る場所を確保《かくほ》してくれて、なんであれ仕事があれば手と頭をすばやく器用に働かせた。だからいつもぶつぶつ言ってはいても、旅が続いているのはパルのおかげだとフェイスは認めなくてはならなかった。

一方ラージャは？　頭の中は昔の物語でいっぱいで、足は宙に浮《う》いているかのようだった。

「父上が邪悪な村人《イリジャー》の軍団を撃退《げきたい》したときのことは話したかな？」

「前に一度聞いたかな。それってマハラジャ卿《きょう》が――」

「父上が仲間からはぐれて、ひとりきりで夜通し歩いていたときのことだ。遠くに明かりが見えた。そこを友好的な村だと思いこんで直行すると、〝熱い風呂とこんがり焼いた羊肉を頼《たの》む!〃と声を張《は》りあげたんだ。するとどうだ、イリジャーに加えて、村人のリーダーのエヴォーカーと護衛《ごえい》の斧使《ヴェンディケーター》いたちが、あばら家からわらわら飛びだしてくるじゃないか。父上は取《と》り囲《かこ》まれたが、その手にはハートブレイカーがあった。この戦いは吟遊詩人《ぎんゆうしじん》たちにいまだに歌われているんだ」

「それもすぐに新しい歌に取って代わられるね」フェイスは言った。

「そんなことはないさ。父上が引退《いんたい》してから、もうずいぶん経《た》つんだぞ」

「そうじゃなくて、あなたの歌に取って代わられるってこと」そしてふとあとから思いついてつけ足した。「あたしたちも歌に出てくるかも。おまけとしてね」

ラージャはぴたりと立ち止まった。「ぼくの歌? いや、ぼくたちの歌だって? 本当にそうなるかな」

これだけのうぬぼれ屋なのにこれっぽっちも自信がないなんてありうる? フェイスは彼《かれ》の肩をぴしゃりと叩《たた》いた。「いにしえの王国にたどり着いた人がほかにいる?」

マハラジャ卿《きょう》の冒険譚《ぼうけんたん》はまだまだあり、くねくね曲がった土の道を歩き、背《せ》の高い草むらを突《つ》っきり、あちこちに散らばる木立《こだち》を抜《ぬ》けながら、ラージャはそれらをひとつひとつ語っていった。

放置された建築物《けんちくぶつ》をいくつも見つけたが、それらがなんに分類されるのかはさっぱりわからなかった。あれは彫像《ちょうぞう》？　芸術作品《げいじゅつさくひん》？　それとも家？　いまや崩《くず》れてぼろぼろになり、もとの使い道はほぼ理解《りかい》できないが、パルはそういうものに出くわすたびに瓦礫《がれき》にのぼり、もとの形を、頭の中だけでも復元《ふくげん》しようと試《こころ》みた。

「すべてはここから始まるんだ」パルは自分のおでこをとんと叩《たた》いた。「想像さえできれば、作ることは可能だよ」

「そんなに単純《たんじゅん》？　だったらどうしてみんながみんな大御殿《だいごてん》を作らないの？」

パルはラージャへちらりと目をやった。「作ってるよ。自分のためじゃないだけで。それがぼくらの不幸の元凶《げんきょう》だ。たいていの人は自分の夢《ゆめ》をかなえることがない。なぜかって、他人の夢《ゆめ》をかなえるよう仕向けられて、自分の夢《ゆめ》を犠牲《ぎせい》にしてしまうからだ。ねえ、この世でもっとも貴重《きちょう》なものはなんだか、わかるかい？」

引っかけ問題なのはわかっていたけれど、フェイスは頭に浮《う》かんだ答えを口にした。「ネザライト？」

「時間だよ。ネザライトはまたいつでも見つけられる。けれど時間は？　過《す》ぎ去《さ》った時間は二度と戻らないんだ」

フェイスは声をあげて笑った。「いつから哲学者《てつがくしゃ》になったの、パル？」

「自分がなんなのか、もうよくわからないよ。もともと人生の計画はたいしてなかったし、こうして振《ふ》り返《かえ》ってみると、人に見せられるようなことはたいしてしてこなかった。自分が彫像《ちょうぞう》になってないって意味じゃなく、なにか誇《ほこ》りに思えて、〝ほら、これはぼくがやったんだ〟って人に言える、形のあるものをぼくは残してない。ささやかでも、この世に自分の足跡を示《しめ》すようなものを。きみはどうだい？」

フェイスは深呼吸《しんこきゅう》した。ここは空気のにおいが違《ちが》う。それともそんな気がするだけかな。いにしえの王国では太陽の光も故郷《こきょう》とは色合いが違《ちが》っていた。それか、フェイスのものの見方が変わったのかもしれない。同じものでも、同じようには見られなくなった。「あたしの望み？　こうしさあ、なんだろうね。特になにも望んでないかな。計画やゴールがなきゃいけない？　こうしてあなたたちと冒険《ぼうけん》しているだけで、あたしは充分幸《じゅうぶん》せ。〝もっと上〟なんて求めてない。このままで最高だもん」

「背負《せお》っている重荷《おもに》はリュックだけか。うらやましいよ、フェイス。ぼくはこれまでなんでもかんでも心配してばかりで、なにをやっても、どうせすぐ失敗《しっぱい》するんだと思って生きてきた。いいことや価値《かち》のあることはぼくの未来にはひとつもないんだって。使用人は希望や夢《ゆめ》を抱《いだ》くものじゃないってことになってるからね。屋敷《やしき》の外へ連れだしてくれたラージャに、感謝すべきなんだろうな。ぼくはずっとうつむきっぱなしで生きてきて、景色《けしき》を楽しんでこなかったんだ」

「ラージャはどうなの？　ホームシックにならないのかな？」

パルはラージャのほうへ顔を向けた。「ならないだろうね。屋敷《やしき》の空気は墓場より息苦しくて魂《たましい》を吸《す》い取られるようだった。過去《かこ》に取りつかれ、思い出にすがりついている場所だ。ラージャはあそこから出ていく必要があったんだ、そしてなにが自分のためかわかっているなら、あそこへは二度と戻らないと思うよ」

「前へ進むしかないってことね？」

三人は道に沿《そ》って進んでいたが、ほどなくそれもなくなった。ここはもう未開の地だ。けれど、かつてはそうでなかったらしい。森は暗くて大きかったものの、人が住んでいた痕跡《こんせき》がときどき見つかった。苔《こけ》に覆《おお》われた小さな丘は、近くまで行って調べてみると、住居跡《じゅうきょあと》だとわかった。舗装道路《ほそうどうろ》の跡《あと》も見つかった。かつては石がきちんと敷《し》かれていたらしい道路は、ガタガタに崩《くず》れてツタや雑草に覆《おお》われている。

そして道路にはレッドストーン回路の痕跡《こんせき》もあった。

パルもはじめは見落としていた。回路が色あせ、土っぽい茶色に変わっていたし、もとの用途が見当もつかないほど完全に破損《はそん》していたからだ。けれど、この道をたどっていけばレッドストーン城に着くという証拠《しょうこ》だった。

城を発見したあと、みんなはどうするんだろう?

「おいしい、すごくおいしいよ」フェイスはできあがったシチューを食べ終えて言った。「自分だけの特別な才能を発見したね、ラージャ」

パルは彼女《かのじょ》に正式な呼《よ》び方《かた》をさせるのは、もうあきらめていた。ラージャも不思議と気にしていないようだ。少なくとも、それほどは。

「秘訣《ひけつ》は適切《てきせつ》な材料を見つけることさ。味がすべてだ。そして肉以外のものも食べなくちゃ、食事とは呼べない」ラージャは言った。「うちの料理人はぼくを連れて野菜を探しに出かけたものだ。だけど彼女《かのじょ》が作っていたのは料理だけじゃない」

「へえ？　ほかにはなにを作ってたの？」フェイスが問いかける。

ラージャは鍋を棒《ぼう》でかきまぜた。「魔法薬《ポーション》さ。うちの料理人はレシピが書かれた大型本を持っていて、棚《たな》にはあらゆる種類の不思議な素材《そざい》が並《なら》んでいた。ネザーウォートはもちろんのこと、ブレイズパウダー、クモの目、ガストの涙――そのほかなんでもあって、すべてラベルをつけた瓶《びん》に入れられてしまわれていた。彼女《かのじょ》はぼくにも教えようとしたんだ、だけど……」ラージャはうつむいた。

「父上がそれを禁じた。自分の息子を料理人にはしたくなかったんだ。使用人の仕事だからさ。気を悪くするなよ、パル」

パルは自分の身分に気を悪くすることはとうの昔にやめていた。「あなたは中庭で剣の稽古《けいこ》をつけられるより、キッチンで過ごす時間のほうが長かった。料理人が出ていってしまったのは残念でしたね」

マハラジャ卿《きょう》の屋敷《やしき》では、みんなそうだった。だれもが遅《おそ》かれ早かれ出ていった。使用人の中で残っていたのはパルだけだ。自分は使用人根性が骨《ほね》まで染《し》みついていて、それ以外の生き方ができないのかもしれない、とパルは思う。

「キッチンにいたとき、ぼくは幸せだった」ラージャがぽつりと言った。それから立ちあがる。

「このあたりは興味深《きょうみぶか》い根っこがありそうだ。今夜の食事用にちょっと集めてくる」

パルは自分の分の肉を持ちあげると、骨《ほね》から身をていねいにこそぎ落とした。フェイスの言ったとおり本当においしい。パルが作るどんな料理よりもうまい。

少し先の茂《しげ》みがゆれた。探していた材料を見つけてラージャが戻ってきたんだろう。「こっちですよ、若様《わかさま》！　その茂《しげ》みの先――」

葉っぱのあいだから出てきたのはオオカミだった。そいつはパルへ顔を向けると、肩を震《ふる》わせて背中《せなか》をこわばらせ、体を低くした。いまにも飛びかかってきそうだ。

「えっと……いい子だね」パルは左のほうへ棒《ぼう》を投げた。「ほーら、取ってこい」

オオカミはうなった。どう見ても取ってこようとはしていない。

「なにをじっとしてるんだよ？」パルは口の片側だけを動かし、小声でフェイスをせかした。

「矢で射《う》ってくれ」

「どうして？　おとなしくしてるじゃない。ほうっておけば、ちょっかいかけてこないよ」

なにをのんきなことを言ってるんだ？　フェイスにはあの牙が見えないのか？　あの爪が？

パルはベルトにさげているツルハシへ手を動かした。

オオカミは牙をむいて体を緊張《きんちょう》させ、飛びかかろうとした。

その脇《わき》の茂《しげ》みがゆれたので、パルはもうだめだと観念《かんねん》した。オオカミの一団に襲いかかられて体を引《ひ》き裂《さ》かれるんだ。

ところが吠《ほ》えたてるオオカミの一団の代わりに出てきたのはラージャで、手にはひと握《にぎ》りの根っこをつかんでいた。「見てくれ、これを見つけたんだ！　うまいんだぞ！　パル、火をつけて……どうした？」

全員を代表して、オオカミがうなり声で返事をした。

ラージャはほうっとため息をついた。「かわいい子犬だなあ！　モジャモジャを思い出すよ。きみもモジャモジャを覚えてるだろ、パル？」

子犬？　かわいい？　ラージャのものの見方はへんてこすぎて、たまに本当にいらいらさせられる。

「そいつを斧《おの》で殴《なぐ》ってください、若様《わかさま》」

「そんなことをするもんか！　きみたちもいじわるしちゃだめだぞ！　友だちを求めてやってきただけなのがわからないのか？　ほら、ぼくがお手本を見せてやろう」

まさかラージャは……嘘《うそ》だろう。「やめてください、若様《わかさま》！」

ラージャは捨《す》ててあった骨《ほね》を拾うと、オオカミに振《ふ》ってみせた。「おやつがほしいのかい？　うんうん、ほしいんだろう？　よーしよし、ほしいんだね」

パルはツルハシを取ろうとあせったが、オオカミは茂《しげ》みを飛びだすと、満面の笑みを浮《う》かべるラージャめがけて高く跳《と》びあがり、口をぱっくり開けて……。

ラージャの手から骨《ほね》をもらった。焚《た》き火《び》の横に寝そべって、しっぽを振《ふ》り、骨《ほね》にむしゃぶりつく。ラージャは笑い声をあげてオオカミの分厚《ぶあつ》い毛皮をつかみ、わしわしとなでてやった。オオカミがワンと吠《ほ》える。

フェイスはくすくす笑った。「ラージャのいちばんの親友の座を奪《うば》われちゃったね」

どうもそうらしい。ラージャは大きな獣《けもの》と格闘《かくとう》ごっこをして、ベロベロなめられている。こんなにうれしそうなラージャの顔は見たことがなかった。

世界で1億4400万本突破の大ヒットゲー

ISBN 9784801938045

マインクラフト はみだし探検隊、ネザーへ

最新刊!

はみだし探検隊のおかげで、コーヌコーピアの街
壁は開放され、オーバーワールドに出られるよう
なった。しかし同時に外の世界の悪人も街に入り
んできて!? 頭のいい仲間のトックがさらわれてい
まい、はみだし探検隊はふたたび冒険に出た。ネ
への危険な旅がはじまる…!

四六判上製／488 ペ

マインクラフト はみだし探検隊、登場!

問題児4人組が街を救うため大冒険!

四六判上製／488 ページ　ISBN 9784801936195

マインクラフト 難破船と人魚の秘密 上・下

古いパソコンの中のマインクラフトで三人組の大冒険!

四六判上製／各 304 ページ

ISBN 上 978480193
下 978480193

マインクラフト ドラゴンと魔女

人々を襲撃から守るため、
ドラゴンを味方につけろ!

四六判上製／344 ページ　ISBN 9784801931992

マインクラフト 3つの試練

親友に会うため激ムズなマイクラを攻略!

四六判上製／344 ページ　ISBN 97848019

リトル先生アフリカへ行く
リトル先生航海記

どもたちと、昔子どもだった大人たちへ――

つかしくてまったく新しい、
リトル先生と動物たちの大冒険
周年記念エディション！

四六判上製／200ページ

ISBN 9784801922235

四六判上製／416ページ

ISBN 9784801930223

思議なまほうのレシピ本を手に入れた３人の少女の大冒険！

ほうのレシピ
ほうのレシピ
過去から来た魔女

四六判上製／328ページ

ISBN 9784801924031

四六判上製／280ページ

ISBN 9784801927469

N 9784801925816

ISBN 9784801929067

パリ・オペラ座バレエ学校物語
コンスタンスの新しいダンス
パリ・オペラ座バレエ学校物語
あこがれのエトワール

ランスで大人気の児童書！ パリ・オペラ座バレエ監修　四六判並製／各200ページ

ディズニーの名作アニメたちが
華絵本となって登場！

オールカラー

ィズニーのクリエイターたちの本物の絵を使用した、
なたに贈る特別な１冊！

と雪の女王
ぎの国のアリス
と野獣
デレラ
レ・マーメイド
トメアー・ビフォア・クリスマス

製／各64ページ

フェイスはパルの肩に手を置いた。「先へ進むときだね、パル」

そのとおりなんだろう。冒険《ぼうけん》の旅路だけでなく、人生の道でも。

第16章　大沼地《おおぬまち》

「まだついてきてるかい？」パルは問いかけた。

うしろのほうから聞こえたワンという声とラージャの笑い声が、パルがいちばん避《さ》けたかったとおりになっていることを教えた。あの汚いオオカミはまだ一緒《いっしょ》だ。

沼地《ぬまち》に入ればもうついてこないだろうと思っていたのに。腐《くさ》った草木のにおいをいやがるはずだろう？　あいにく、そんなことは少しもなかった。それに耳のまわりでぶんぶんうるさい虫も気にならないらしい、パルたちと違《ちが》って。

フェイスはパルと並《なら》んでずぶずぶと沼《ぬま》を歩いていた。「別に悪いオオカミじゃないよ。ペットを飼ったことないの？」

「ああ。あるかな」

「そうなんだ！　なんて名前？」

パルはちらりとうしろを見た。ふたりの姿がかろうじて見える。「ラージャって名前」

「ちょっと、パル。そんなに反抗心《はんこうしん》をむきだしにしてると、いつか面倒《めんどう》なことになるよ」

面倒《めんどう》なことにならもう充分《じゅうぶん》なってるさ。

「どうすればここまでいろんなものが腐《くさ》るんだろう？　これなんて……」パルが袖《そで》に親指をすべらせると、ねばねばする緑色のものがべっとりとくっついた。「木からぼたぼた落ちてきたんだ。毒《どく》があるかな？」

ブーツに入った沼《ぬま》の水を出していたフェイスが顔をあげた。「あたしなら絶対《ぜったい》にパンには塗《ぬ》らない」

「わかりきったことを教えてくれてありがとう」

「いつでもどうぞ」フェイスが返した。

なんでこんなことをしてるんだろう？　人生はくだらないことで時間を無駄《むだ》にするゲームじゃない。パルだって、もっといい、もっと楽な暮《く》らしを送ることができるはずだ。ラージャとも、沼地《ぬまち》とも、英雄志願《えいゆうしがん》の悲哀《ひあい》ともおさらばして。英雄《えいゆう》か。ほんと、うんざりする言葉だ。

パン屋。鍛冶屋《かじや》。なんなら大工。そのどれかになることのなにが悪いんだ？　だれだってなにかしらの仕事で食べていかなきゃいけない。ところが英雄《えいゆう》はそうじゃないらしい。

「どこで道を間違《まちが》えたんだろうって思うことはないかい？　もう一度ふりだしからやり直せる方法があればいいのにって？　ハンドルをひねるとか、ボタンを押すとかしてリセットできないかって？　これまでぼくはずっと、冒険《ぼうけん》本番に備《そな》えて練習《れんしゅう》しているんだと思ってた。まさかこれが本番だとはね。いまを乗《の》り越《こ》えさえしたら、あとはスムーズにいくもんだと思ってたんだ」

「ボートで進むようにスムーズに？」フェイスがたずねる。「あなたはレーザービームでバラバラにされかけたけど」

「そういう話じゃないよ、わかってるんだろ」

フェイスはかぶりを振《ふ》った。「あたしが言いたいのは、スムーズな道は存在《そんざい》しないってことだよ、パル。上り坂も下り坂も楽しまなきゃ。どんな悪いことも永遠《えいえん》には続かないんだから」

「ぼくが心配してるのは永遠《えいえん》なんて先のことじゃなく、いまだよ」パルは草地の上に自分の体を引きあげると、リュックをおろしてどさりと座りこんだ。ブーツを脱《ぬ》いで足の指を動かす。

はあ、気持ちいい。とにかく、ここはどこなんだ？　この沼地《ぬまち》はそもそも地図に載《の》っているのか？　載《の》っているとしても、どの方向を見ても同じ景色《けしき》で、泥と悪臭《あくしゅう》ばかり。よどんだ沼《ぬま》の表面にはガスが漂《ただよ》っていて、曲がりくねった大枝《おおえだ》からは苔《こけ》とツタが垂《た》れている。植物はぞっとする姿で、においにはさらにぞっとした。カエルはずっとゲコゲコ鳴いている。フルーツが鈴なりになっているのかと思えば、革のような翼を持つコウモリということもあった。コウモリの群れは起こされたことに腹を立て、黒い翼をバタバタさせてふたりを取《と》り囲《かこ》んでから飛んでいった。いくら無害でも気持ちが悪い……。

パルはふと動きを止めて見まわした。「ラージャはどこへ行ったんだろう？」

「あなたと一緒《いっしょ》じゃなかったの？」

しまった。ちょっと目を離《はな》しただけなのに。「ラージャ！　どこですか？」

返ってくるのは睡蓮《すいれん》の葉の上でカエルがゲコゲコ鳴く声だけだ。パルは沼《ぬま》に入って引き返した。「ラージャ！　ラージャ！」

パルはようやくラージャとオオカミを見つけて、近づいていった。「行きましょう。向こうに少しは乾燥《かんそう》している場所がある。そこで野営《やえい》して――」

パルが手の届《とど》くところまで近づく前に、オオカミがうなった。カッと赤くなった目を見れば、言いたいことは明白だ。こっちへ来るな。

ラージャはオオカミの鼻の前で指を振《ふ》った。「だめだぞ。悪い子だ。パルは友だちだろう」

オオカミは納得《なっとく》していないようすながら口を閉じた。いまに見てろ、とばかりに喉《のど》の奥《おく》でうなったあと、ワンと吠《ほ》えてどこかへ走っていった。

やれやれ。やっと追《お》い払《はら》えたらしい。これでこのいやな場所から脱出《だっしゅつ》することに集中できる。

「どこへ行くんだ？」ラージャがたずねた。「オオカミのあとを追うぞ」

「でも、あっちのほうが乾《かわ》いています」パルは地面が苔《こけ》に覆《おお》われた場所を指さした。「それに、あの汚い動物はいったいいつからぼくらの仲間に加わったんです？」

「いまだ」

堪忍袋《かんにんぶくろ》の緒《お》が切れたぞ。「投票で決めましょう」

ラージャは大笑いした。「ぼくの分は何票だ？」

「ひとり一票です」

改めて地球は丸いと言われたかのように、ラージャはぽかんとしてパルを見た。

「そんなばかな話、聞いたことないぞ。ぼくはきみたちのどちらよりもずっと偉《えら》いんだ。少なくとも十票はもらう」

「それだとぼくらはあなたの言うことを聞いてばかりになるじゃないですか！」

ラージャはうなずいた。「ああ……そうなるな。だからってぼくのせいじゃないぞ、パル」

オオカミが吠《ほ》えた。みんなが来るのを待っている。

パルは寒くて、びしょ濡《ぬ》れで、疲《つか》れて、腹ぺこだった。けれども、ここで言い合いをしても勝てはしない。ラージャはパルの気持ちが本当にわからないのだ。ラージャに見える世界は自分の鼻先の狭い空間だけ。それが英雄《えいゆう》たちの問題点だ。彼《かれ》らには自分がすべてなのだ。自分以外は？　すべて景色《けしき》の一部にすぎないんだろう。

一行はねじれた枯れ木の下で野営《やえい》した。沼地《ぬまち》の悪臭《あくしゅう》はいまも三人を取《と》り囲《かこ》み、鼻を詰《つ》まらせ、喉《のど》の奥《おく》に不快な味をべっとり張《は》りつかせた――けれどももう体は濡《ぬ》れていない。パルが焚《た》き火《び》のそばにブーツと靴下《くつした》を干す横で、ラージャは食事の用意をしていた。料理は使用人の仕事だけれど、ラージャは自分がやると言《い》い張《は》り、パルは喜んで今夜のシチューを作ってもらった。

オオカミは前足を交差させてそばに寝そべり、だらりと舌を垂《た》らして、ラージャが料理するのを期待《きたい》するような顔で眺《なが》めている。だがパルの視線に気づくたび、うなるのだ。ラージャはそれをおもしろがっていた。

「嫉妬《しっと》しないの」フェイスが言った。「あなたじゃオオカミにはかないっこないでしょ。ペットは毛皮でくるんだ幸せだもの」

「オオカミのことを心配してるわけじゃないよ」パルは言った。「少なくともそれだけじゃない。ぼくらは道に迷《まよ》ったんだ、フェイス。たしかに、ここは今夜野営《やえい》をするにはいい場所だよ、でも明日はどうするんだい？」

ラージャは最後の肉を細かく切った。ひと切れほうってオオカミにぱくりとキャッチさせ、残りを鍋に入れる。ビートルートを少し加えると、鍋からおいしそうなにおいが漂《ただよ》ってきた。

パルは思わずよだれが出たのに気づいた。

フェイスはあぐらをかいて矢を確認《かくにん》している。「沼地《ぬまち》にだって果《は》てはあるよ。そのうち抜《ぬ》けだせるって」

「きっとぼくらは同じ場所をぐるぐるまわってるんだよ、フェイス。地図によればもう沼地《ぬまち》を抜《ぬ》けているはずだろ」

「あのぼろぼろの紙は正確《せいかく》とは言えないでしょ？」

フェイスに同意させようとしても無駄《むだ》だった。そもそも、パルは彼女《かのじょ》の同意を求めているんだろうか？　彼《かれ》は立ちあがってブーツをつかんだ。「探検《たんけん》してくる」

「あんまり遠くへ行かないで」

「行かないよ。焚《た》き火《び》が見える範囲《はんい》にする」

ここから離《はな》れたかった。パルがいなくなってもふたりは気づきもしないだろうが。

暗くなると沼地《ぬまち》からの音はさらに大きくなった。あるいは、さらに目立つようになっただけかもしれない。カエルはゲコゲコ鳴いて、コウモリは闇《やみ》の中をバサバサ飛びまわり、葦《あし》の中をカサカサと動くもの、しわしわの樹皮の上をずるずる這《は》うものもいる。沼《ぬま》の上には月が輝《かがや》き、下生えを縫《ぬ》うように渦《うず》を巻《ま》く霧《きり》がこの世のものとは思えない白い光を放っていた。エメラルド色の葉のあいだで青い蘭《らん》が花を咲かせ、その甘いにおいに胸が悪くなりそうだった。

はじめは木がからみ合っているのだと思った。大枝《おおえだ》や幹《みき》がねじれてひとつのかたまりになったのだと。でも近づいてみると、それは床《ゆか》が沼《ぬま》の上にある、高床式《たかゆかしき》の木の部屋だった。

パルは小屋までのぼると、窓の格子《こうし》のあいだからのぞきこんだ。「すみませーん」

「なにしてんの？」

背後《はいご》から声がしたので、パルはあわてて振《ふ》り返《かえ》った。

声の主はフェイスで、ラージャとオオカミもその少しうしろにいた。彼女《かのじょ》は小屋を眺《なが》めた。

「このうちの人は人づきあいが嫌《きら》いなのかな」

だろうね。そうでなきゃこんな場所には住んでないよね？

「行こう」フェイスは続けた。「かかわらないほうがよさそう」

うーん、反対はしないけど。「ぼくらは道に迷《まよ》ってるんだ、フェイス。ここに住んでいる人なら沼地《ぬまち》の外へ出る道を知ってるよ」

オオカミがうなった。

「どうした？」ラージャがたずねる。「ほら、行こう」

けれどもオオカミは動こうとしない。ラージャが手を伸《の》ばすと嚙《か》みつこうとした。「おい、いまのはひどいぞ。友だちだと思ったのに」

パルはドアをノックした。返事はない。

「どうしようか？」パルはたずねた。「中へ入ってみる？」

フェイスはためらってから、うなずいた。

オオカミはもう一度吠《ほ》えたあと、くるりと背《せ》を向けて闇《やみ》の中へ走り去った。

「ようやく厄介払《やっかいばら》いできたよ」パルはつぶやいてドアを押し開けた。

部屋の真ん中では大釜《おおがま》がぐつぐつ音を立てていた。野菜、キノコ、根っこ、それに目玉の入ったボウルが重厚《じゅうこう》なテーブルの上に雑然と置かれている。テーブルは使いこまれて表面が傷《きず》だらけだ。テーブルの上のすり鉢《ばち》にはすりこぎでつぶした骨粉《こっぷん》が入っている。壁《かべ》には瓶《びん》が並《なら》び、中身が入っているものもあれば、空き瓶《びん》もあった。低い木製《もくせい》の枠《わく》にいやなにおいのするウールの毛布をかけただけの粗末なベッドが部屋のすみにあり、その下にブーツが一足押しこまれている。

「快適なすまいではないね」パルは言った。

「外で待ってたほうがいいんじゃない？」フェイスが言う。「この場所、なんだかぞっとする」

パルもそう感じたが、今回だけでも自分の思いどおりにしたいと、頑固《がんこ》さを発揮《はっき》した。「大《だい》丈夫《じょうぶ》だよ」

「いや、やっぱり出よう」フェイスはなおも言った。手を伸《の》ばしてガラクタをどけ、なにかを拾いあげる。

それは頭蓋骨《ずがいこつ》だった。「いますぐに」

戸口のほうからヒッ、ヒッ、ヒッ、ヒッと笑い声がした。そこに人影《ひとかげ》が立ち、逃《に》げ道をふさいでいる。奇怪な格好《かっこう》で、汚らしいマント、煙突《えんとつ》みたいなとんがり帽《ぼう》は先が曲がっていた。灰色の肌は病でかさぶたになり、鼻にはイボがある。そのうしろで、黒ネコがこっちを見てシャーッと威嚇《いかく》してきた。

ラージャは手をひらひらさせてお辞儀《じぎ》をした。「これは失礼しました、わが友よ。われわれは道に迷《まよ》い、あなたのすてきなお住まいに惹《ひ》かれてふらふらとやってきたのです。ご自分で建《た》てられたのですか?」

相手の太い眉毛《まゆげ》の下で目がギラリと光る。

ラージャはふたりを振《ふ》り返《かえ》った。「どうやらひとりにしてほしいようだ。行こう」

たまにはラージャもまともなことを言う。めったにあることではないけれど、いまは彼《かれ》の言うとおりだ。窓がもっと大きければ、パルは喜んでそこから出ていっただろう。だが出入り口はひとつしかなく、家主がそこをふさいでしまっている。

ラージャが謎《なぞ》の人物のほうへ足を踏《ふ》みだすのと同時に相手も動き、マントのひだの奥《おく》からなにかを取りだした。中で青紫色《あおむらさきいろ》の液体がゆれる瓶《びん》がちらりと見えたかと思うと、こっちへ向かって投げつけてきた。

ガラス瓶《びん》がガチャンと割《わ》れ、部屋はたちまち変なにおいのする緑色の煙《けむり》に包まれた。どこにも逃《に》げ場がない。煙《けむり》はパルの鼻から入ってきて脳みそに流れこみ、考えようとしても頭がぼんやりして働かない。体から意識だけが離《はな》れていくような気がした。最後に聞こえたのはヒッ、ヒッ、ヒッ、ヒッという笑い声で、そのあとパルはむきだしの木の床《ゆか》に崩《くず》れ落《お》ちた。

第17章　ウィッチとの戦い

「父上にもこんな日があったのかな？　それとも勝利につぐ勝利だったんだろうか」ラージャが言った。

「失敗《しっぱい》だってたくさんしてますよ」パルはつりさげられた檻《おり》の中で膝《ひざ》を抱《かか》えて言った。「あなたにはその話をしていないだけで」

ラージャは自分の檻《おり》の中で体をひねってこっちを向いた。「なんで知ってるんだ？」

「きくまでもないでしょう？　使用人は噂話《うわさばなし》をしないとでも本気で考えてるんですか？　ぼくらには自分たちの生活がないとでも？」パルは顔をしかめた。「もちろん、あなたはそんなこと考えてやしない。なんにも考えてないんだから」

「父上もぼくに話してくれればよかったんだ。そうすればなにもかも違《ちが》ってたかもしれない」

ラージャがそう愚痴《ぐち》る。「こうなったのはきみのせいだぞ、パル。きみはなんて言った？〝ほら、見てくださいよ。人のよさそうな老人がいる。あの人にたずねてみればいいんじゃないですか？〟人のいい老人は沼地《ぬまち》なんかに住んでないだろ」

「今回のことで学びました」パルはぼやいた。疲《つか》れすぎて、居心地が悪く、ラージャに反論する気力もない。どのみち反論してなんになるんだ？ ラージャの頭の中は自分のことでいっぱいで、反対意見の入る隙間《すきま》はない。

「でも、ぼくらの状況《じょうきょう》を説明してみてはどうでしょう？」

「説明しなくても向こうにはわかってるさ。ぼくらをこんな状況《じょうきょう》に陥《おとしい》れた張本人《ちょうほんにん》なんだからな。それはそうと、あいつはどこにいる？」

フェイスは自分の檻《おり》をぶんとゆすって窓へ近づけた。「庭に出てるよ。いやな予感がする」

「うん、まな板のサイズを見たよ。だれがいちばん最初に料理されるのかな？」

「料理なんてされないよ」フェイスは鉄格子《てつごうし》を引《ひ》っ張《ぱ》った。「ここから抜《ぬ》けだす方法は絶対《ぜったい》にあるもの」

「どういうこと？」

フェイスは背中《せなか》を鉄格子《てつごうし》に当て、反対側の鉄格子《てつごうし》に足を突《つ》っ張《ぱ》った。全身の力をこめて押してもびくとも動かない。「あたしの物語は、〝そしてフェイスは魔女《ウィッチ》の日曜のごちそうになりました〟じゃ終わらないからよ」

「その物語を書いているのがだれかにもよるよ。作者はきみなのか、ウィッチなのか。ウィッチが作者なら間違《まちが》いなく料理本だ」

「文句ばっかり言ってないで、なにかしたら?」

「たとえばどんなことだい?」パルはたずねた。「ここから脱出《だっしゅつ》する方法を教えてくれたら、なんでも力になるさ。でもそんな方法《ほうほう》なんてないだろう? ぼくらは檻《おり》に入れられてつりさげられ、これから湯気の立つ大釜《おおがま》にほうりこまれるんだ」

「それでいいわけ? ほんとに? なんにもしないであきらめるの?」フェイスは怒りを爆発《ばくはつ》させた。「せっかく力を合わせてここまでたどり着いたのに?」

「ぼくにできることはないよ、フェイス」

フェイスはラージャに向き直った。「パルに言ってやって!」

ラージャは両手で頭を抱《かか》えこんだ。「フェイスの言うとおりにしろ。彼女《かのじょ》がリーダーだ」

「ちょっと、あなたもあきらめるんだ？　ラージャ卿《きょう》、マハラジャ卿《きょう》の名高い息子はどうなったの？　父親のあとに続くんじゃなかったの？」

ラージャは檻《おり》をゆらゆらさせた。「父上のあとに続いた結果《けっか》がこのざまだろう」

パルは肩をすくめた。「なにをやっても無駄《むだ》だよ」

ラージャはパルへ目をやった。しょぼい口ひげの下に尊大《そんだい》そうな冷笑が浮《う》かぶ。「やっぱりパルはパルでしかないな。きみはなにかあるとすぐ逃《に》げだそうとする。なぜ父上がぼくの従者《じゅうしゃ》にきみを選《えら》んだのか、まるで理解《りかい》できないね。この冒険《ぼうけん》の旅でも、きみがやることといったら、一歩進むたびにぶつくさ文句を言うだけ。これは偉大《いだい》な冒険《ぼうけん》になるはずだったんだぞ」

「なにが偉大《いだい》な冒険《ぼうけん》だ、もううんざりだ。お父上がなぜぼくの同行を求めたかわかりますか？　だれかがあなたの世話をしなきゃならなかったからですよ！」

「だったら、それにも失敗《しっぱい》したな！」

「ちょっと！　ストップ！　いいかげんにして！」フェイスが叫んだ。「ふたりともわからないの？　あなたたちは冒険《ぼうけん》の旅における第一のルールを破《やぶ》ってる！」

ふたりともすぐに口をつぐんだ。フェイスはなんのことを言っているんだろう？　「ルールって？」パルはたずねた。

「バラバラになるのは厳禁《げんきん》」彼女《かのじょ》が言った。

パルは声を立てて笑った。「バラバラになんかなっていないよ。みんな一緒《いっしょ》にここでつかまってるじゃないか」

フェイスは胸をとんと叩《たた》いた。「気持ちがバラバラになってるでしょ。力を合わせよう。それがこのピンチを脱出《だっしゅつ》する唯一《ゆいいつ》の方法だよ」

「英雄譚《えいゆうたん》みたいにそううまくはいかないよ」彼女《かのじょ》はラージャより考えの甘いところがある。パルは檻《おり》を前後にゆすった。ラージャの頭に、直接《ちょくせつ》ものの道理を叩《たた》きこんでやる。とうの昔にそうすべきだったんだ。「ラージャ、あなたがズボンの紐《ひも》を自分で結べるようになったのはいくつのときでした？」

「貴族《きぞく》は自分で着替《きが》えなどしない！　そんなことはだれでも知ってるだろう！　ぼくが自分で着替《きが》えたら、きみが仕事にあぶれるじゃないか！　それを考えたことはあるのか？」

「あなたのズボンの着替《きが》えに一生を費《つい》やすつもりなんてなかったんだ！」

ラージャは大笑いした。「それしか能《のう》がないくせに！」

よくもそんなことを。パルは鉄格子《てつごうし》に背中《せなか》をぶつけてさらにはずみをつけた。鎖《くさり》がガチャガチャ音を立ててきしみ、檻《おり》がゆれてラージャに接近《せっきん》する。一度でもあの細っこい首を絞《し》めあげることができたら、殺されたって本望だ。

檻《おり》をゆらして近づいてくるパルを、ラージャはじろりと見た。「なにをやってるんだ？　こっちに来るなよ！」

ふたりの檻《おり》が勢《いきお》いよく衝突《しょうとつ》した。檻《おり》同士がはじかれてくるくるまわり、ラージャが悲鳴をあげる中、彼《かれ》の檻《おり》は棚《たな》にぶつかって跳《は》ね返《かえ》され、湯気をあげる大釜《おおがま》の上をぶんと横切った。

パルは檻《おり》の中で転がらないよう鉄格子《てつごうし》をつかんだ。ラージャの首を絞《し》めあげるのが無理なら、檻《おり》をガンガンぶつけて部屋中にはじき飛ばし、あの極小《ごくしょう》の脳みそに道理を叩《たた》きこんでやる。

「自分がなにをやったか見てみろ！」ラージャが怒鳴った。「ぼくを燃《も》やす気か？」棚《たな》にぶつかったときに瓶《びん》と容器の列が倒《たお》れて、ラージャは粉をかぶっていた。それがシューシューと火花を放っている。

「ブラシを取ってきて、きれいにしろとでも？　いやです。これからは自分のことは自分でやってください」

「ちょっと待て」ラージャが言った。粉をぺろりとなめると、舌の上でジュッとはじけ、彼《かれ》は顔をしかめた。「ブレイズパウダーだ。うちの料理人は父上が冒険《ぼうけん》の旅へ出かける前にはいつもこれでポーションを醸造《じょうぞう》していたんだ」

「どんなポーションです?」パルはたずねた。

ラージャは棚《たな》へ目を戻した。それから自分のポケットを調べる。「たしかここにネザーウォートが……よし、まだ残ってた」その植物を手のひらで押しつぶすと、檻《おり》をゆすって大釜《おおがま》の上を通過《つうか》しながら下へ投げこみ、ぶんと戻ってきたときに今度はブレイズパウダーを体から払《はら》い落《お》とした。材料同士が反応《はんのう》を起こして、大釜《おおがま》はシューシューと沸騰《ふっとう》し始めた。

「自分がなにをしてるかわかっているのかな」フェイスが言った。

「自分がなにをしてるかわかっていたことなんて、ラージャには一回もないよ」パルはぼやいた。

「わかってなくたっていいだろう? なんでもいいからやってみなきゃ」ラージャは大釜《おおがま》を指さした。「見ろ。色が変わったぞ」

本当だ、それに変なにおいがする。液体は深紫色《ふかむらさきいろ》になり、大きな泡《あわ》がボコボコはじけだした。

「それ、毒《どく》でしょ」フェイスが言った。「オエッとするにおいだもん」

だけどラージャは首を横に振《ふ》っている。「うちの料理人がポーションを完成させると、屋敷《やしき》中、これと同じにおいがしたものだ。でも父上は瓶《びん》にポーションを入れ、腰にさげてウマにまたがってた。それに父上は毒《どく》の力には頼《たよ》らないんだ」

「毒《どく》を使うのは卑怯《ひきょう》だから？」フェイスがたずねた。

「いや、間違《まちが》えて自分が飲むといけないからだ」ラージャはすんすんとにおいをかいだ。「なんであれ完成したようだぞ」

ラージャは檻《おり》に這《は》いつくばって鉄格子《てつごうし》の隙間《すきま》に腕《うで》をねじこみ、手を伸《の》ばした。大釜《おおがま》までもうあと少しだ。「押してくれ、パル」

「了解《りょうかい》です」

パルはもう一度ゆっくりと檻《おり》をゆらしだした。今度はラージャを軽く押すだけでいい。

フェイスが息をのんだ。「まずい、ウィッチが戻ってくる。あなたたちがなにをやる気か知らないけど、いますぐやってちょうだい」

「あともう少し」ラージャは大釜《おおがま》のふちに引っかけてあるひしゃくへ指を伸《の》ばしている。

ウィッチは陽気な口笛を吹きながら、沼《ぬま》の水をビチャビチャはねあげて小屋へ戻ってきた。これからまるまる太った人間を三人も料理できると、心からうきうきしているようすだ。パルの視線はオーク材の大きなテーブルに刺《さ》さっている巨大《きょだい》な包丁へと何度も向かった。テーブルには無数の傷《きず》と包丁を叩《たた》きつけたようなへこみがある。

裏口がギイッと音を立てて開き……。

「がんばってください、もっと手を伸《の》ばして」パルはささやいた。体重をうしろにかけたあと、はずみをつけて体を前に押しだす。これが最後のチャンスだ。

檻《おり》が振《ふ》り子《こ》のようにゆれて、回転しながらラージャへと向かった。ラージャは腕《うで》を肩のつけ根まで檻《おり》の外へ出している。唇をかたく結んで集中し、ひしゃくに指を伸《の》ばした。

ふたつの檻《おり》がぶつかり、ラージャの檻《おり》がはじかれる。けれども大釜《おおがま》の上を横切った瞬間《しゅんかん》、指がひしゃくに引っかかった。ラージャはひしゃくの先を大釜《おおがま》の液体に突《つ》き入れたあと、液体をはね散らしながら腕《うで》を引き戻した。中身はほとんどこぼれてしまったが、底に残ったやつを口へ流しこんだ。それから顔をしかめて咳《せ》きこむ。

大変だ。やっぱり毒《どく》だったんだ。

裏口が開いて、両腕《りょううで》いっぱいに野菜を抱《かか》えたウィッチが現《あらわ》れた。ウィッチはひしゃくを手にしたラージャを見ると、悲鳴をあげて野菜をほうりだした。

フェイスは自分の檻《おり》をウィッチに叩《たた》きつけた。ウィッチは突《つ》き飛ばされて小屋の中をびゅーんと横切り、食器の山の中へ落下した。「どうにかしてよ、ラージャ！」

「気分が……」ラージャは顔が紫色《むらさきいろ》になったあと、ゲエーと巨大《きょだい》なげっぷをした。「うん、よくなった」

ウィッチは割《わ》れた食器の山から体を起こすと、ずたずたの紫色《むらさきいろ》のマントに手を入れ、毒々《どくどく》しい緑色の煙《けむり》が入った瓶《びん》を取りだした。

「ラージャ！」パルは叫んだ。

ラージャは檻《おり》の中で鉄格子《てつごうし》に寄りかかると、両足の裏で反対側の鉄格子《てつごうし》を思いきり蹴《け》り飛ばした。鎖《くさり》がちぎれ、蝶番《ちょうつがい》がまっぷたつに割《わ》れた。鉄格子《てつごうし》の扉《とびら》は吹っ飛んで窓を突《つ》き破《やぶ》り、道のずっと先に落下した。

けれどまだ終わりじゃない。ラージャは檻《おり》から飛びおりると、大釜《おおがま》をバケツのように頭上まで軽々と持ちあげた。「夕食の時間だぞ、このおぞましい魔女め」

ウィッチは飛んでくる大釜《おおがま》に目をむいて悲鳴をあげた。そして……。

「ぺしゃんこですね」パルは言った。

鉄の大釜《おおがま》の下から足だけがのぞいている。床《ゆか》と壁《かべ》の大部分に大釜《おおがま》の中身がかかって、室内には湯気と悪臭《あくしゅう》が充満していた。

残るふたつの檻《おり》からラージャが扉《とびら》をむしり取るのに時間はかからなかったが、一日中丸めていた背中《せなか》をパルが伸《の》ばすのにはそれよりもっと時間がかかった。体がずきずきするけれど、ずっとひどいことになっていたかもしれないのだ。「死ぬかと思った」

ラージャがパンチすると壁《かべ》に穴《あな》が開いた。その穴《あな》を見つめてにんまりする。「最高の気分だ」

「戦う前に必ずあれを飲んでいたなら、そりゃあ、あなたのお父さんはどんなモンスターでも倒《たお》せたでしょうよ」フェイスは空き瓶《びん》の棚《たな》へ向かった。「床《ゆか》にしみこんじゃう前に、瓶《びん》にすくえるだけすくおう」

ところがラージャはいろんな材料のほうを集めだした。「どれも昔うちのキッチンにあったやつだ。大きな瓶《びん》や壺いっぱいにあらゆる種類の薬草や粉末が入ってたんだぞ。うちの料理人はそれらを扱《あつか》いながら、ぼくに名前を覚えさせていったものだ。彼女《かのじょ》はこういう材料をポーシヨン作りに使っていた。こうして見ると、それぞれの材料をはっきり思い出せる。ほら、これ」ラージャは壺を持ちあげた。「ネザーウォート。たいていのポーションに必要となる基本材料だ。料理人はこれを棚《たな》いっぱいに集めてた」

パルは小さな茶色いものをつまみあげた。「これはなんでしょう？　ウサギの足？　ぴょんぴょん跳《は》ねるポーションの材料とか？」

ラージャはそれを受け取ってポケットに入れた。「当たらずといえども遠からずだ」

フェイスはリュックに入るだけ瓶《びん》を詰《つ》めた。「こんなにたくさん盗んでいくのって、ちょっと悪い気がしない？」

「敵《てき》を倒《たお》してお宝《たから》を奪《うば》う」ラージャは壺に入っている赤味がかった粉末のにおいをくんくんかいでから、リュックに加えた。「それが英雄《えいゆう》だ」

パルは大釜《おおがま》で最期《さいご》を迎《むか》えたほかの不運な冒険者《ぼうけんしゃ》たちが残していった武器《ぶき》や防具《ぼうぐ》を調べた。室内には埃《ほこり》とクモの巣に覆《おお》われたガラクタがそこら中に転《ころ》がっている。背筋《せすじ》がぞっとした。そっとしておいたほうがいいものもありそうだ。早くここから——。

鉄が石をこする音がしたので、パルははっと振《ふ》り返《かえ》った。

大釜《おおがま》が動いている。

ウィッチの足がぴくりとした。

「みんな」パルは戸口へあとずさりし始めた。「そろそろ行こう」

大釜《おおがま》の下から身の毛もよだつようなうめき声があがり、からっぽの大釜《おおがま》にこだました。かぎ爪がするりと出てきて大釜《おおがま》のふちをしっかりつかむ。足がバタバタ動いて大釜《おおがま》が持ちあがった。

「逃《に》げろ！」ラージャが叫んだ。

ウィッチは大釜《おおがま》を横へと転がし、起きあがった。もとから気味が悪かったが、いまやその醜悪さは新たなレベルまで引きあげられている。ウィッチはボキボキと骨《ほね》を鳴らしたかと思うと、真っ黒な鉤爪《かぎづめ》を突《つ》きだして襲いかかってきた。

これにはフェイスさえひるんでいた。彼女《かのじょ》は恐怖に足がすくんで、ちらりとパルを見るや、彼《かれ》と一緒《いっしょ》にくるりと背《せ》を向けて走りだした。

それをウィッチが追い、恐ろしい叫び声がどんどん甲高くなる。

ふたりはふたたび沼地《ぬまち》をずぶずぶ進んでいた。パルはこんな場所には戻りたくなかったけれど、ほかに逃《に》げ場はないのだ。すでに膝《ひざ》までつかり、ぬるぬるする泥をかき分けるが、ウィッチの叫び声は大きくなっていた。

ここはウィッチの縄張《なわば》りだから、沼地《ぬまち》を突《つ》っきる近道を知っているんだ。相手は大ケガをしているはずなのに、みるみる追いつかれそうになっている。

パルの足がつるりとすべった。次の瞬間《しゅんかん》にはしょっぱい水の下で、水草にまみれて脚《あし》をばたつかせていた。蹴《け》れば蹴《け》るほど、脚《あし》に水草がからみつく。伸《の》ばした手の先には闇《やみ》がよどみ、聞こえるのは自分の口から空気がゴボゴボと吐《は》きだされる音だけだ。そのとき手首をつかまれて引《ひ》っ張《ぱ》られた。水草がちぎれ、パルは草地の上に引きあげられて咳《せ》きこんだ。フェイスが顔から泥をぬぐってくれる。「いまは泥風呂につかってる場合じゃないよ」

背後《はいご》で小枝《こえだ》の折《お》れる音がし、ねじれた黒い枝《えだ》の茂《しげ》みの奥《おく》からウィッチが現れた。全身血まみれで服は乱れ、殺意をみなぎらせている。ウィッチは〝ほれ、追いつめたぞ〟とでも言いたげに、にたりと笑った。ずたずたのマントに手を入れて瓶《びん》を取りだすと、その中で、ぬるりと光る黒い毒《どく》がちゃぷんとゆれる。

「あれって、体に浴びたらよくないものだよね」パルは言った。「あいつの心臓《しんぞう》に矢を突《つ》き立てるならいまだよ」

「そうしたいところだけど、弓を沼地《ぬまち》のどこかに落としてきちゃった」

ウィッチは黒いギザギザの親指の爪で栓《せん》を開けた。

フェイスは身構えた。「あなたは左、あたしは右へよけよう。ふたりいっぺんには狙《ねら》えないはず」

「投げつけられた瓶《びん》がドカンと爆発《ばくはつ》したら、ふたりいっぺんにおだぶつだよ」

「パル、一度でいいから前向きに考えてちょうだい。いい?」

パルは身をかがめた。「ぼくは左だね」

「ありがと」

けれども結局、よける必要はなかった。次に起きたのはほんの一瞬《いっしゅん》のできごとだった。漂《ただよ》う霧《きり》の中から灰色のかたまりが飛びだしてきた。それはうなり声をあげ、ウィッチのほうは悲鳴をあげた。手からポーションが落ちて、中身はなにごともなく沼《ぬま》にこぼれた。

だが、そこからは激《はげ》しい戦いのはじまりだった。オオカミはウィッチに体当たりし、大揺《おおゆ》れする泥水の下にウィッチもろとも沈《しず》んだ。紫色《むらさきいろ》の布切れをくわえて泥で汚れた鼻を一瞬《いっしゅん》突《つ》きだしたあと、泥水の上に顔を出そうとするウィッチにうなりながら嚙《か》みつき、ふたたび沼《ぬま》の中へ消える。

やがて水面は静まり返り、それからボコボコッと気泡《きほう》があがって波紋《はもん》が広がった。泥水で毛皮をびしょ濡《ぬ》れにしつつ、オオカミが犬かきであがってきた。パルたちのところへやってきて猛然《もうぜん》と泥水を吐《は》きだしたあと、鼻先からしっぽまでをぶるりと震《ふる》わせる。

「オオカミを仲間にするのも、そう悪くないね」パルは顔の汚れをふいてやりながら認めた。

フェイスはオオカミがくわえていた布切れを手に取った。「ウィッチの味はまずかった？」

霧《きり》の中から出てきたラージャに、オオカミはしっぽを振《ふ》った。

「あちこち捜《さが》したんだぞ……やあ、また会ったね！」

ラージャは膝《ひざ》をつき、オオカミにベロベロと顔をなめられた。

理解《りかい》できないな、とパルは思った。以前のラージャは服に埃《ほこり》ひとつついていてもうるさく言ってきたのに、いまはオオカミのよだれまみれでうれしそうにしている。

そもそも、全員が汚れまみれになり、全員がくさいにおいを放っていた。全員が空腹で、疲《つか》れ、正直なところ、まだびくびくしていた。なんといっても、ここは沼地《ぬまち》の真ん中なのだ！

霧《きり》の中や藻《も》の生えた水の下には、ウィッチよりも凶悪《きょうあく》でさらに腹をすかせたモンスターが潜《ひそ》んでいるかもしれない。ぼくらはきみの言うことを聞くべきだったよ。ぼくらに警告《けいこく》しようとしてくれたんだろう」ラージャはオオカミの濡《ぬ》れた毛皮に顔をうずめた。「お利口さんだ。お利口さんだな。」

フェイスは弓を拾って泥水からあがると、目につく汚れをぬぐった。それからハープを弾《ひ》くように弦《つる》をはじく。「音は問題なし」

「どうしてわかるんだい？」

「ちゃんとしているときにはわかるの」フェイスはビチャビチャ音を立ててパルの隣《となり》に座った。

「次はどうするの？」

「ウィッチの小屋まで引き返して、今度は落ち着いてお宝《たから》をあさろう。なにか使えるものが見つかるかもしれない」

「行くならひとりで行ってよ。霧《きり》の中で迷《まよ》わないようにね」

三人を取《と》り囲《かこ》む霧《きり》はさらに濃《こ》くなっていた。あたりで奇妙《きみょう》な物音がしたが、不思議な形の植物たちによって、小さくなったり、ゆがんだ音になったりしている。「もう迷《まよ》ってるんじゃないかな」

「道ならお利口さんが知ってる、そうだろう？」ラージャは毛がふわふわしているオオカミの顎《あご》をつかんだ。かわいくてたまらないらしい。

「それが名前ですか？　お利口さん？」

「それが名前だ、そのとおりだからな。そうだろう？　きみはお利口さんだよな、お利口さん」

しっぽを振《ふ》っているところを見ると、オオカミはその名前で満足なようだ。パルがなでようと手を出すと、オオカミはうなった。

「はあ。はいはい」

またこれだ。どうしてみんなにはなでさせるのに、パルだけはだめなのだろう？

三人は沼《ぬま》の中を行ったり来たりして散らばった荷物《にもつ》を拾い、最終的にはほぼすべてを回収《かいしゅう》できた。ラージャの石の斧《おの》も見つかった。

お利口さんは興奮《こうふん》してくるくる走りまわり、待ちきれずにワンと吠《ほ》えてジャンプした。

ラージャがパチンと指を鳴らすと、すぐに彼《かれ》のもとへ来る。

パルはそれを眺《なが》めてぼやいた。「どうすればそんなふうにできるんです？　野生の動物なのに」

ラージャは霧《きり》に目を凝《こ》らした。オオカミがぴったりくっついている。彼《かれ》はオオカミを見おろした。「沼地《ぬまち》の外へ出る道を知ってるかい？」

お利口さんはしっぽを振《ふ》った。

「じゃあ、案内してくれ。ぼくらはきみについていく」

するとお利口さんは吠《ほ》えながら駆《か》けていった。

パルはリュックを背負《せお》い直した。なにもかもずぶ濡《ぬ》れだが、ここには一瞬《いっしゅん》たりともとどまっていたくない。とはいえ、オオカミが案内係？「本当にあの小汚い動物にぼくらの命を預《あず》けるんですか？」

「ほかに名案があるの？」フェイスが問い返した。

「この案の問題点を指摘《してき》してるだけじゃないか」

フェイスはパルの髪をくしゃくしゃにした。「あたしたちはここまで来られたでしょう？」

お利口さんが引き返してきて、腐《くさ》った倒木《とうぼく》の上にのると、せきたてるように吠《ほ》えた。ラージャはオオカミのところへ行ってふたりを手招きした。「行こう！　バラバラになりたくないだろう！」

パルは沼地《ぬまち》を振《ふ》り返《かえ》った。ウィッチの小屋の残骸《ざんがい》が泥水に浮《う》かんでいる。オオカミに案内してもらうのはそう悪い考えではないかもしれない。オオカミは自分がなにをやっているのかわかっているようだ。それは歓迎《かんげい》すべき変化だった。ワンと、オオカミの吠《ほ》え声《ごえ》が霧《きり》をゆらして響《ひび》いた。

これでいちばんの難所《なんしょ》を突破《とっぱ》できたのかもしれない。きっとここから先はずっと楽だ。うん、この先は楽しいことが待っているぞ。悪いことのあとには必ずいいことがあると決まってる。そろそろいいことのひとつぐらいなきゃね。

第18章　雷《かみなり》ヶ峰《みね》

「あの雲、いやな感じがする」フェイスは言った。その日はどんどん暗くなる一方で、大気中にチリチリと電気の気配を感じた。「嵐になりそう」

パルは遠くに見える集落を指さした。「今夜はあそこで泊めてもらおうか？」

屋外で嵐にあうよりましなのは間違《まちが》いない。フェイスはうなずき、道を歩きだした。食事、それになにか飲みものにありつけて、ひょっとしたらベッドで寝られるかもしれない。いまはそれだけで充分《じゅうぶん》。そこはよさそうな場所に見えた。窓辺のあたたかな明かりが元気を与えてくれる。お風呂だって使わせてもらえるかもしれなかった。みんな沼《ぬま》のにおいがぷんぷんしていた。リュックのストラップが肩に食いこんでくる。フェイスはとにかく荷物《にもつ》をおろしたかった。

「あそこに看板があるぞ」ラージャはそう言うと、目を細めて読みあげた。「マハール・タウン。だれか聞いたことがあるか？」

　フェイスは首を横に振《ふ》った。「こんな西の果《は》てに人が住んでるなんて知らなかった。天頂山《てんちょうさん》脈《みゃく》が世界の終わりだと思ってたもの」

　地平線で稲妻《いなずま》が光り、冷たい湿《しめ》った風が三人の服をはためかせた。服はもとから濡《ぬ》れているけれど、風が氷みたいに切りつけてくる。町はずれにたどり着くころには雷《かみなり》がゴロゴロ鳴り、そこで最初の人影《ひとかげ》が目に入った。ニンジンのバスケットを抱《かか》えている。

　フェイスはにっこりと笑いかけた。「こんにちは。泊まる場所を探してるんです。それになにか食べるものも。支払《しは》らいはします」

　けれど相手はぽかんとこっちを見ている。なにかしゃべりかけてきたが、言葉がちんぷんかんぷんだ。フェイスは合わせた両手に頰《ほお》をのせて頭を傾《かたむ》けた。どこでも通じる〝おやすみ〟のサインだ。「ベッド？」

　地元の人はただ首を横に振《ふ》ってどこかへ行ってしまった。

　ラージャは自分の斧《おの》に手をかけた。「ドアを蹴《け》破《やぶ》ってそこで休めばいいんじゃないか。ここの住民たちは抵抗《ていこう》しそうにないぞ」

「そんなことしちゃだめだよ、ラージャ」

「はいはい」ラージャが言い返す。「英雄《えいゆう》とはこういうものという決まりごとを、ぼくもそろそろ身につけたはずだって？　言うはやすく、行うはかたしだ。父上なら——」

「みんな、こっちへ来てこれを見てくれ」パルは広場で彫像《ちょうぞう》を見あげている。「だれかを思い出しませんか、ラージャ？」

ラージャは息をのんだ。「これは……父上だ」

フェイスは看板を振《ふ》り返《かえ》った。「マハール・タウンって、マハラジャ・タウンってこと？」

町のはずれに雷《かみなり》が落ちた。頭上を通過《つうか》するようにして落ちたのに、住民たちは近づく嵐も気にせず、それまでどおりに動きまわっている。

ラージャは斧《おの》を手に取った。「避難《ひなん》する場所が必要だ、フェイス。そこのドアを蹴破《けやぶ》って、せめて雨をしのぐぞ」

「だからそんなことしちゃ——」

「おおーい！　そこの三人！　もうすぐ嵐になるぞ！」

開いたドアの奥《おく》から男が手を振《ふ》っていた。「中へ入れ！　急いで！」

大粒《おおつぶ》の雨が降《ふ》りだし、三人はドアへと走った。ふたたび雷《かみなり》が落ちて煙突《えんとつ》を粉砕《ふんさい》した。もしもあのそばにいたら……。

三人が戸口から駆《か》けこむと、男は急いでドアを閉めた。「嵐が来るのに外でなにをしていたんだ？　どんなに危険《きけん》なことか知らないのか？」

だがパルとラージャは聞いていない。ふたりはあぜんとして男の家の中を凝視《ぎょうし》していた。鎧《よろい》一式が飾《かざ》られた防具《ぼうぐ》立て、マントルピースの上には剣《けん》、ドアの横には立派なクロスボウと矢でいっぱいの矢筒《やづつ》。けれどもふたりが見ているのは暖炉《だんろ》の上にかけられた絵で、それはターバンを巻《ま》いた戦士の肖像画《しょうぞうが》だった。その人物はひと目でラージャと血のつながりがあるのがわかるほどよく似ていた。ラージャは絵を指さした。「どこでこれを手に入れたんだ？」

男はクロスボウを持ちあげて矢を装填《そうてん》した。「それはどうでもいい、いまは嵐が来てるんだ。われわれ移住者《いじゅうしゃ》が繰《く》り返《かえ》し警告《けいこく》してるのに、先住者《せんじゅうしゃ》たちはどうしても理解《りかい》しようとしない」

「なにを理解《りかい》しようとしないの？」フェイスはたずねた。

男が彼女《かのじょ》を見る。「きみは弓を扱《あつか》えるのか？」

「なにが起きてるの？」

「とにかく窓辺《まどべ》に待機《たいき》して、矢を射《う》てるように準備《じゅんび》をしてくれ」

「なにを狙《ねら》うの？」たずねながらも窓辺に行くと、さっきフェイスが話しかけた住民がニンジンのバスケットを抱《かか》えて広場を平然と歩いているのが見えた。「ちょっと！　ねえ！　中へ入って！　雷《かみなり》が――」

雷《かみなり》が広場に落ちた。まぶしい稲光《いなびかり》が室内を真っ白に照《て》らし、家の土台までをどーんとゆさぶった。まだ耳鳴りがして目がちかちかしているフェイスの耳に、男の怒鳴り声が飛びこんできた。

広場からは煙《けむり》があがっている。そこに転がっているバスケットは焼けて炭になっていた。持ち主は？　どこに……。

とぐろを巻《ま》く煙《けむり》の中で人影《ひとかげ》が動いた。

バスケットの持ち主は体をぴくりとさせ、それからゆっくりあたりを見まわすと、ヒッ、ヒッ、ヒッ、ヒッと、心を失った残酷《ざんこく》な笑い声をあげた。その目はギラギラと光って見えた。お利口さんがうなる。

「新たなウィッチだと？」ラージャはオオカミがドアから飛びださないよう抱《かか》えこんだ。「ウイッチはああして生まれるのか？」

男はクロスボウを肩にのせた。「なにをぼさっと見てる！」勢《いきお》いよくドアを開けて慎重《しんちょう》に狙《ねら》いを定める。

フェイスはまだ目がかすんでいたが、弓を引きしぼって矢を放った。ほかの窓や戸口からも矢が飛んでくる。一本が命中し、ウィッチは叫び声をあげた。そして煙《けむり》の中へ身を隠《かく》し、次々に飛んでくる矢から逃《のが》れた。

男は剣《けん》を手に取った。「なにか悪さをする前にここから追いだすぞ。この前のやつは井戸に毒《どく》をほうりこんだんだ」

お利口さんが騒《さわ》がしく吠《ほ》えたてたので、ラージャはオオカミを放し、自分も斧《おの》を掲《かか》げてあとを追った。まわりの家々からも、剣《けん》に三叉《トライデント》、さらにはふつうのツルハシで武装《ぶそう》した人たちがわめき声をあげて飛びだしてきた。

移住者《いじゅうしゃ》たちに取《と》り囲《かこ》まれ、ウィッチがうなっている。ほかの人に当たるのが怖くて、フェイスは弓を射《い》れなかった。ウィッチに近づきすぎたひとりが毒《どく》を投げつけられた。無害な先住者《せんじゅうしゃ》はもういない。ここにいるのは耳障《みみざわ》りな声で笑う邪悪《じゃあく》なウィッチだ。

毒《どく》の煙《けむり》が広場に広がった。移住者《いじゅうしゃ》たちがそれを吸《す》いこんで咳《せ》きこみ、苦しそうに息を切らすものの、多勢《たぜい》に無勢《ぶぜい》でウィッチは後退《こうたい》し始めた。それを追うお利口さんを、ラージャは口笛を吹いて呼《よ》び戻《もど》した。オオカミはじれったそうになりながらも、主《あるじ》に従った。数人に町はずれまで追《お》い払《はら》われたウィッチは、その先の闇《やみ》へと逃《に》げていった。

男が家に引き返してきた。「もう安全だ、次の嵐まではな」

先住者《せんじゅうしゃ》たちはまだ外をうろうろしている。ウィッチと戦った移住者《いじゅうしゃ》たちは、雷《かみなり》がゴロゴロ鳴る中でも先住者《せんじゅうしゃ》たちに言って聞かせようとしているが、どうやら無駄《むだ》らしい。話す言葉が違《ちが》うのだ。先住者《せんじゅうしゃ》たちはただうなずいてにこにこし、そのあとはいつもと変わらず、雷《かみなり》が落ちて焦《こ》げた地面も、少し立ち止まってちらりと見るだけだった。

「あのウィッチはどうなるの?」フェイスはたずねた。

男は肩をすくめた。「たいていは沼地《ぬまち》に行き着く。あそこには何人か住み着いているからな。この町が孤立しているのはそのせいでもある。沼地《ぬまち》が危険《きけん》な場所になってしまったんだ」彼《かれ》はフェイスを上から下まで眺《なが》めて、鼻にしわを寄せた。「そのにおいからすると、きみたちも沼《ぬま》地《ち》から来たようだな」

「沼地《ぬまち》でウィッチとちょっとやり合ったの。もっとひどい目にあうところだった」

ラージャがオオカミと戻ってきた。戸口に立つと、困惑《こんわく》した顔で男を見つめる。「あの絵をどこで手に入れた？」

男は絵に目をやって頬《ほお》をゆるめた。「自分で描《か》いたんだ。ぼくの知るかぎりもっとも偉大《いだい》な男に敬意《けいい》を表して」

「マハラジャ卿《きょう》を知ってるんですか？」パルが問いかけた。

「〝卿《きょう》〟だって？　いまでは貴族《きぞく》になられたのか？　驚《おどろ》くことではないな。ドラゴンからプリンセスを救って王国の半分を与えられたりなどしたのだろう。そうなんだね？」

「近所の農家の娘と結婚してじめじめしたおんぼろ屋敷《やしき》に暮《く》らしているのかときいているなら、そのとおりです。それで……どうしてマハラジャ卿《きょう》を知ってるんですか？」

「ぼくは彼《かれ》の従者《じゅうしゃ》だったんだ、昔ね」

ラージャは口をあんぐりと開けた。「ハリー？」

男がくるりと振《ふ》り返《かえ》る。「ああ、そうだ。会ったことがあるかな？」

ラージャは信じられないとばかりに首を横に振《ふ》っている。「本当にハリーだ」

ハリーはなおも三人を見つめ、ますます当惑しているようすだ。「どういうことだ？」

「ラージャだよ！　ラージャ坊《ぼう》！　ぼくを覚えてる？　小さかったころによくおウマさんごっこでぼくを背中《せなか》にのせてくれただろう！」

「ラージャ……ラージャ坊《ぼう》？」そう言ってハリーは笑いだした。「マハラジャの坊《ぼう》や？　顔を見せてくれ！　どうしてひと目でわからなかったんだ！　きみも英雄《えいゆう》になったんだな、お父上のように！」

「父上のようにとは……」

「ハリー？」パルがさえぎった。「あのハリー？」

ハリーはラージャを戸口へ引《ひ》っ張《ぱ》っていった。「みんな！　この子がだれかわからないだろうな！　ラージャだ！　マハラジャの坊《ぼう》やだよ！　ぼくらを救いに来てくれたんだ！　きっと来てくれると言っただろう！」

移住者《いじゅうしゃ》たちが集まってきた。次々とラージャの背中《せなか》を叩《たた》いて、彼《かれ》の名前を叫ぶ。それからラージャを肩車して家々をめぐり、お利口さんがその横で興奮《こうふん》して吠《ほ》えたてた。やがてラージャ！　ラージャ！　と連呼《れんこ》が始まった。

移住者《いじゅうしゃ》たちがラージャをかついで練《ね》り歩《ある》くのを、パルは戸口から眺《なが》めていた。「すごいな。ついにラージャの夢《ゆめ》がかなって英雄《えいゆう》になったんだ」

「ここは彼《かれ》のお父さんの名前がついてる町だもん。あなたはハリーのことを覚えてるの？」

「いいや、彼《かれ》がいたのは、ぼくが屋敷《やしき》で働くようになる前の話だ。でも彼《かれ》のことはラージャからいつも聞かされてた。ラージャが彼《かれ》を父親のように慕《した》っていたのはたしかだよ」

「なんだか寂《さみ》しい話ね」フェイスは言った。

「マハラジャ卿《きょう》はだれよりやさしい親ってわけではなかったからね。いつだって関心があるのは、子どものことよりも、次の冒険《ぼうけん》の旅や、次のモンスター退治《たいじ》だ。ラージャのことは使用人のだれかに押しつけてばかりさ。ぼくもハリーはどうしたんだろうってずっと気になってた。てっきり自分も冒険《ぼうけん》に出かけたんだと思ってたよ」

フェイスは部屋を見まわした。武器《ぶき》のほかにも、冒険暮《ぼうけんぐ》らしで集めてきたらしい戦利品がたくさんある。あれはエンダードラゴンの卵？「そうだったんじゃない？　それになかなか腕《うで》が立つみたいだよ」

移住者《いじゅうしゃ》たちは崇拝《すうはい》するようにラージャを見ていた。あれは救世主が現れたのを喜ぶ目だ。町を作ったその人の息子ほど、救世主にふさわしい人がいる？　でもマハラジャ卿《きょう》はどうしてここに戻ってこなかったんだろう？　ハリーはずっと待ち続けてたの？

ハリーとラージャ、それにお利口さんが引き返してきた。まだ残っていた移住者《いじゅうしゃ》たちに手を振《ふ》ったあと、ラージャは幸せそうに顔を輝《かがや》かせて振《ふ》り返《かえ》った。「ここのみんなはぼくのことが大好きだ！」

フェイスは眉《まゆ》をひょいとあげた。「あなたの名前が大好きなんでしょ。いまこそその名前にふさわしくなるときだね」

「あの歓声を聞いたかい？　父上がいつも話していたのはああいうことなんだな。国中の黄金を手に入れるよりずっといい気分だ。あれが父上の原動力だったんだ。あれぞ栄光だよ」ラージャは自分の名前を連呼《れんこ》する声が消えていく戸口へ顔を向けた。「最高じゃないか？　ぼくが光《ひか》り輝《かがや》いているのがわかるだろう？」

フェイスは彼《かれ》のチュニックを指でなでた。「沼《ぬま》の泥がべっとりついてるよ、ラージャ」

「内側から光《ひか》り輝《かがや》いているんだよ！　きみには理解《りかい》できないだろうな！　彼《かれ》らには本当のぼくが見えるんだ！　本物の英雄《えいゆう》であるぼくがね！」

「わあー。すごいすごい。でもここまでたどり着いたのはみんなで協力したからでしょ」

「物語の題名になる名前はひとつだけだ」ラージャは言い放った。「『サー・ラージャの波乱万《はらんばん》丈《じょう》の物語』。なかなか……波乱万丈《はらんばんじょう》な題名だろ」

「物語はまだ終わりじゃありません」パルが言った。「レッドストーン城を見つけていないんだから」

ハリーが顔をあげた。「レッドストーン城？　あそこへ向かっているんですか？」

ラージャはうなずいた。「どこにあるか知ってるの？」

「知っていますとも。だが、あそこは主《あるじ》の息子を送りこむような場所じゃない。呪《のろ》われた都市ですよ、ラージャ卿《きょう》。あそこへ行けば、幽霊《ゆうれい》になった冒険者《ぼうけんしゃ》たちの仲間入りです」

「ここまで来て引き返せないよ」ラージャは言った。

「だれが引き返せなんて言いました？　ここに残ればいい。お父上が作った町ですよ。それにウィッチと戦ってくれる英雄《えいゆう》はいつでも歓迎《かんげい》だ」

ふたたびドアが開き、重厚《じゅうこう》な剣《けん》を肩にかついだ女性が入ってきた。「見まわりは終わったわよ。ウィッチはもういなくなった」

ラージャは彼女《かのじょ》を凝視《ぎょうし》した。「料理人の……?」

女性は彼《かれ》を見て眉根《まゆね》を寄せた。それからゆっくりと微笑《ほほえ》む。「ラージャ坊《ぼう》? あなたなの?」

ハリーは彼女《かのじょ》の肩に腕《うで》をまわした。「ぼくがお父上のもとを去ったとき、ジェーンも一緒《いっしょ》に来たんです。その後あれやこれやで……」

「きみがいなくなってから、屋敷《やしき》はすっかり変わってしまった」ラージャは女性に向かって言った。「きみがいたからあそこはみんなのわが家だったんだ」

元料理人のジェーンはラージャの肩に手を置いた。「わたしたちの家はあなたの家よ。わかってるでしょう。好きなだけここにいて」

ハリーは戸棚《とだな》へ行くと、服を何枚か出してテーブルに置いた。「偉大《いだい》なる英雄《えいゆう》の息子にボロを着させたままではいけないな。さあ、これを。どれかサイズが合うものがあるでしょう。でもその前に、あなたの使用人にお風呂の準備《じゅんび》をさせてはいかがです? 外に井戸があります」

「使用人?」フェイスはむっとした。「あたしたちは彼《かれ》の——」

「井戸はどこです?」パルがさえぎった。

「庭だ。バケツもそこにある」

パルはフェイスを振《ふ》り返《かえ》った。「行こう、もうひとりの使用人。仕事だよ」

フェイスはちらりとラージャを見た。使用人じゃなくて仲間だって言ってやってよ。けれどラージャは自分の父親の肖像画《しょうぞうが》を見つめて、思い出にひたっている。

仕方なく、パルとふたりで井戸へ行った。玄関《げんかん》が見えなくなった瞬間《しゅんかん》、フェイスはくるりとパルに向き直った。「どういうつもりよ？　あたしたちはラージャのお手伝いさんじゃないって、なんであのハリーって人に言わないの。ここまで来られたのは三人で力を合わせてきたからなのに！」

「えっ？」パルはうわの空でさき返した。

「あたしの話を聞いてもいない！」

「きみの文句のこと？　うん、聞いてなかった」パルは広場のほうへ進んでいった。

「どこへ行くの？」

彼《かれ》はまったく聞いていない。このごろそんなことがどんどん増《ふ》えている。なにか考えごとをしていて、それで頭がいっぱいらしい。なにを考えているのか探りだす方法はひとつだ。「待ってよ！」

「先住者《せんじゅうしゃ》に雷《かみなり》が直撃《ちょくげき》したのはこの場所だ」パルは言った。転がっているバスケットをこつんと叩《たた》くと、灰になってぼろぼろと崩《くず》れた。

「だから？」

パルはベルトにさげたツルハシを指でとんとんと叩《たた》いた。「下にはなにがあるんだろう」

「どういう意味？　あれは単に運が悪かっただけでしょ。ウィッチに変身したら追《お》い払《はら》う以外、あたしたちにできることはなにもない。心配なのはラージャのことよ。ハリーといるときの彼《かれ》の態度《たいど》を見た？　なんだかまるで……わが家にいるみたいだった」

「マハラジャ卿《きょう》の屋敷《やしき》は海の向こう側だよ。それにラージャがここへ来るのは初めてだ」

「わが家っていうのは、壁《かべ》と屋根だけでできてるんじゃないんだよ、パル」フェイスは自分の胸に触《ふ》れた。「ここで感じるものなの。屋敷《やしき》にいたとき本当の意味で幸せだったのは、キッチンにいたときだけだったって、ラージャは話してたよね。マハラジャ卿《きょう》はラージャが求める父親でも、彼《かれ》にとって必要な父親でもなかったんじゃない？」

「マハラジャ卿《きょう》が息子に厳《きび》しかったのはたしかだよ。歳月《さいげつ》が流れて自分自身の冒険《ぼうけん》の日々が過《か》去《こ》のものになると、それがますます悪化した。自分が旅に出て大冒険《だいぼうけん》を繰《く》り広《ひろ》げるのはもう無理だとわかっていたから、代わりにラージャにそうさせたかったんだろう。はじめからラージャに選択肢《せんたくし》はなかった」パルは町を見まわして彫像《ちょうぞう》を指さした。「あれはマハラジャ卿《きょう》の理想像だよ。若《わか》くて、強くて、気高くて、石でできていて、だれの迷惑《めいわく》にもならない。本人よりずっといいよ」

「しかも町のみんなはラージャを大歓迎《だいかんげい》してくれる。彼《かれ》が喉《のど》から手が出るほど求めてる注目を与えてくれて。みんなラージャ本人よりも彼《かれ》を信じてるみたい」

パルはうなずいた。「それが有名な父親を持つことのつらいところだね。どんなにがんばっても足りない気がするんだろう」

ふたりはバケツを運んでかまどで湯を沸《わ》かした。最初に風呂に入ったのはもちろんラージャで、次がフェイス、最後はパル。彼《かれ》が風呂から出たときには湯は緑色に変わっていた。

着替《きが》えておなかもいっぱいになったところで、みんなで暖炉《だんろ》を囲《かこ》んだ。暖炉《だんろ》の明かりにはなにか特別な力があるとフェイスは思った。まぶしくはないけれど力強いその明かりが、魔法のようにほっとさせてくれる。ラージャも炎《ほのお》を見つめているうちにリラックスしているようすだった。いつものぴりぴりした感じが溶けて消えている。

ハリーが彼《かれ》を見て微笑《ほほえ》んだ。「あのウィッチに突進《とっしん》していくあなたの雄姿といったら！　お父上の再来《さいらい》のようでした！」

「そう思う？　ほんとに？」そうであってほしいとラージャが必死に願っているのは顔にも声にも表れていた。

「いいですか。ぼくは長年マハラジャ卿《きょう》にお仕《つか》えしたんです。国のすみずみからその先までいくつもの冒険《ぼうけん》にお供しました。あなたにはお父上と同じ勇気と気高さがあります。そんな方がこうしてここへ来たんだ、これからはみんな枕《まくら》を高くして寝られます」

フェイスはパルが考えこんでいたのを思い出した。「ウィッチのことが問題なの？　なんとかできないの？」

ジェーンが暖炉《だんろ》に新たな薪をくべた。「わたしたちが戦うのを見たでしょう、あれだって危ないところだった。でもたまに大嵐に見舞《みま》われると、いっぺんに何人も雷《かみなり》に打たれて、玄関《げんかん》先《さき》に突然《とつぜん》ウィッチの集団が現れるのよ。そうなったらもうお手上げね。先住者《せんじゅうしゃ》たちはそういうことを理解《りかい》できないの。嵐が来たら避難《ひなん》させようと何度も何度も説得《せっとく》してきたけど、みんな笑顔でうなずくだけで、そのあとはいつもどおり。説得《せっとく》するのはもうあきらめたとはいえ、彼《かれ》らを見捨《みす》てることはできないでしょ」

「心配いらないよ、ジェーン。ぼくが力になる。どんなに時間がかかろうと」ラージャは座って炎《ほのお》に見入っている。「父上ならきっとそうする」

予定変更ってこと？　三人がここにいる目的をラージャに思い出させてやらなきゃ。「レッドストーン城はどうするの？　あたしたちの冒険《ぼうけん》は？　あなたのお父さんなら冒険《ぼうけん》を続けるんじゃない？　ここまで来たんだよ、ラージャ。もうあと少しなのに、あきらめるなんてできない」

ハリーは鼻を鳴らした。「レッドストーン城？　あんなのは忘れたほうがいい。大勢《おおぜい》の冒険《ぼうけん》者《しゃ》がここを通っていったが、戻ってきた者はひとりもいない。行っても死が待ち受けているだけです、ラージャ卿《きょう》」

フェイスは身をのりだした。「あそこでなにが待ち受けてるのか、見当がついてるの？」

暖炉《だんろ》のそばにいるにもかかわらず、ハリーは身震《みぶる》いした。「あそこにいるのは王国を丸ごと滅《ほろ》ぼした、いにしえの悪魔だ。ぼくらもあそこへ行ったことがある、もっと若《わか》くて愚《おろ》かだったころに。静まり返った無人の都市を探索《たんさく》したが、城そのものには決して近づかなかった」

「どうして？」

ハリーは椅子《いす》に深く腰かけた。彫《ほ》りの深い顔に濃《こ》い影《かげ》が落ちる。「あれほど荒涼《こうりょう》とした場所は見たことがない。動物の姿さえなく、廃墟《はいきょ》の中を吹き渡《わた》る風のささやき以外は物音ひとつしなかった。なのにずっと見られている気がした——いや、見られているどころか、狙《ねら》われている気がした。あそこにはなにか邪悪《じゃあく》なものが潜《ひそ》んでいて、愚《おろ》か者《もの》が罠《わな》にかかるのを待っているんだ。遺跡《いせき》も荒《あ》れ果《は》てていたよ、まるで自然からも忌《い》み嫌《きら》われたかのように。あるのは黒いバラだけ。崩《くず》れ落《お》ちた建物のところどころにかたまって咲いていた。一輪摘《いちりんつ》もうという気にもならなかった。きれいなものには用心したほうがいいと長い冒険暮《ぼうけんぐ》らしで学んでいたからね」

「なにも持ち帰らなかったの？」ラージャが問いかけた。「はるばるレッドストーン城まで行って、手ぶらで戻ってきたの？」

「収穫《しゅうかく》はこれです」ハリーは立ちあがり、棚《たな》から瓶《びん》を取ってラージャに渡《わた》した。「ご自分で見るといい」

ラージャは栓《せん》を開けると、中身を手のひらに少し出した。赤味がかった粉だ。「これは……レッドストーンダストか」

「差しあげます。ぼくにはたいして使い道がない。冒険《ぼうけん》の旅も、振《ふ》り返《かえ》ってみるとなんのためだったのやら。もっと実りの多い、ましな生き方があるんですよ」

「それは冒険《ぼうけん》に失敗したから、そう思うんじゃない？」フェイスが言った。

ハリーはさっと顔をあげ、いきなり彼女《かのじょ》の目を見た。フェイスは思わずひるみそうになった。なんて凶暴《きょうぼう》でなんて危険《きけん》な目つきだろう。地味な家具や簡素《かんそ》な暮《く》らしぶりにだまされてはいけない。

ハリーは咳払《せきばら》いした。彼女《かのじょ》に仮面の下の顔を見られて気まずそうにしている。「夜もふけた。ぼくは寝るよ。みんなこれからやることが山ほどあるな」

「あたしたちはここには残らないよ、ハリー。ラージャだってここへ来たそもそもの目的をいずれ思い出すもん」

ハリーはフェイスに向かって微笑《ほほえ》んだ。「あるいは、きみたちの冒険隊《ぼうけんたい》は解散《かいさん》する時なのかもしれないな」

第19章　旅の終わり?

二日後、町はふたたび嵐に見舞《みま》われ、しかも今度は大嵐だった。先住者《せんじゅうしゃ》の三人が雷《かみなり》に打たれ、新たに誕生《たんじょう》したウィッチたちは夜中まで町中で大暴《おおあば》れしたあげくに、ようやく倒《たお》された。

パルはベッドへと自分の体を引きずり、枕《まくら》に頭をのせる前にぐーぐー寝入っていた。最後の記憶は、ラージャとハリーとジェーンがその夜の戦いの一瞬一瞬《いっしゅんいっしゅん》を思い返してわいわい話している光景だった。

目を覚ましたときもパルの疲《つか》れは相変わらずだったが、ラージャはすでに外にいて、ハリーから戦いの稽古《けいこ》をつけてもらっていた。汗と埃《ほこり》にまみれたラージャはかつてないほど幸せそうに見える。手に握《にぎ》る武器《ぶき》はいまだに石の斧《おの》だが、腕力《わんりょく》がついてきて、そのあとは一日中近くの森で木《き》を切り倒《たお》していた。やがてラージャはかつての使用人たちが住んでいる家の隣《となり》に自分の家を建《た》て始めた。フェイスは毎晩町を歩きまわり、荷物《にもつ》をまとめて出発しようとラージャを説《せっ》得《とく》にかかるのだが、最後はいつも口論《こうろん》になって、いまではラージャとはほとんど口をきいていない。そしてパルは？　パルはいつものように板挟みだった。

「フェイスにはわからないんだ」ラージャはパルとともに家の建設地《けんせつち》へと木材をさらに運びながら言った。家の土台がすぐに安定したので、いまは壁《かべ》をめぐらせているところだ。すぐに完成するだろう。そして完成したら、そのあとは？

パルは次の丸太の列を並《なら》べた。「なにがです？」

「フェイスは旅人だ。地平線の先にあるものにしか興味《きょうみ》がないが、地平線はつねにはるか遠くにある。たどり着くことはないんだ。そんな人生を送りたいか？　決して手に入れることのできないものを求め続けて？」

「それって、ほんとにフェイスのことを話してます？」パルは問いかけた。

ラージャは壁《かべ》に新たな丸太の列を積《つ》みあげた。「どういう意味かわからないな」

「ぼくらは旅をしてどれくらいになりますか？　屋敷《やしき》を出発したときのことを覚えていますか？　数々の失敗《しっぱい》や災難《さいなん》があったけれど、そこからすばらしいものをひとつ手に入れた。それはなんです？」

「ぼくはまぬけじゃないぞ、パル」ラージャは額《ひたい》をぬぐい、町へ視線を戻した。「フェイスだ」

「そう、彼女《かのじょ》はぼくらの仲間です、若様《わかさま》。冒険《ぼうけん》の旅における第一のルールはわかってますね？」

「バラバラになるのは厳禁《げんきん》。フェイスにいなくなってほしいわけじゃない」ラージャは言った。

「この場所のなにがいけない？　みんなぼくらのことが大好きだ」

「あなたのことが大好きなんでしょう。それが大きな意味を持つのはわかります。屋敷《やしき》では
……言わなくてもわかるでしょう、あなたはお父上にろくにかまってもらえなかったから」

ラージャの首の筋肉がこわばった。「父上は偉大《いだい》な人だ」

「そうですね、いい親じゃなかっただけです。でも、あなたはもう一人前の男だ、ラージャ卿《きょう》。お父上が見張《みは》っていないか、だめな息子と思われるんじゃないかと、うしろを振《ふ》り返《かえ》ってばかりいる必要はない。お父上と自分を比べる必要はないんです。これじゃ……」パルは彫像《ちょうぞう》を指さした。「いまもお父上に見おろされているようなものだ、たとえ石の彫像《ちょうぞう》であってもです。ハリーとジェーンはいい人たちだ、だが彼《かれ》らはあなたの人生の別の部分、過去《かこ》の人間です。彼《かれ》

らにとってあなたは坊《ぼう》やで、かわいいマスコット、昔を懐《なつ》かしむ存在《そんざい》なんです。あなたは成長した、フェイスのおかげでね。ここで立ち止まるべきじゃありません。いま立ち止まれば、あなたはいつまでもお父上の陰《かげ》に隠《かく》れたままだ」

「ラージャはもう、あきらめたんだよ」とある静かなひととき、フェイスはつぶやいた。「ばかみたいにふるまってさ。町の人たちはラージャの彫像《ちょうぞう》を立てようって話してる、彼《かれ》の父親の彫像《ちょうぞう》と並《なら》べてね！　信じられる？　ラージャがひとりでなにをしたの？　なんにもしてない。あたしたちがいなかったら、いまごろはどこにいたことやら。ところがいまじゃラージャは、あたしたちなんて存在《そんざい》もしないかのような態度《たいど》だよ」

「でもラージャは幸せじゃないか」そう口にしている途中《とちゅう》で、パルはまずいことを言ったのに気がついた。

「いかにもあなたが言いそうなことだよね。いつもラージャが第一。これまでずっとそうだったし、これからもずっとそう。いまは彼《かれ》になにをさせられてるの？　靴下《くつした》の穴《あな》の修繕《しゅうぜん》？」

「鍛冶場《かじば》の建設《けんせつ》だよ。もっといい武器《ぶき》があるといいだろう、それに防具《ぼうぐ》も少しほしい。ウィッチという脅威《きょうい》がつねに存在《そんざい》するんだ。やるべき仕事はあるよ。きみにもだよ、仕事を探す気があるならね」

「じゃあ、あなたはずっとここにいることに満足してるの？」フェイスは首を横に振《ふ》った。

「あたしは違《ちが》う。レッドストーン城はこの先にあるのよ。ここであきらめるなんてできない。あたしたちはそのためにここへ来たんでしょう。ウィッチの一団をやっつけるためじゃない」

「だれもあきらめてはいないよ。単に予定が変わったんだ、フェイス」パルは彼女《かのじょ》に向き直った。「ハリーからあんな話を聞かされたのに、まさかひとりで出発しないよね？」

「ラージャを引き止めるためにハリーが嘘《うそ》をついたんじゃないって、どうしてわかるの？」

パルはかぶりを振《ふ》った。ラージャに接《せっ》するハリーとジェーンの態度《たいど》は目にしている。「ラージャにとってふたりは家族だよ。彼《かれ》がふたりを見捨《みす》てることはないし、ぼくもそうしろなんて言えない」

「じゃあ、そういうこと？　お利口さんはいまじゃ暖炉《だんろ》の前を自分の居場所にしてる。あなたも同じ？　暖炉《だんろ》の前に居心地のいい自分の場所を見つけたの？」

パルもそのことはずっと考えていた。いまではラージャの世話はハリーとジェーンがすべてやっている。ラージャにはもうパルは必要じゃない。

「ぼくも成長して先へ進むべき時なのかもしれない」

フェイスは驚《おどろ》いた顔をした。「それ……本気？」

「ぼくにとってここはわが家じゃないよ、フェイス。正直、この町を離《はな》れるのはつらくもないし、行くなら遅《おそ》いより早いほうがいい」

「あたしたちふたりで出発するってこと？　うん、そうしよう」フェイスは腰にこぶしを当てた。「その前に、この町のためにできることがなにかあるはずだよね。それにしても、なんでこんなところに住んでるんだろ？　こんなにちょくちょく雷《かみなり》が落ちないところへ町を移せないのかな？」

パルは笑った。「先住者《せんじゅうしゃ》たちに嵐が来たら外へ出ないようにさせることだってできないんだよ。それで町を移せると思うかい？　絶対《ぜったい》に無理だね」

「それだと先住者《せんじゅうしゃ》たちはまぬけな頭を雷《かみなり》に打たれっぱなしで、町は永遠《えいえん》にウィッチに悩《なや》まされるじゃない」

パルは窓辺《まどべ》に立った。たしかにこの町は山頂《さんちょう》にあって雷《かみなり》が落ちやすい。町を動かせないなら……。

「雷《かみなり》を動かせばいいんだ」

フェイスは大笑いした。「はあ？　雷雲《かみなりぐも》がやってくるたびに吹き飛ばす方法を見つけるの？　せいぜいがんばってね」

「一度見たことがあるんだ。避雷針《ひらいしん》というものを地面に埋《う》めて雷《かみなり》を誘導《ゆうどう》すればいいのさ。町のすぐ外に設置《せっち》すれば、人に落ちなくなる。そうすればウィッチも誕生《たんじょう》しない」

フェイスはパルを見て眉根《まゆね》を寄せた。「避雷針《ひらいしん》の作り方は知ってるの？」

「銅《どう》でできていた。町の外にいくつか埋設《まいせつ》すれば、北にひとつ、それから南、東、西だ、どの方向から嵐が来ても避雷針《ひらいしん》が待ちかまえている。先住者《せんじゅうしゃ》がふらふらその先へ出てしまわないよう、ある程度離《はな》れた場所に埋《う》めればいいだけだ」

フェイスの笑みが広がった。「いつから取りかかれる？」

「いますぐはどうだい？」

ふたりは掘《ほ》った。それからの数日はパルの計画に必要なだけの銅《どう》を見つけるまで、採掘《さいくつ》に採《さい》掘《くつ》を重《かさ》ねた。ラージャははじめのうちこそふたりを避《さ》けていたが、すぐに好奇心に負け、言い訳を見つけてパルが避雷針《ひらいしん》を作っている鍛冶場《かじば》へやってきた。ラージャはそのうちひとつを手に取った。「変な武器《ぶき》だな」

パルはラージャのベルトにさがっている武器《ぶき》をちらりと見た。「斧《おの》はどうしたんです？」

ラージャは剣《けん》を掲《かか》げた。「どうだ？　ハートブレイカーの代わりだ」

ダイヤモンドの刃《は》はマハラジャ卿《きょう》の使い古された武器《ぶき》より鋭《するど》く、頑丈《がんじょう》そうに見える。たしかに英雄《えいゆう》が持つにふさわしい武器《ぶき》だ。「ハリーからもらったんですか？」

「どうしてもって言われてね。問題は……ほしくないことなんだ。ぼくはまだこの剣《けん》にふさわしいだけの活躍《かつやく》をしてない」ラージャは銅《どう》でできた棒《ぼう》に注意を戻した。「で、これはなんなんだ？」

「いわば盾《たて》です。これから町の周囲《しゅうい》にこれを埋《う》めます。うまくいけば、雷《かみなり》はこれに落ちるようになって、先住者《せんじゅうしゃ》たちを守れる」

「本当に？　うまくいくのか？」ラージャがたずねる。

「それはこれから試します」パルは言った。「成功を見届《みとど》けたらすぐに、フェイスとぼくは出発します」

ラージャは避雷針《ひらいしん》を取り落とした。「なんだって？　そんなことはできないぞ」

「あなたはここで幸せでしょう、若様《わかさま》。ぼくらのことはもう必要ないはずです」パルは作業するために丸めていた背中《せなか》を伸《の》ばした。「帰るときにまたここに寄りますよ」

ラージャは心底あわてているようすだ。「だけど第一のルールはどうなる？　バラバラになるのは厳禁《げんきん》じゃないのか？」

「いまはハリーとジェーンがあなたの仲間でしょう？　昼間はハリーから剣術《けんじゅつ》を教わって、夜はジェーンからポーション作りを教わっている。あなたはそれで幸せなんでしょう？」

「幸せ？　ああ」ラージャは唇を噛《か》んだ。子どものころによくそうしていたなと、パルは思い出した。まるで赤ちゃん返りだ。「でも満足はしてないんだ。ぼくの言ってることがわかるか？」

パルにはわからなかった。だってこの一週間、ラージャとフェイスはこの件でずっともめていたじゃないか。それがいまになって？「あなたはどうしてほしいんですか、若様《わかさま》？」

「そう呼《よ》ぶのをやめてほしいんだよ」ラージャは声を荒《あら》らげた。「ここじゃみんながぼくをそう呼《よ》ぶ。最初はうれしかったけど、正直、もううんざりだ。だれも彼《かれ》もぼくのことを父上のように扱《あつか》い、ハリーにいたっては……いや、それはいい」

「ハリーにいたっては、なんです？」

「ぼくを子ども扱《あつか》いだ。かつて肩車していた坊《ぼう》やのように扱《あつか》う。ぼくが成長したことが彼《かれ》にはわからないんだ。いまじゃ一人前の男だってことが」

「あなたは一人前の男でしょうか？」パルは問い返した。「じゃあ、その一人前の男は何者です？　ここにいる男は？」

ラージャは地面を蹴《け》った。「少なくとも、ハリーが覚えている相手じゃない。だけどハリーはいつも、自分が正しいと思うやつなんだ。それが原因で最終的に屋《や》敷《しき》を追いだされたのにな。父上が彼《かれ》を追いだしたのさ、ほかの使用人たちのために。ハリーはたまに……乱《らん》暴《ぼう》になるんだ。ぼくに対してはそんなことは一度もなかったが、それはぼくが〝坊《ぼう》や〟だったからだ」

パルはうなずいた。フェイスと口論《こうろん》になったとき、ハリーの目に怒りが燃《も》えあがるのをパルも見ていた。ハリーは我慢《がまん》しているが、口答えされるのに、とりわけ使用人から口答えされるのに慣《な》れていないのは明らかだ。

ラージャはパルを見あげた。「いつ出発するんだ？」

「次の嵐のあとです。避雷針《ひらいしん》の成功を見届《みとど》けないと」

ラージャは東の方角を指さした。「次って、嵐が来るのは今夜だぞ」

そんなにすぐに？　もうちょっと余裕《よゆう》があると思っていたのに……。「では明日、出発します」

第20章　ハリーと避雷針《ひらいしん》

「嵐が来るぞ」ハリーが警告《けいこく》した。「中へ入るんだ」

「ぼくはもうしばらく外にいます」パルは言った。

ハリーは疑《うたが》わしげに避雷針《ひらいしん》を見た。「ほんとにそれでうまくいくのか？」

パルは避雷針《ひらいしん》を肩にかついだ。「すぐにわかりますよ」

パルは掘《ほ》っておいた細い穴《あな》に避雷針《ひらいしん》を差し入れた。四分の一を土に埋《う》めてまっすぐ立たせる。早くしなきゃ。嵐はそこまで来ている、いずれにしろ、これでうまくいくかどうかわかるだろう。避雷針《ひらいしん》の先をさらに深くまで土に押しこみ、遠くで雷《かみなり》がゴロゴロ鳴るのを聞きながら急いで穴《あな》を土で埋《う》めた。「きっとうまくいく。ぼくにはわかる」

「中へ入るんだ」ハリーが言った。「ここは安全じゃない」

「もう安全です。見てわかりませんか、ハリー？　これは避雷針《ひらいしん》なんです」

ハリーは戦いに備《そな》えた格好《かっこう》をしていた。鎧《よろい》と磨《みが》いたばかりのヘルメットを身につけ、腕《うで》にはクロスボウを引っかけている。どれも新品ではないものの頑丈《がんじょう》で、手入れが行き届《とど》いていた。ヘルメットの下の目は、もくもくと湧《わ》く嵐雲のように不穏《ふおん》に見えた。「ばかばかしい。どうせなら自分の時間を有効《ゆうこう》に使って鍛冶場《かじば》でわれわれのために武器《ぶき》を作ればいいものを」

「武器《ぶき》は武器《ぶき》で作ってますよ」パルは言った。「いろいろ試していたところです」

ハリーは笑い声をあげた。「頭を使っていろいろ試しているわけか。ラージャはきみのそういうところを高く買ってるんだろう」

「ラージャがそう言ったんですか？」

「驚《おどろ》いているようすだな。気持ちはわかる。ぼくもかつてはきみのように従者《じゅうしゃ》をしていた、マハラジャ卿《きょう》のな。考えてみると、騎士《きし》と従者《じゅうしゃ》は不思議な関係じゃないか。はじめはただの主従関係だったのが、旅に出て数年もすると別のものに変わる。苦難《くなん》、苦痛《くつう》、勝利を分かち合い、だれも見たことのない光景をともに見る。肩を並《なら》べて戦い、互《たが》いに命を預《あず》ける。兄弟や双子でさえ、あれほど強い絆《きずな》で結ばれることはないだろう。きみとラージャもそういう関係だ」

パルは声をあげて笑った。「全然違《ちが》いますよ。ぼくは彼《かれ》の使用人というだけだ」

「ラージャにはきみしかいない、パル」ハリーは言い放った。「彼《かれ》はきみのためならなんだってするだろう」

パルは次の避雷針《ひらいしん》を押しこんだ。「ぼくが話しているラージャと、あなたが話しているラージャはほんとに同一人物ですか？」

ハリーは彼《かれ》の視線をとらえた。「ぼくはラージャのことならきみよりよく知っている。彼《かれ》は冒険者《ぼうけんしゃ》として生きていくのに向いていない。それはだれだって見ればわかる。ぼくらがここで彼《かれ》の世話をしよう。彼《かれ》の安全を守る。彼《かれ》はまだ――」

「坊《ぼう》やでしかない？」パルはさえぎった。「だからウィッチをやっつけに行くたび、あなたがラージャのそばにいて守ってやってるんですか？　見ましたよ、あなたは彼《かれ》が本当に危険《きけん》な目にはあわないようにしてる」

「それのなにが悪い？　ラージャには無理なんだ、父親のように戦うことは。きみは彼《かれ》に過度の期待《きたい》を寄せすぎている。それじゃラージャは失敗《しっぱい》するに決まってるじゃないか。坊《ぼう》やにとってはあんまりな仕打ちだ」

ハリーの言っていることが正しいのかな？　ラージャが未熟だと思うことはパルにもある。でも、だからって子ども扱《あつか》いするのはなんだか違《ちが》う気がする。「ラージャは成長したがってるんです。そのためには危険《きけん》を冒《おか》したり、限界《げんかい》を超《こ》えたりしなきゃいけない。どうなるかわからないことにも立ち向かわなきゃいけない。いまのこの暮《く》らしはどうです？」パルは町の上空を覆《おお》う暗雲を示《しめ》した。「いまのままじゃラージャは満足できない。いずれ本人も気がつきます」

ハリーの目の色が変わった。「ボートをゆらしても岸に早くたどり着くわけじゃない。みんなを転覆《てんぷく》の危険《きけん》にさらすだけだ」

「ぼくがやってるのはボートをゆらすことだと言ってるんですか？」

「きみは賢《かしこ》いな、それはたしかだ。ところで、その避雷針《ひらいしん》の仕組みを教えてくれないか」

「実は単純《たんじゅん》なんです。銅《どう》が雷《かみなり》を引き寄せます。雷《かみなり》は避雷針《ひらいしん》に落ち、ドカンと衝撃《しょうげき》があたりをゆるがす――だから町の外に埋《う》めてるんです――とはいえ雷《かみなり》の電気は地面に流れるから、人に直撃《ちょくげき》することはありません。避雷針《ひらいしん》さえきちんと管理していれば、今後は町がウィッチに悩《なや》まされることもなくなりますよ」

「そしてラージャはきみやフェイスとともにレッドストーン城へ出発できるんだな？」

パルは町を振《ふ》り返《かえ》った。「それはラージャが決めることだ、そうでしょう？」

ハリーはパルをにらみつけた。「だから彼《かれ》が殺されようと手を出すなと？　そんなことはできない」

「それはあなたが決めることじゃない、ハリー。ラージャはもう大人だ。それがわからないんですか？」

わからないらしい。ハリーは避雷針《ひらいしん》の一本を地面から乱暴《らんぼう》に抜《ぬ》き取ってしまった。「殺されるのがわかっていてラージャを連れていかせるものか！」

立《た》ち去《さ》ろうとするハリーの肩を、パルはつかんだ。「戻してください！　嵐はもうそこまで来てる！」

ハリーがいきなり振《ふ》り返《かえ》ると、避雷針《ひらいしん》を握《にぎ》った手でパルの側頭部《そくとうぶ》をごつんと殴《なぐ》りつけた。パルはよろけ、世界が回転したかと思ったら、地面が目の前に迫《せま》っていた。そのまま倒《たお》れて、暗《くら》闇《やみ》へとのみこまれていく……。

第21章　旅する意味

フェイスは急いでドアを開けた。「なにがあったの？」

ハリーは部屋を横切り、パルをベッドへおろした。「襲われたんだ。モンスターが森の端《はし》を
うろついていた。ぼくが……駆《か》けつけたときには遅《おそ》すぎた」

「やっぱり一緒《いっしょ》に行けばよかった」フェイスは言った。「パルはどうなの？　まさか……」

ジェーンがベッドの横に腰かけてパルのようすを見る。「息はしてる。でもひどいケガよ」

「なにかできることはないの？」フェイスは問いかけた。

家の真上で雲から雷《かみなり》が放たれ、稲光《いなびかり》が室内をカッと照《て》らす。

「もうすぐ嵐になる」ハリーが言った。「ぼくらは警備《けいび》に当たってくる。ラージャ卿《きょう》、準備《じゅんび》は
いいですか？」

「パルをほうっては行けない。フェイス、ぼくのリュックを取ってくれ」

ハリーはラージャを止めた。「パルのためにできることはなにもない。われわれにはあなたが必要なんです、ラージャ卿《きょう》。そろそろ雷《かみなり》が町に落ちだす」

「パルはぼくの友だちだ」ラージャは言った。「いいかい、父上だって同じことをするだろう」

「食べもの。彼《かれ》に必要なのはそれよ」ジェーンが言った。「あとは休息ね」

頭上で、さらに大きな雷鳴《らいめい》がふたたびとどろいた。

ハリーはラージャの斧《おの》を差しだした。「これを。外へ行きましょう」

だがラージャは首を横に振《ふ》った。「パルが無事だとわかるまではだめだ」

「彼《かれ》はただの使用人だ！　ほうっておいて――」

「あたしが行く」フェイスは斧《おの》をつかんだ。ハリーが一瞬《いっしゅん》ためらって目を向けると、ラージャはウィッチの小屋で集めた粉やポーションを次々に調べている。結局、ハリーはしぶしぶ斧《おの》から手を離《はな》した。「いいだろう。だが、ぼくのそばから離《はな》れるな」

外は風が吹《ふ》き荒《あ》れていたが、先住者《せんじゅうしゃ》たちは頭上を覆《おお》う黒雲も気にせず、ふだんどおりに道を行き来している。雷《かみなり》の気配で空気がパチパチ音を立て、屋根の上では瓦《かわら》がカタカタ鳴っている。これはひどい嵐になりそう。

フェイスは斧《おの》が手のひらにしっくりこず、反対の手に握《にぎ》り替《か》えた。この武器《ぶき》は自分に合っていない。弓を持ってくれればよかったが、いまさら取りには帰れない。怖《お》じ気《け》づいているとか、フェイスには無理だとか、ハリーに思われるのはいやだった。ラージャの成功を脅《おびや》かして足を引《ひ》っ張《ぱ》る存在《そんざい》だって、ハリーに思われているのは知ってる。冒険《ぼうけん》仲間としての実力をここで証明《しょうめい》しなきゃ。

冷たい雨がフェイスの頬《ほお》を叩《たた》いて視界《しかい》がぼやけた。稲光《いなびかり》が一瞬《いっしゅん》世界をカッと照《て》らし、無機質で冷たい光に黒々とした景色《けしき》が浮《う》かびあがる。嵐は、パルが最後の避雷針《ひらいしん》を設置《せっち》しに向かった東側から接近《せっきん》していた。フェイスも二箇所《かしょ》に設置《せっち》したが、それだけでは町の北側と西側しか守れない。

「町の境界を確認《かくにん》しなきゃ」フェイスは風に負けないよう声を張《は》りあげた。

剣《けん》を抜《ぬ》き、しっかり握《にぎ》りしめているハリーがうなずいた。「案内してくれ」

「どこでパルを見つけたの?」

彼《かれ》は森のほうを指さした。

おかしいな。そんなところでパルはなにをしていたんだろう？　まあ、いいか。雷《かみなり》が近づいている。市場には十数人の先住者《せんじゅうしゃ》がいた。あそこに雷《かみなり》が落ちたら、悪さをする新たなウィッチで町はあふれ返ってしまう。東側の避雷針《ひらいしん》を確認《かくにん》しなきゃ。

風に逆らって進み、足を引きずるようにして一歩ずつ前に出した。木々がゆれてきしみ、フェイスは顔の前に腕《うで》をかざして飛んでくる砂粒から目を守った。

ふたたび稲妻《いなずま》がぴかっと光り、避雷針《ひらいしん》が地面に転がっているのが見えた。ふたりのまわりの大気が静電気を帯びている。嵐が直撃《ちょくげき》する前に避雷針《ひらいしん》を立てないと。フェイスは斧《おの》を下へ落とし、避雷針《ひらいしん》を持ちあげにかかった。

「手伝って！」

「もう時間がない！」ハリーは町を指さした。「引き返すぞ！」

避雷針《ひらいしん》のまわりには土や砂利《じゃり》がまき散らされていた。そばに穴《あな》があり、中には掘《ほ》り返された土が入っていて、避雷針《ひらいしん》の下側にも土がついている。フェイスは銅《どう》に手をすべらせた。このへこみはなんだろう？　だれかが避雷針《ひらいしん》を地面から引き抜《ぬ》いたんだ。モンスターはそんなことはしない。

そのときなぜ振《ふ》り返《かえ》ったのか、そして振《ふ》り返《かえ》るのと同時に斧《おの》の柄《え》をつかんでかざしたのかは、自分でもわからない。風のうなりと雷鳴《らいめい》でハリーが動く物音は聞こえなかったはずだ。なのにいきなりぞくっとした感覚に突《つ》き動かされ、フェイスは救われたのだった。

振《ふ》りおろされた剣《けん》を斧《おの》で受け止め、その衝撃《しょうげき》でフェイスは倒《たお》れこんだ。すぐさま横へ転がって、次の斬撃《ざんげき》をかわした。ハリーは柄《つか》を両手で握《にぎ》っていて、剣《けん》は深々と地面にめりこんだ。彼《かれ》が剣《けん》を引き抜《ぬ》く一瞬《いっしゅん》の隙《すき》に、フェイスは立ちあがった。

「なんでこんなことをするの？」彼女《かのじょ》はあとずさった。充分《じゅうぶん》に距離《きょり》を取れば町まで逃《に》げきれるかもしれない。ところがハリーは通せんぼうをするように町と彼女《かのじょ》のあいだにまわりこんだ。

「彼《かれ》を救おうとしているんだ」ハリーは嘲笑《あざわら》った。「きみは彼《かれ》を死なせようとしてる」

「ラージャのこと？　そんなに彼《かれ》が大事？」

「ぼくにとっては息子も同然だ。なのにきみたちはなにをしようとしてる？　レッドストーン城へ行くだと？　そんなことをしたらラージャは殺される、いままであそこへ行った者たちのように。そんなことはさせられない」

ハリーは目にもとまらぬ速さで剣《けん》を繰《く》りだしたので、不意を突《つ》かれたフェイスはうしろへさがるしかなかった。町からさらに離《はな》れ、もうだれにも見えないだろう。これじゃ助けは期待《きたい》できない。ハリーの攻撃《こうげき》はだいたいかわすことができたけれど、それでもすぐにあちこち切られて血が流れだした。フェイスは斧《おの》の扱《あつか》いにも、容赦《ようしゃ》ない剣《けん》の攻撃《こうげき》にも慣《な》れていないのだ。こっちは斧《おの》を握《にぎ》っているだけで精いっぱいなのに、ハリーはどんどん力を増《ま》していくようだ。この戦いの結末はひとつしかないのを彼《かれ》は知っていた。ふたりとも知っていた。

叫んでも無駄《むだ》か。風がごうごうなっているときに、だれに聞こえる？　近くの地面に雷《かみなり》が落ちてふたりに火花を浴びせ、フェイスは悲鳴をあげた。

ハリーは手を止めて息を整え、最後の一撃《いちげき》の準備《じゅんび》をした。「きみたちが出ていけばよかったんだ。あんなにチャンスをやったのに。夜中に出ていけばよかっただろう。ラージャはきみのあとを追いなどしない」

「第一のルールよ。バラバラになるのは厳禁《げんきん》って決めてるの」

頭上で雷《かみなり》がぴかっと光って炸裂《さくれつ》し、轟音《ごうおん》がフェイスの骨《ほね》まで振動《しんどう》させた。彼女《かのじょ》は斧《おの》の柄《え》を握《にぎ》りしめてやっとのことで持ちあげ、ハリーの攻撃《こうげき》をなんとか防ごうとした。けれどもハリーは余裕《よゆう》しゃくしゃくで剣《けん》をひと払《はら》いし、彼女《かのじょ》の手から斧《おの》をはたき落とした。剣《けん》で突《つ》かれたフェイスは、避雷針《ひらいしん》に足を取られてひっくり返った。

ハリーは大笑いした。「皮肉だな。避雷針《ひらいしん》がきみの命取りになるとだれが予想した？」

「これで満足？　ラージャはこんなことを求めているとでも？」

「彼《かれ》も学ぶさ。生き延《の》びるためにはどんなことでもやらねばならない。そういう部分は物語では省略《しょうりゃく》されているんだよ」そう言うと、ハリーは両手で剣《けん》の柄《つか》を握《にぎ》った。彼女《かのじょ》を見おろして立ち、嵐を背負《せお》って剣《けん》を頭上まで振《ふ》りあげる。「きみが死ぬか、ラージャが殺されるかだ」

カッと世界が真っ白に光り、雷鳴《らいめい》が耳をつんざいた。高く掲《かか》げられた剣《けん》の切っ先に雷《かみなり》が落ち、その衝撃《しょうげき》でハリーが吹き飛ばされる。

フェイスはその場にあおむけになっていた。生きてる。びしょ濡《ぬ》れで、冷たい雨にガタガタ震《ふる》えて、雷鳴《らいめい》のせいで耳鳴りがするけれど、生きている。

とはいえ、まだ嵐が吹《ふ》き荒《あ》れていて、フェイスにはやるべきことがあった。彼女《かのじょ》は避雷針《ひらいしん》を穴《あな》へと引きずってねじこみ、もとへ戻した。斧《おの》の刃《は》の平らな部分で——剣《けん》に打たれていまや刃《は》はぼろぼろだ——まわりの土をかため、念のために足でも踏《ふ》みかためてから、よろよろと離《はな》れる。

雷《かみなり》が避雷針《ひらいしん》に落ちた。熱で銅《どう》が真っ白に光ったが、避雷針《ひらいしん》はしっかり地面に刺《さ》さったままだ。数秒後には二番目の雷《かみなり》が落ちた。雷《かみなり》は銅《どう》に引き寄せられて、もう町には落ちなかった。

成功だ。

先住者《せんじゅうしゃ》たちは遠くでいつもどおり外を歩きまわり、いつもどおりなにも気づかずにいるんだろう。避雷針《ひらいしん》に気づくことはあるのかな？　気にもとめないだろうか？　おかしな場所にはおかしな人たちが住んでいるものだ。

ハリーがうめいた。

うわっ、生きてるんだ。

これは予想外だった。フェイスは彼《かれ》をほったらかしておこうかと一瞬《いっしゅん》迷《まよ》った。きっとまた雷《かみなり》に打たれるに違《ちが》いない。けれども、やっぱり運んであげることにして近づいた。

ハリーは……丸焼けになっていた。革の防具《ぼうぐ》は焼けて煙《けむり》をあげ、頭のてっぺんは焦《こ》げてハゲになっている。いつかまた毛が生えてくるかな。生えなきゃ、いい気味だ。「ほら、行くよ。ベッドへ連れていってあげる」

聞こえたにしろ、理解《りかい》できたにしろ、ハリーはふたたび苦しげにうめいただけだった。どういうわけか、彼《かれ》が生きていてよかったとフェイスは思った。ハリーはラージャのためを思って行動した。そこはフェイスと同じだったからだ。

旅のはじまり以上にすてきな気分になるときがある？　露《つゆ》が朝の日差しにあたためられて蒸《じょう》発《はっ》し、ゆうべの雨で大気はすがすがしく香って、フェイスの手には焼きたてほかほかのパンが握《にぎ》られている。

「包帯にさわらないの」フェイスは、パルが頭をかこうとするのを見て言った。

「シラミよりかゆいよ」けれどパルは言われたとおり、さわるのをやめた。「ぼくの頭から脳みそをぶちまけようとしたのに、あいつはおとがめなしかい？」

「雷《かみなり》に直撃《ちょくげき》されたんだもん。ばちは当たってるでしょ」

彼女《かのじょ》と並《なら》んでおひさまを浴びても、パルの眉間《みけん》のしわは消えなかった。「ハリーはどうなるんだろう。きみに運ばれてきてから、ぴくりとも動かないけれど」

「どのみち、彼《かれ》が動きだすころには、あたしたちはずっと遠くにいるわよ。三人ともね」フェイスはパルの肩をポンと叩《たた》いた。「それもこれもあなたとその脳みそのおかげよ。そのぱかっと割《わ》れやすい頭蓋骨《ずがいこつ》の中にいまもおさまってる脳みそに感謝しなきゃ」

パルは顔中に笑みを広げた。「ゆうべはだれもウィッチに変わらなかった。言っただろ、避《ひ》雷針《らいしん》があればうまくいくって」

「ラージャがいなければ、ハリーだって避雷針《ひらいしん》を引き抜《ぬ》く理由はないもんね。彼《かれ》とジェーンは自分たちの暮《く》らしを送ればいい」

パルが彼女《かのじょ》をつついた。「来たよ」

ラージャは戸口でジェーンを抱《だ》きしめていた。涙を浮《う》かべ、ハンカチでずびーっと洟《はな》をかんだあと、とぼとぼとふたりのところへやってきた。「ハリーともきちんとお別れをしたかったな」

フェイスはパルと視線を交わした。実際《じっさい》になにが起きたのかは、ラージャには言わないことにふたりで決めていた。幸せに満ちたささやかな思い出を傷《きず》つけてなんになるの？「ハリーはまだ目が覚めないの？」フェイスはたずねた。「なにもしゃべらないまま？」

「意味のあることはなんにも」長い間のあとでラージャは答えた。「避《ひ》雷針《らいしん》を設置《せっち》するとは、よくやったな。これでみんながもっと暮《く》らしやすくなる」

「荷物《にもつ》は全部持った?」フェイスはたずねた。

ラージャは革表紙の本を持ちあげた。「ジェーンがくれたんだ。彼女《かのじょ》のレシピ本だよ」

フェイスはぺろりと唇をなめた。「じゃあ、これからは毎晩《まいばん》五品のごちそうが並《なら》ぶの?」

「ここに記されているのは料理だけじゃないけれどな」ラージャはベルトのストラップから斧《おの》を取った。「ゆうべ、ぼくの斧《おの》をぼろぼろにしただろう。なにがあったんだ?」

フェイスはラージャの視線を受け止めた。ラージャは見た目ほどまぬけじゃない。フェイスは肩をすくめた。「あれやこれやよ」

「あれやこれやのせいで、ぼくの斧《おの》がひびだらけだ。ごつんと一発やられたら、刃《は》がバラバラになりそうだぞ」

「見せてください」パルが言った。

しげしげと調べて刃先《はさき》に親指をすべらせ、舌打ちする。それからパルは近くの木へと歩み寄《よ》って斧《おの》を振《ふ》った。斧《おの》は幹《みき》に食いこんだあと、刃《は》がまっぷたつに割《わ》れてしまった。パルは満足したようすでうなずくと、柄《え》をぽいとほうり捨《す》てた。「じゃあ、行きましょうか」

ラージャは割《わ》れて幹《みき》に突《つ》き刺《さ》さったままの刃《は》を見て目を丸くし、平然としているパルへその目を向けた。「ぼくの武器《ぶき》はこれだけだぞ！」

パルは鍛冶場《かじば》を指さした。「あなたの武器《ぶき》はあれです」

それは柱に立てかけられていた。陽光を受けて刃先《はさき》がきらりと光る。刃《は》そのものは磨《みが》かれて黒光りしていた。ラージャは驚《おどろ》きに打たれてそろそろと近づいていった。柄《つか》を握《にぎ》り、黒い剣《けん》を持ちあげる。「これはなんの金属《きんぞく》だ？　鉄じゃないだろ」

「ネザライトです。剣《けん》を作るのに必要な分量がわからなくて、手こずりました。金床《かなとこ》に振《ふ》りおろしてみてください」

ラージャは怖《お》じ気《け》づいているように見えた。けれどもぐっと口を引き結ぶと、頭の上まで剣《けん》を掲《かか》げてぶんと振《ふ》りおろした。

金床《かなとこ》はまっぷたつに切断《せつだん》され、ズンと音を立てて土の上に転がった。

「ぼくにはもったいない剣《けん》だ」ラージャは剣《けん》を自分の前に差しだして言った。「立派すぎる。父上でさえこれほどすばらしい武器《ぶき》は持ってなかった」

結局またマハラジャ卿《きょう》と比べるんだ、とフェイスは思った。いっそ試し切りは彫像《ちょうぞう》でやって、父親というあの威圧的《いあつてき》な存在《そんざい》を自分自身からすぱっと切り離《はな》してしまえばよかったのに。あんな彫像《ちょうぞう》、なくなればせいせいする。「あなたはお父さんみたいな英雄《えいゆう》じゃないでしょ……」

ラージャは挫折感《ざせつかん》と敗北感《はいぼくかん》のにじむ、あのおなじみの目つきでフェイスを見た。「違《ちが》うのはわかってるさ」

「そうよ、あなたはこれからもっとすごい英雄《えいゆう》になるんだもん」

ほかに言うことはなかった。三人で丸石が敷《し》かれた道を歩いて広場を横切るとき、フェイスはちらりと彫像《ちょうぞう》を見た。マハラジャ卿《きょう》は偉《えら》そうに鼻をつんと上にあげているから、三人が通るのにも気づかないのだろう。先住者《せんじゅうしゃ》たちは知らない言葉でおしゃべりをして、三人ににこにこ微笑《ほほえ》みかけるが、それをのぞけばふだんどおりの暮《く》らしを送っている。三人が町の外へ出たら、きっとあの人たちはフェイスたちのことなどすっかり忘れるのだ。避雷針《ひらいしん》に興味《きょうみ》を持っていたとしても、そんなようすはまるで見せなかった。

フェイスはチュニックの上から、しまっている地図をポンと叩《たた》いた。ラージャがいびきをかいてハリーがうなっているあいだに、ジェーンと夜遅《よるおそ》くまで話をしたのだ。ジェーンは地図の抜《ぬ》け落ちていた箇所《かしょ》を補足《ほそく》してくれた。フェイスが汚れて傷《きず》だらけな理由や、ハリーが剣《けん》をなくした理由にはどちらも触《ふ》れなかった。だがフェイスがハリーをベッドにどさりとおろしたとき、ジェーンはただうなずいてこう言った。「彼《かれ》が目を覚ます前に出発しなさい」

「三人とも?」

ジェーンはもう一度うなずいた。「三人ともよ」

ラージャはたいして説き伏せる必要もなかった。避雷針《ひらいしん》は成功。住民たちは平和に暮《く》らしていける。もう英雄《えいゆう》の出番はない。

なだらかな農地が続く景色《けしき》がやがて荒々《あらあら》しい荒野《こうや》に取って代わられた。三人は雨露《あまつゆ》を避《さ》けられる場所を見つけては、パルが安全な寝床《ねどこ》を作った。ラージャは料理をし、フェイスは見張《みは》りに当たった。自分たちの国も、昔の生活も、いまはもうはるか遠くだ。フェイスは焚《た》き火《び》の明かりで地図に目を凝《こ》らし、あとどれぐらいあるのか、この地図はどこまで正しいのか推《お》し量《はか》ろうとした。

三人は放置された建築物《けんちくぶつ》のそばを通《とお》り過《す》ぎた。デザインも素材《そざい》もごちゃまぜの廃墟《はいきょ》。創造力《そうぞうりょく》の実験場《じっけんじょう》だったのかな、とパルは言った。

最初のレッドストーン装置《そうち》に出会ったのはそのあとだ。

それは一見、単純《たんじゅん》な造《つく》りだった。大きな川にかかった橋の真ん中が途切《とぎ》れているのだ。

「要塞《ようさい》の床《ゆか》が引っこんだのと似たような仕《し》掛《か》けかな」パルは橋が途《と》切《ぎ》れているところまで行った。「断面《だんめん》はきれいだ。向こう側も同じように途中《とちゅう》までで途《と》切《ぎ》れている。宝《たから》の部屋の扉《とびら》にも同じようなレッドストーン回路が使われていたけど、ここのは石が積《つ》んであるあそこまで回路がつながっているな」

橋の脇《わき》にある石の小山をラージャがのぞきこんだ。「装置《そうち》を作ろうとしたけど、途中《とちゅう》で投げだしたんじゃないか」

「いいえ。これだけしっかり作られていて、そんなはずはありません。調べてみましょう」

パルの直感は当たっていた。石にからみついたツタの下にレバーが隠《かく》されているのが見つかった。パルは手のひらにつばをつけてレバーをぐいと引《ひ》っ張《ぱ》った。

「なんにも起きないぞ」ラージャが言った。「この川は泳いで渡《わた》るしかないな」

パルは唇の前で指を立てた。「しーっ」

フェイスは川を指さした。「なにか起きてるよ」

水面が泡立《あわだ》って上昇している。そのあと水の中から灰色の四角い柱が次々にせりあがってきた。橋の中央部分が手前から順番に水中から現れ、橋の隙間《すきま》を埋《う》めていく。

「ピストンだな」パルは言った。「タイマーで動いているはずだから急ごう」

ぎりぎりで間に合った。フェイスが渡《わた》りきる前に橋はガタガタとゆれ、彼女《かのじょ》の背後《はいご》で柱が下へさがりだす。彼女《かのじょ》が渡《わた》りきったときには、中央部分はふたたびすべて川の中に沈《しず》んでいた。

「なんでこんな橋になってるの？」フェイスは言った。

「理由なんてどうでもいいじゃないか」パルが返した。「とにかく、レッドストーン城に近づいている証拠《しょうこ》だよ。きっと昔はこの橋を渡《わた》るのにお金を払《はら》わなきゃいけなかったんだ。あそこに監視員《かんしいん》が立っていて、通行人から料金をもらっていたんだよ」

ラージャは肩をすくめた。「それなら橋の上に簡単な木製《もくせい》の門を据《す》えつければ用が足りる。なんでこんなめんどくさいことをするんだ？」

「こんなのはまだまだ序の口だって気がします」パルは橋をじっと見つめて言った。「この橋を作った人は作製《クラフト》に関しては初心者だ。レバーに回路、ピストンがいくつか。考えてみると、どれも基本中の基本ですよ」

いまさら興味《きょうみ》が湧《わ》いてきたとばかりに、ラージャはパルを見た。「この装置《そうち》を基本だなんて言えるのは、きみぐらいだろうな」

一行は、たしかにレッドストーン城に近づいているようだった。まわりの自然の景色《けしき》も、よく見たらかつては文明が開けていた場所が風化しているのだと気づく。あたりには途切《とぎ》れた石畳《だたみ》や、いまでは風とこだましか住んでいない建物が、ぽつぽつとあった。気乗りはしなかったが、三人はその中で野営《やえい》した。パルは建物の中にあったレッドストーン回路を調べた。進んでいくにつれて回路はますます複雑化《ふくざつか》していったけれど、いまも作動するものはほとんどなかった。それでもパルは暇《ひま》さえあれば回路を復元《ふくげん》しようとした。

「自分がなにをしてるかわかってるの？」フェイスは、ハーフブロックを抱《かか》えあげてレッドストーン回路を並《なら》べ直すパルを眺《なが》めながらたずねた。

三人がいるのは、いくつもの作りかけの塔《とう》がそびえるだだっぴろい建物の中だった。基礎《きそ》工事は好きじゃない塔《とう》マニアが頭に浮《う》かんだ大豪邸《だいごうてい》を作ろうとしたが、最初の強風で壊《こわ》されて断《だん》念《ねん》したみたいな場所だ。こんな中途半端《ちゅうとはんぱ》なことをする時間がよくあったものよね。途中《とちゅう》まで作って、あとは建物も自分の夢《ゆめ》もほったらかしにできる社会って、どんなものだったの？

「すっごい時間の浪費《ろうひ》」

パルは首を横に振《ふ》った。「挑戦《ちょうせん》して失敗《しっぱい》しなきゃ、上達《じょうたつ》はできない。旅を楽しもう、ただ目的地を目指すんじゃなく」

お利口さんが月に向かって遠吠《とおぼ》えを始めた。

フェイスはうめいた。「あれをどうやって楽しむの？　あんなにうるさくて、あなたもラージャもなんで眠れるんだか」

「そのうちおとなしくなるさ。よし、このブロックを運ぶから手を貸して」

フェイスは塀《へい》の上から飛びおりると、石のブロックの角をつかんだ。「どこへ運ぶの？」

「回路面を向こう側へ向けてから、そこの穴《あな》に入れる。わかるかい？」

フェイスは指示《しじ》されたとおりに手伝った。

ブロックがなかなか床《ゆか》の穴《あな》にはまらなかったので、ふたりしてその上でジャンプして押しこんだ。フェイスは廊下《ろうか》をきょろきょろ見まわした。「でもこの廊下《ろうか》、どっちも行き止まりだよ」

「そうなんだ。設計ミスかもね。でも行き止まりっていうのが気になるんだ」

フェイスは奥《おく》の壁《かべ》に近づいてみた。「この向こう側になにかあるってこと？　だったらツルハシで壁《かべ》を壊《こわ》すほうが手っ取り早くない？」

パルはラージャを振《ふ》り返《かえ》った。「ハリーからレッドストーンダストをもらいましたよね。まだ持ってますか？」

ラージャから受け取る間も惜しむように、パルは作業を開始した。棒《ぼう》を見つけて赤い粉の入った瓶《びん》に差しこんでひねり、しっかり粉をつける。取りだした棒《ぼう》の先が光って粉がじゅうじゅう音を立てたかと思うと、いきなり火がついた。

「知らなかったな、レッドストーンダストでそんなことができるんだ」ラージャが言った。

「でも、たいして明るくないぞ」

「明かりのためじゃありません」パルは床《ゆか》に描《えが》かれた回路の端《はし》に棒《ぼう》を差しこんだ。炎《ほのお》がゆれ、レッドストーン回路に火がついてぱっと明るくなる。火はすばやく回路を伝い、行き止まりになっている壁《かべ》までたどり着いた。

短い間があり、壁《かべ》はずるずると横へ開いた。内部の明かりが次々に点灯《てんとう》する。

「なんでわかったの？」フェイスはたずねた。

「この廊下《ろうか》は外から見たときの壁《かべ》の長さより短かった。だからまだ奥《おく》があるのがわかったんだ」

「わざわざ長さを調べたの？」

「いいや。見ればわかるよ。薄暗《うすぐら》いマハラジャ卿《きょう》の屋敷内《やしきない》を長年走りまわってたから、距離感《きょりかん》が身についたのさ」パルは石ブロックを隙間《すきま》にはめこんだ。「外側からしか開かない場合に備《そな》えて、念のため」

三人はクモの巣を払《はら》って小さな部屋へ入った。防具《ぼうぐ》立てに飾《かざ》られた武器《ぶき》と鎧《よろい》を明かりが照《て》らす。すみに丸まっているのは、冒険者《ぼうけんしゃ》の骸骨《がいこつ》だ。明かりがその目のくぼみに深い影《かげ》を作ってい た。骸骨《がいこつ》は両腕《りょううで》で自分の体を抱《だ》きかかえている。

「悲惨《ひさん》な最期《さいご》だね」フェイスはよく見るためにしゃがみこみ、骸骨《がいこつ》に秘められた物語を読み取ろうとした。きっと彼女《かのじょ》たちとおんなじ冒険者《ぼうけんしゃ》だ。剣《けん》が折《お》れているのは、ここから逃《に》げだそうとしたってことかな。扉《とびら》の隙間《すきま》に差しこんでふたたび開けようとしている光景が目に浮《う》かぶ。自分はそんな死に方はしないとフェイスは心に誓《ちか》った。「なにかおもしろいものは見つかった?」

「いいや」

革の服は触《ふ》れるとボロボロ崩《くず》れ、鎧《よろい》はさびてオレンジ色になり、どっちももう使えない。だがパルにはそんなことはどうでもよかった。彼《かれ》は回路を解読《かいどく》した。三人は室内をざっと調べただけで外へ出た。パルが石ブロックをはずすと、ふたたび壁《かべ》が動いて入り口が閉じ、骸骨《がいこつ》は静かな墓にひとり残された。フェイスが火のついた棒《ぼう》を持ちあげると、レッドストーン回路の火が消え、暗い赤茶色に戻った。

お利口さんは遠吠《とおぼ》えを続けていた。三人がいる場所のまわりを落ち着かなげにうろうろして、暗闇《くらやみ》に歯をむいている。ラージャは焚《た》き火《び》の明かりの端《はし》に立つと、緊張《きんちょう》した面持ちでネザライトの剣《けん》を握《にぎ》った。「お利口さんはなにかの気配を感じ取ってる」

フェイスは矢を抜《ぬ》いた。「方角は？」

「わからない。岩場に歯をむいたかと思えば、木立《こだち》に吠《ほ》えたてたてる」

パルは片手をあげた。「なにか聞こえる」

ラージャが口笛を吹くと、オオカミはかたわらに戻ってきた。鼻をとんと叩《たた》かれてうなるのをやめたが、うなじの毛を逆立てている。

パルは焚《た》き火《び》に枝《えだ》を差し入れた。火がつくと、暗闇《くらやみ》の奥《おく》へ足を踏《ふ》みだす。あの音はなんだ？四方から聞こえるぞ。パルは顔を横に向け――。

それはかつては人間だったのだろう。いまではただの腐《くさ》った崩《くず》れかけの肉塊《にくかい》で、死んでいるとも、生きているとも言えない動く死体がいた。

ゾンビ。

ふたりは互《たが》いを見つめた。すると、いきなりゾンビがパルめがけて手を突《つ》きだし、伸《の》びた汚い爪で喉《のど》を引っかこうとした。パルは火のついた枝《えだ》をそいつの顔に突《つ》き刺《さ》した。

ゾンビはひるみさえしなかった。頭に火がついても、爪でパルを襲ってくる。燃《も》えあがるその体が廃墟《はいきょ》を照《て》らしだし、壊《こわ》れた塀《へい》や瓦礫《がれき》の山をゾンビがわらわらと乗《の》り越《こ》えてくるのが見えた。ラージャが手を離《はな》すと、オオカミは石の山を飛《と》び越《こ》えて一体に跳《と》びかかり、ゾンビもろとも転がっていった。

パルはツルハシを振《ふ》った。いつのまにか背後《はいご》にまわられて、焚《た》き火《び》へ戻ろうにも道をふさがれている。一体は片目に矢が深々と突《つ》き刺《さ》さっているのに、ものともしない。ツルハシを思いきり叩《たた》きこむと、そいつは倒《たお》れた。とりあえずいまのところは倒《たお》れている。

「こっちよ！」フェイスが塀《へい》の上から叫んで矢を放った。「廃墟《はいきょ》の奥《おく》へ行こう！　急いで！」

「ええっ？」パルは次の標的《ひょうてき》をツルハシでがつんと叩《たた》いた。衝撃《しょうげき》が腕《うで》までびりびり伝わってくる。

　フェイスは塀《へい》の上から一体を蹴《け》り落《お》とした。「廃墟《はいきょ》の奥《おく》ならゾンビも一方向からしか襲ってこられない！　ここにいたら、取《と》り囲《かこ》まれちゃうわ！」

　次々にゾンビが向かってくるが、フェイスは塀《へい》から塀《へい》へと飛び移り、着地すると同時に振《ふ》り向《む》いて矢の雨を降《ふ》らせた。それからじっと待って狙《ねら》いを定め、ゾンビに接近《せっきん》されると、背《せ》を向けて逃《に》げた。そうやって廃墟《はいきょ》の奥《おく》の狭い廊下《ろうか》へゾンビたちを誘いこむ。

　パルはラージャに駆《か》け寄《よ》った。「行きましょう。フェイスに考えがあるらしい」

「考え？　フェイスに？」ラージャはもう一体のゾンビから首を切り離《はな》したが、ぐっしょりと汗をかき、剣《けん》を握《にぎ》る手は震《ふる》えている。ゾンビを倒《たお》し続《つづ》けるのはそろそろ限界《げんかい》のようだ。

「数が多すぎます、ラージャ。ぼくらに勝ち目はない」

「急いで、ふたりとも！」フェイスが叫んだ。

　こんな状況《じょうきょう》なのにラージャはにやりとした。まさか……いまの状況《じょうきょう》を楽しんでる？「いくぞ、彼女《かのじょ》が呼《よ》んでる」

　ふたりは走った。ラージャは口笛を吹いてオオカミを呼《よ》び戻《もど》し、塀《へい》の割《わ》れ目《め》でフェイスと合流した。ここなら防御《ぼうぎょ》しやすく、身を隠《かく》せる瓦礫《がれき》がたくさんあって、ゾンビたちは一方向からしか襲ってこられない。でも、いつまでもここにはいられない。しまいには数で圧倒《あっとう》されるだろう。

ゾンビの気味が悪いうめき声は言葉のようにも聞こえた。腐《くさ》って虫に食われた肉塊《にくかい》の中に、生きていたときの意識がわずかながらでも残っているのだろうか？　なにを伝えようとしているんだ？　墓場まで持っていってしまった恐ろしい秘密とか？

いいや。あいつらの中には見境のない飢えと、生命に対する深く、抑《おさ》えがたい憎悪《ぞうお》があるだけだ。パルはいちばん近くのゾンビにツルハシを振《ふ》るった。「こっち、手を貸してくれないか！」

ラージャが口笛を鳴らすと、お利口さんは八《や》つ裂《ざ》きにしたゾンビから顔をあげた。そしてパルのまわりに群がるゾンビを突《つ》き飛ばして駆《か》けつけてくれた。ラージャもばっさばっさとゾンビたちの腕《うで》や頭を切《き》り払《はら》い、胴体をまっぷたつにし、脚《あし》を切りつけて、パルのもとへやってきた。ネザライトの剣《けん》はパルの想像以上に切れ味抜群《ばつぐん》だ。フェイスは瓦礫《がれき》の山を飛《と》び越《こ》えてきて、三人は背中《せなか》合わせになったが、ゾンビは闇《やみ》の奥《おく》からうようよ出てくる。

「もうあんまり矢が残ってない」フェイスは言いながらも、一体のゾンビの額《ひたい》に矢を突《つ》き立てた。

よろめくゾンビの頭をラージャが切り落とす。「ゾンビが動かなくなる日中まで、どこか安全な場所に避難《ひなん》できないか？」

フェイスがパチンと指を鳴らした。「秘密の部屋があるじゃない。あそこならゾンビも入ってこられないでしょ」

ラージャは首を横に振《ふ》った。「扉《とびら》を閉めれば、今度はぼくらが出られなくなるぞ」

「そのときは脱出《だっしゅつ》する方法を見つければいいでしょ、ね、パル」フェイスがうながす。

「見つからなかったら？」パルは問い返した。

夜の闇《やみ》の中からまたもやゾンビの群れがよろよろと出てくる。「ここにいるよりはまし！」

フェイスは叫んだ。「ラージャ！　こいつらをどけて！」

ラージャはゾンビたちを切《き》り払《はら》って先へ進み、パルとフェイスはあとに続いた。ゾンビたちはのろまだが疲《つか》れを知らない。ゾンビにつかまりかけたフェイスは最後の矢を放ち、パルがツルハシでそいつを殴《なぐ》りつけたものの、ゾンビたちの攻撃《こうげき》はきりがなく、闇《やみ》が深まるにつれて力を増《ま》してきていた。

パルが足を止めてうしろに向きなおると、目の前に一体いた。横を向くとそこにも一体。どこへ目を向けても、うつろな目とおぞましい顔が迫《せま》ってくるのが見えるばかりだ。ラージャはパルを置いてどんどん先へ行ってしまっていた。ラージャだっていまから引き返したら、ゾンビに取《と》り囲《かこ》まれるだろう。

もうだめだ、今度こそおしまいだ。パルは一生懸命《いっしょうけんめい》戦ってきたが、それでもだめなときは来るということか。けれども体を丸めてむざむざ殺されるもんか。パルは両手でツルハシを握《にぎ》りしめた。やってやろうと目に怒りをたぎらせる。「かかってこい！」

ふいに肩をつかまれ、パルは振《ふ》り返《かえ》ってツルハシで一撃《いちげき》を加えようとすると……先に行かせたはずのフェイスだと気がついた。「あと少しだよ、パル」

「戻ってきちゃだめだよ、ゾンビがうじゃうじゃいるんだ」

「第一のルールを忘れたの？」彼女《かのじょ》はさっさと塀《へい》にのぼっている。「ついてきて」

二度言われる必要はなかった。

パルは瓦礫《がれき》を乗《の》り越《こ》え、壊《こわ》れた大豪邸《だいごうてい》の残骸《ざんがい》をのぼって進んだ。フェイスは彼《かれ》の隣《となり》で、危険《きけん》がないか目を光らせている。パルはへとへとでくたくただった。けれどもフェイスがそばでしっかり導《みちび》いてくれた。やがて血でべっとり汚れたネザライトの剣《けん》を振《ふ》るうラージャの姿が見えた。ふたりの姿を見て、お利口さんがワンと吠《ほ》える。

フェイスは廊下《ろうか》へとパルを押しだした。「ここから先はあなたの出番だよ」

ゾンビのうめき声が四方八方からこだましていた。オオカミがうーとうなって嚙《か》みつくしぐさをし、集まってくるゾンビの群れに飛びこんでいこうとするのを、ラージャが押さえこむ。

「せかしたくはないが、パル……」

パルは急いで秘密の扉《とびら》へ駆《か》け寄《よ》った。回路はまっすぐ扉《とびら》へ向かっている。彼《かれ》は火をつけた棒《ぼう》を回路に差しこんだ。

きっと作動する。さっきは動いただろう?

正直、自信はなかった。レッドストーンについてはまだよくわかっていない。回路の長さ、延長《えんちょう》する方法、発生する力の種類、同じ動作をさせるのに何通りの方法があるのか、何通りの失敗《しっぱい》があるのか。やるたびに一から発見していくようなものだ。レッドストーンの限界《げんかい》は、パルにはまだつかみきれていなかった。

回路がぱっと明るくなり、扉《とびら》が開きだした。フェイスが肩から押しこむようにして中へ入る。

続いてパルが転がりこんだ。オオカミはその次で、最後にラージャが彼《かれ》をつかもうとする腕《うで》二本を切り落として中へ入った。扉《とびら》が閉まり始めてもゾンビたちは三人をつかまえようとし、侵《しん》入《にゅう》しかけた一体が途中《とちゅう》で扉《とびら》にはさまった。その目は憎々《にくにく》しげにギラギラと赤く光ったが、扉《とびら》はガンと閉まり、切断《せつだん》されたゾンビの体がぼとりと落ちた。パルは念には念を入れて、ゾンビが煙《けむり》になって消えるまで足で踏《ふ》んだ。

オオカミは狭い部屋の中をぐるぐるまわり、古い骸骨《がいこつ》に向かってうなった。

「危険《きけん》はないよ」ラージャはオオカミに声をかけた。「もう安全だ」

「いまは、でしょう」パルは言った。ここへ逃《に》げこめたのがまだ信じられない。

「いまだけでも充分《じゅうぶん》」フェイスが返す。「せっかくならくつろごう。しばらくはどこへも行けないんだし」

敷物《しきもの》を敷《し》いて座る場所を用意するフェイスを、パルは眺《なが》めた。パルは震《ふる》えているのに、フェイスは単に家事をこなしているかのようだ。パルの視線に気づいて、フェイスがウィンクした。

三人でそこに座った。お利口さんがラージャのそばに丸まって耳をそばだてる。

真《ま》っ暗《くら》な長い夜のあいだじゅう、三人は爪がガリガリと石を引っかき、生けるしかばねが苦しげなしゃがれ声をあげるのを聞いていた。

第22章　レッドストーン回路の大扉《おおとびら》

古い壁《かべ》の割《わ》れ目《め》から日光が差しこんできた。新たな一日の光に照《て》らされて空気があたたまっている。遠くでさえずる鳥の声に起こされ、パルはもぞもぞと体を動かした。ラージャはあぐらの上に鞘《さや》から抜《ぬ》いた剣《けん》をのせ、入り口の前に座っていた。「連中はもういなくなったぞ」

「たしかですか？」扉《とびら》を開けたらゾンビの群れが静かに待ちかまえていた、なんていうのは勘《かん》弁《べん》してほしい。

ラージャはうなずいた。「においが消えた」

本当だ。腐《くさ》ったにおいはもうしない。かび臭《くさ》いけれど、腐《ふ》敗《はい》臭《しゅう》は消えていた。

扉《とびら》を押してみると意外にもすると開いた。昨日ゾンビがはさまったはずみに、開かなくなる仕《し》掛《か》けが壊《こわ》れたのだろうか。三人はそろそろと外へ出た。ゆうべここで戦いがあったことを示《しめ》すものはなにもない。三人が倒《たお》したゾンビたちの体は消えていた。日光を浴びて砂と化し、朝の風に運ばれていったのだろう。

遠くに壁《かべ》が見えた。ラージャの地図に記されている最後の目印だ。その先がレッドストーン城のはず。今夜にはたどり着けそうだ。

それはほかのふたりにもわかっていた。それになぜかお利口さんにも。オオカミはそれまでよりも速い足取りで先に進んでいった。

進みながら見かける遺跡《いせき》はますます規模《きぼ》が大きくなり、ますます複雑《ふくざつ》な形になっていった。いにしえの王国の中心へ近づいているのだから当然だ。このあたりは遠い昔に貴族《きぞく》たちが宮殿《きゅうでん》や寺院を建設《けんせつ》した場所なのだろう。道は荒れてでこぼこだが、幅《はば》が広く、周辺の町や村から続く枝道《えだみち》が合流して王国の中心へ向かう本道といった感じになってきた。線路も数本敷《し》かれていて、いにしえの王国のはずれまで延《の》びているらしい。放置されたトロッコが数台、いまも積荷《つみに》を待ち続けている。

ここが栄《さか》えていたころには、どんな光景が広がっていたのだろうと、パルは思《おも》い描《えが》こうとした。動物や人、農産物、それに出荷《しゅっか》される生産品でトロッコはいっぱいだったんだろう。とはいえ、建物以外に生活の痕跡《こんせき》はない。この場所を捨《す》てたとき、住民たちはいっさいがっさい持っていったようだ。

戦争による破壊《はかい》の跡《あと》もなかった。焼《や》け焦《こ》げた岩や黒く煤《すす》けた外壁《がいへき》は見当たらない。建物が崩《くず》れているのは気象によって老朽化《ろうきゅうか》したからだ。ここの住居を破壊《はかい》したのは雨、氷、日光、風だろう。割《わ》れた窓から風が家の中へ種子を運び、そこから育った木が屋根を突《つ》き破《やぶ》って、のたくる枝《えだ》を窓や玄関《げんかん》の外まで伸《の》ばしたのだ。

そして広々とした道はいきなり行き止まりになっていた。あの壁《かべ》が行く手にそびえている。

「この壁《かべ》の上が高台になっているんでしょうか」パルは言った。「都市は高台の上にあるのかもしれません」

壁《かべ》はそそり立つ崖《がけ》にはめこまれている。ラージャは崖《がけ》に沿《そ》って歩いた。「だが道はここで途《と》切《ぎ》れてる。どういうことだ？」

フェイスは岩をブーツでとんと蹴《け》った。「これ、壁《かべ》じゃない。扉《とびら》だよ。昔は大きく開け放たれていて、レッドストーン城を訪れる人たちを通してたんだ」

近くで見ると、なるほど扉《とびら》のようだ。四角い枠《わく》の内側にひとまわり小さい枠《わく》があり、その内側にさらにひとまわり小さい枠《わく》がある、というように続いていき、中央は四つのブロックになっている。

左右対称になっているのがヒントだろう。隠《かく》された仕掛《しか》けによって、中央の小さなブロックが引き離《はな》されていちばん小さな枠《わく》に格納《かくのう》され、それがひとまわり大きな枠《わく》へといった具合に順々に格納《かくのう》されていき、最終的に大きな四角い出入り口が出現するところがパルには想像できた。これは単純《たんじゅん》かつ洗練《せんれん》された仕組みの門だ。

「でも、どうすれば作動するんだろう?」パルは自分に問いかけ、扉《とびら》の表面を四方へ延《の》びるレッドストーンの複雑《ふくざつ》な模様《もよう》に目を凝《こ》らした。「これはパズルだ。回路がすべてごちゃごちゃにされている。正しい順序《じゅんじょ》に並《なら》べ替《か》えると扉《とびら》が開くんだ。でも失敗《しっぱい》すると――」切り立った崖《がけ》を見あげる。「なにか恐ろしいことが起きるんだろうな」

「だとしてもびっくりはしないさ」ラージャはお利口さんの耳のあいだをうわの空でかいてやり、オオカミをうっとりさせた。「崖《がけ》をのぼったらどうだ? 高さはどれぐらいある?」

「かなりの高さです。それにのぼっている途中《とちゅう》で日が沈《しず》んだらまずい」

フェイスはパルの視線をたどって見あげた。「ゾンビは崖《がけ》をのぼれるのかな?」

「ゾンビなんてまだかわいいもんだよ。ここから先は地図にも載《の》ってない。ここでなにが起きるにしろ、恐ろしいことだろうね。それにあのクモの巣が見えるかい？　洞窟《どうくつ》の入り口がいくつもぽっかり開いてるのは？　この崖《がけ》は危険《きけん》がいっぱいだよ」

フェイスはぶるりと体を震《ふる》わせた。「クモがいるってこと？　ひい」

「パズルを解《と》こう。それがいちばん簡単だ」

ラージャは眉根《まゆね》を寄せた。「簡単どころか超難解《ちょうなんかい》に見えるぞ。扉《とびら》の模様《もよう》はでたらめじゃないか。そもそも意味のある模様《もよう》なのか？」

それはパルにもわからなかった。けれども太陽がすでに沈《しず》みかけているから、ぐずぐずしている暇《ひま》はない。これだけ巨大《きょだい》な扉《とびら》を開けるんだから、どれほど大がかりな仕掛《しか》けだろう？　百年間ツルハシを叩《たた》きつけても、この扉《とびら》は破《やぶ》れないんじゃないかな。いにしえの建築者《ビルダー》たちはみずからに課された義務《ぎむ》を真摯《しんし》に果《は》たしたんだ。

だから先へ進むには、回路を読《よ》み解《と》くしかない。

とはいえ扉《とびら》は畑ぐらいの大きさで、下から見あげても上のほうがどういう模様《もよう》になっているのか、わかりようがなかった。高いところへのぼって、確《たし》かめる必要がある。

「ここで待ってて」

「どこへ行くの？」フェイスが問いかけた。

パルは上にある岩棚《いわだな》を指さした。「あそこだよ。扉《とびら》の模様《もよう》の全体像をつかめないか、確認《かくにん》してくる」

フェイスは着実に長くなっていく自分の影《かげ》を見おろした。「早くしてね」

片手ずつ動かして岩肌《いわはだ》をつかもう。高さは気にするな。次の岩の突起《とっき》とか割《わ》れ目《め》とかに手や足をかけていくだけだ。下を見るな。

パルはのぼっていった。崖《がけ》は見た目よりごつごつしていたが、へばりついているおかげで細部まで確認《かくにん》できた。何度かクモの巣に手を突《つ》っこんですくみあがった。岩の割《わ》れ目《め》に潜《ひそ》むクモを警戒《けいかい》しないと。

傾《かたむ》いた太陽がパルの背中《せなか》から巣穴《すあな》を照《て》らし、毛で覆《おお》われたクモの脚《あし》がちらりと見えた。ぎょろりとした赤い目玉に夕日が反射《はんしゃ》する。けれどもクモは暗がりのほうがいいらしく、出てはこなかった。

パルは岩棚《いわだな》にたどり着いて上によじのぼった。腕《うで》を振《ふ》って痛《いた》みをやわらげると、岩棚《いわだな》に腰かけてそこからの光景を堪能《たんのう》した。

すべて一望できるぞ。ここまでの道のりが全部見える。遺跡《いせき》を通り抜《ぬ》け、マハール・タウンと沼地《ぬまち》を過ぎ、海辺まで道が続いている。あの海の向こうに自分たちの国があって、泥道をたどっていったら屋敷《やしき》に着くんだ。

いまこの瞬間《しゅんかん》、マハラジャ卿《きょう》は玄関《げんかん》にたたずみ、パイプを手に東の空を眺《なが》めて息子たちのことを思っているんだろうか？　息子たちは冒険《ぼうけん》の真っ最中だろうかと？　こんなに遠くまでたどり着いていると、マハラジャ卿《きょう》には想像できるだろうか？　はじめは不可能《ふかのう》に思えた、けれど三人はこうしてここにいる。あともう少し。あの門を開けさえすればレッドストーン城にたどり着く。

回路は縦横それぞれ百ブロックほどもあった。なんて数だ、それにどれも隣《となり》のブロックとつながっているようには見えない。これじゃ解読《かいどく》しようがない。でもパターンが、作動する組み合わせがあるはずだ。

自分ならどんなふうにこの門を作るだろう？

複雑《ふくざつ》に見えるけれど、つまりは門を開けるだけの話だよね？　地面に跡はついていないから、蝶番《ちょうつがい》のついている開き戸じゃなくて、きっと横開きの引き戸みたいな感じだ。となると、動力はピストンだろう。どんな回路も反復装置《はんぷくそうち》がないと十五ブロックまでしか動力を伝えられない。

回路はところどころを、別の素材《そざい》で分断《ぶんだん》されているようだった。黒曜石のブロック、丸石、花崗岩《かこうがん》のかたまり。これらがあいだに入っているから、もとの模様《もよう》がわからなくなっているんだ。これらをどかそう。いらないブロックがなくなれば、回路だけが残る。

太陽が地平線に触《ふ》れた。遠くの丘は影《かげ》に沈《しず》んでしまった。

「ふたりとも！　模様《もよう》にレッドストーンが使われていない部分は全部壊《こわ》すんだ！　急いで！」

クモが洞窟《どうくつ》の入り口へ近づいてきたが、パルはここに残って模様《もよう》を見守る必要がある。一体がカサカサと岩棚《いわだな》まであがってきたので、パルはぎりぎりまでうしろへさがった。だが崖《がけ》はにわかにモンスターたちの気配でざわついている。

フェイスが両手で口のまわりにメガホンを作るようにして叫んだ。「もう時間がないよ！崖《がけ》をのぼろう！」

「いいから、ぼくの言ったとおりにやってくれ！」パルはツルハシでクモを巣穴《すあな》へ追い返した。

でも崖《がけ》にはまだまだたくさん潜《ひそ》んでいて、日が沈《しず》むのを待っている。

フェイスとラージャは作業に取りかかった。必要のないブロックが壊《こわ》され、模様《もよう》が徐々《じょじょ》に浮《う》かびあがる。いにしえの建築者《ビルダー》たちは十字の形に模様《もよう》を描《えが》き、回路は中央から上下左右に延《の》びていた。門はきっとその方向へ開くのだろう。

ガサガサと音がした瞬間《しゅんかん》、パルははっとうしろを向いた。大きな洞窟《どうくつ》の入り口から出てきたウマほどもあるクモの背中《せなか》に、スケルトンがまたがっている。日光が薄《うす》れていくと、そいつはカクカクと動いて、くぼんだ眼窩《がんか》が生命のない光を放ち始めた。しかもスケルトンはこの一体だけじゃなかった。この異様《いよう》な騎手《ジョッキー》たちが夜の到来《とうらい》とともに眠りから目を覚まし、崖《がけ》のあちこちからぞくぞくと姿を見せる。

やっぱり崖《がけ》をのぼるのは得策《とくさく》じゃない。

スケルトンたちは、さびだらけでクモの巣に覆《おお》われた鎧《よろい》の残骸《ざんがい》をまとっている。手にしている弓はおんぼろに見えるが、ひゅんと飛んできてパルがかわした一本目からすると、機能《きのう》にはなんの問題もないらしい。

クモは断崖《だんがい》をカサカサとこっちへおり始め、それにまたがるスケルトンが次の矢を放つ。こんなに狭い岩棚《いわだな》では、次の攻撃《こうげき》をかわせそうにない。

矢がクモの頭部を射抜《いぬ》いた。クモは即死《そくし》し、脚《あし》が崖《がけ》から離《はな》れる。スケルトンはクモもろとも崖《がけ》から落ちていった。

下ではフェイスが次の矢をつがえている。

「そっちはどうなってます？」パルは叫んだ。巣穴《すあな》からは新たな巨大《きょだい》グモが出てきていた。それにまたがるスケルトン・ジョッキーがカランコロンと骨《ほね》を鳴らし、クモをパルへと向かわせる。

「あと少しだ！」ラージャが叫び返した。「もうちょっと持ちこたえろ！」

言うはやすしだ。矢で穴《あな》を開けられるのを待つよりはと、パルはツルハシをぶんぶん振《ふ》りまわして突進《とっしん》した。スケルトンが攻撃《こうげき》をかわそうとするが、もう遅《おそ》い。振《ふ》りおろされたツルハシはスケルトンのもろい頭蓋骨《ずがいこつ》を粉々《こなごな》にした。ツルハシの柄《え》にもひびが入ったけれど、気にする暇《ひま》もなく、パルはもう一度ぶんと振《ふ》り、ツルハシの先端《せんたん》を、クモの脇腹《わきばら》に叩《たた》きつけた。シューと音を立てて脚《あし》をバタバタさせるクモを、岩棚《いわだな》から突《つ》き落とす。

「こっちは準備《じゅんび》できたよ！」フェイスが声を張《は》りあげた。

邪魔《じゃま》なブロックはすべて取りのぞかれ、扉に本来描《か》かれているはずの模様《もよう》が浮《う》かびあがって見える。あとは切り離《はな》されている模様《もよう》をくっつけて隙間《すきま》を埋《う》め、ひとつの形を作るだけだ。

パルはその模様《もよう》を頭に叩《たた》きこむと、垂《た》れさがっているクモの糸をつかんで、クモがわらわら集まっている岩棚《いわだな》からジャンプした。パルがクモの糸を伝って地面におりた一方、クモたちも糸を出してするするとおりてくる。

すぐにフェイスとラージャがクモたちの相手をしてくれた。近づいてきたやつを切りつけ、ほかのやつらを松明《たいまつ》の炎《ほのお》で巣穴《すあな》へ追い返す。

パルは持っていたレッドストーンダストを取りだし、線を引き始めた。これで足りるかな？　門はパーツごとに開くんだろうか？　それとも全部いっぺんに？　そもそもこのやり方で合ってる？　これまで見てきたどれよりも巨大《きょだい》な回路だぞ。

太陽が沈《しず》みきって夜になったとたんに、崖《がけ》は突如《とつじょ》としてクモとそれにまたがるスケルトンだらけになった。

十字の形だ。それさえ頭に入れておけば間違《まちが》うことはない。迷《まよ》っている時間はないんだ。成功するか、ここで終わるかだ。

レッドストーンダストを使い切るのとともに、模様が完成した。
フェイスがレッドストーン松明《トーチ》を十字の中心に突《つ》き刺《さ》す。
が、なにも起こらなかった。

第23章　いにしえの線路

「こうなるんじゃないかとは思ったけど」フェイスはうんざりした声をあげる。ここのクモはゾンビよりたちが悪い。いまはまだ松明《たいまつ》の炎《ほのお》を警戒《けいかい》して、近づいてこないけれど。

「うまくいくはずなんだ」パルは胸にゆっくり広がる絶望感《ぜつぼうかん》に負けないようにして言った。

「回路がどこか途切《とぎ》れてるんだ」

ラージャはクモの脚《あし》を切《き》り払《はら》い、その後始末《あとしまつ》はお利口さんにまかせている。その様子はまさしく最強のペアだね、とフェイスもしぶしぶ認めざるをえない。オオカミはつねにラージャの考えを読み、喜んでそのとおりに動く。

「作動させられない？」フェイスはクモたちからさらに一歩あとずさった。クモ軍団は地面を埋《う》めつくして四方へ広がっている。

パルは門の前を駆《か》けまわり、パーツを並《なら》べ替《か》え、向きを変更《へんこう》し、ブロックをここからあそこへと動かしていた。「十字じゃないのか……」

なにをぶつぶつ言っているんだろ？　フェイスは近づいてきたクモを思いきり蹴《け》りあげた。クモはひっくり返って、カサカサと迫《せま》ってくる軍団の上をひゅんと飛んでいった。

なんでいつもこうなるの？　一度でいいから、すんなりうまくいったら最高なのに。トラブルも、土壇場《どたんば》でのピンチも、あたり一面のクモ軍団も、うめき声をあげるゾンビの集団も、もうけっこう。でも、こういう冒険《ぼうけん》をしたいと望んだのは、あたしなのよね。

矢が底を突《つ》いたので、フェイスは八本脚《はっぽんあし》のばけものを弓でバシッと叩《たた》いた。ラージャがスケルトン・ジョッキーを切《き》り倒《たお》して、そいつの矢筒《やづつ》をほうり投げてくれる。それをキャッチするや、フェイスは矢を放った。

「わかったぞ、十字じゃなくて……」パルが声をあげて、回路のブロックをもうひとつ地面におろし、新たな位置へと動かした。「星形なんだ」

崖《がけ》がゆれた。転がり落ちてきた岩に次々とクモがつぶされていく。フェイスの足の下で大地が動き、クモたちがあわてだす。

門が開いた。星形を描《えが》く五つのパーツがよどみなく同時に動いて、崖《がけ》の中へしまいこまれていく。

「走れ！」パルが叫んだ。

言われるまでもないよ。行く手をふさぐクモ軍団をどうするかって？　フェイスは一体を飛《と》び越《こ》えたあと、次のやつは背中《せなか》に飛びのり、踏《ふ》み石《いし》よろしくクモの背中《せなか》をぴょんぴょん跳《と》んでいった。矢がひゅんとかすめた。スケルトン・ジョッキーがこっちへ向かってくるが、次の瞬間《しゅんかん》には灰色の毛皮がフェイスの視界《しかい》をかすめて消えた。お利口さんがスケルトンの頭蓋骨《ずがいこつ》をくわえてむしり取っている。頭をもがれた体はカランコロンと手足をばたつかせたあと、ガシャンと崩《くず》れ落《お》ちた。

みんなで門の中へ駆《か》けこむと、フェイスは矢をつかんで振《ふ》り返《かえ》った。クモ軍団が追いかけてきたら倒《たお》してやる。

ところが追いかけてくるものはいなかった。モンスターたちはいまや開かれた崖《がけ》の入り口のそばで立ち止まっている。スケルトン・ジョッキーたちは行ったり来たりして、つがえた矢を途中《とちゅう》まで引いているが、だれも攻撃《こうげき》してこない。

壁《かべ》がゆれ、星形が描《えが》く五つのパーツがもとに戻って門が閉まった。

まわりでランタンがぱっと点灯《てんとう》し、広々とした細長い空間を照《て》らしだした。壁《かべ》のひとつには巨大《きょだい》な模様《もよう》が描《えが》かれ、デッキと線路が並《なら》んでいる。線路にはトロッコが三台止まっていた。

フェイスは壁《かべ》の模様《もよう》に目を凝《こ》らした。どこも対称にはなっていなくて、交差するいくつもの線の上に記号が描《えが》かれている。「これ、地図だね」

「都市の地図だ」パルはレッドストーンを動力としてひとつだけ光っている、地図の真ん中のブロックを指さした。「ここがレッドストーン城かな？」

お利口さんはくんくんと線路のにおいをかぎ、ラージャはトロッコのにおいをかいでいる。犬は飼い主に似るって言うけれど、飼い主もペットに似るのかな。微笑《ほほえ》ましいんだか、ちょっぴり不気味なんだか。

ラージャはいちばん前にあるトロッコを叩《たた》いた。「だれが先頭に乗る？」

「わたしに決まってるでしょ」フェイスは言った。

パルは壁《かべ》の地図を眺《なが》めて難《むずか》しい顔をしている。「空白になってるところが気になるな。それにこの地図は傷《いた》みがひどい。ここがぼくたちのいるところだとして――」星が描《か》かれている箇《か》所《しょ》を指さす。「目指すは光っているブロックがある場所だよね。そうなると、この路線を進むことになるけど、途中《とちゅう》が空白になってる。劣化して消えちゃったのか、意図的に消されているのか、どっちなんだろ」

「でもトロッコに乗らないとなると、歩きでしょ。それじゃ迷子《まいご》になるかもしれない。あなたはどうか知らないけど、あたしは謎《なぞ》の洞窟《どうくつ》を永遠《えいえん》にさまようのはいやよ」

「状況《じょうきょう》を説明しているだけじゃないか、そのいい点と問題点をね。だけど、たしかに歩いていくにはかなりの距離《きょり》がありそうだ」パルは認めた。「トロッコに乗ったことはある？」

「お祭りで一度ね。あんまり楽しくなかったな」フェイスは先頭のトロッコに乗りこみ、ラージャはお利口さんを膝《ひざ》に抱《かか》えて二番目の車両に乗った。

パルは最後にもう一度地図を調べ、中央のブロックを押しこんだ。

するとトロッコが動きだした。「急いで、パル！　出発だよ！」

トロッコはどんどんスピードをあげていく。パルは走って追いかけると、いちばんうしろの車両に指をかけ、体を引きあげて転がりこんだ。トロッコは加速し続けてトンネルに入っていった。明るい空間をあとにし、闇《やみ》の中を突《つ》き進む。オオカミの遠吠《とおぼ》えが長いトンネルの中であちこちにこだました。

トロッコは線路の上をガタガタと勢《いきお》いよく走り、カーブに差しかかるたびに大きく傾《かたむ》いて三人は振《ふ》り落《お》とされそうになった。だが、すぐに線路はまっすぐになって、ゆれもおさまり、風がひゅーひゅーかすめていった。

先頭のフェイスが真っ先に気づき、前方を指さした。「あれはなに?」

パルはうめいた。「またまた悪い知らせみたいだ」

ガタガタ走るトロッコが向かう先は線路が途切《とぎ》れて地面がぱっくり裂《さ》けていた。

ここまですごく順調だったのに。パルはブレーキを探した。「あの地図はこういうことだったんだ。空白の部分は修理中《しゅうりちゅう》という意味だったんだ!」

「修理中《しゅうりちゅう》?」ラージャがたずねた。「なにかが壊《こわ》れてるってことか?」

フェイスがうなずいた。「そうだよ、あの橋、壊《こわ》れてる!」

第24章　溶岩《ようがん》の川

「飛びおりて！」フェイスは叫び、トロッコのへりをつかんで飛《と》び越《こ》えた。地面にぶつかった瞬間《しゅんかん》にゴロゴロと体を回転させたのがまずかった。石で手のひらを切り、後頭部を地面にぶつけ、膝《ひざ》をすりむいてしまった。全身傷《きず》だらけになったけれど、最終的にどうにか止まることができた。頭がくらくらするのがおさまってから目を開ける。

すると目の前にはラージャが立っていて、こっちへ手を差《さ》し伸《の》べている。「立てるか？　手を貸すよ」

「ケガをしてないの？　どうして？」

「昔さんざん落馬したから、ぼくの落ち方はプロ級なんだ。なんなら、教えるぞ」

ラージャは彼女《かのじょ》に手を貸して立ちあがらせた。フェイスは散らばった矢を拾い集めて矢筒《やづつ》へ戻す。それから地面の裂《さ》け目《め》のそばに立っているパルのもとへ行った。線路は途中《とちゅう》でぷっつり切れていて、トロッコはどこにも見当たらない。裂《さ》け目《め》をのぞきこむと、下は溶岩《ようがん》の川が流れていた。

パルがうなずく。「毎度、ハプニングだね」彼女《かのじょ》はぼやいた。

「毎度、毎度、ね」

「どうやって向こう側へ行くの?」フェイスは問いかけた。「橋を作れる? ここなら材料にする石はいくらでもあるけど」

「石はあっても、どうやって採掘《さいくつ》するんだい? ぼくのツルハシはクモとの戦闘《せんとう》で壊《こわ》れてしまった。手で採掘《さいくつ》するとなると、気の長い話になるね」

「泳いで渡《わた》るぞ」ラージャが言った。

「川は川でも溶岩《ようがん》の川だよ、ラージャ」フェイスは言った。

ラージャは自分のリュックをごそごそやってポーションの瓶《びん》を一本取りだした。「これを飲めば大丈夫《だいじょうぶ》だ。溶岩《ようがん》の川を渡《わた》るあいだ、体を守ってくれる。ジェーンの昔ながらのレシピのひとつだから、効果《こうか》は保証《ほしょう》する」

「耐火のポーション？」フェイスはたずねた。「何本持ってるの？」

ラージャはリュックの底を探ってさらに三本取りだした。

パルは年下の男に微笑《ほほえ》みかけた。「あなたがいなかったら、ぼくらはお手上げでしたよ、ラージャ」

フェイスは瓶《びん》を受け取って掲《かか》げた。「これだけで効果《こうか》は充分《じゅうぶん》なの？　向こう側までかなりの距離《きょり》だよ」

「正直なところ」ラージャは眉間《みけん》にしわを寄せた。「わからない。まだ実際《じっさい》に試してないからな。でもジェーンのレシピどおりに作ってある」

パルのモノ作りの腕《うで》を信用するのとはわけが違《ちが》う。魔法のポーション？　試しに飲んで溶岩《ようがん》にちょっとさわってみたいところだが、余分な量はない。ひとり一本、プラスお利口さんの分。それで全部だ。「最初にだれが行く？」

「ぼくがやる」ラージャが言った。「自分が作ったものを信頼《しんらい》できない料理人に、料理をする資格《しかく》はないからな」

みんなのために危険《きけん》をかえりみないこの新生ラージャにフェイスはまだ慣《な》れていなかった。

彼女《かのじょ》も以前と変わっているのだろうか？　相変わらずのままに感じるけれど、中身は変わったのかもしれない。

ラージャは栓《せん》を抜《ぬ》くと、ぐびりと飲み干した。唇をなめて裂《さ》け目《め》のほうを向く。「必ずうまくいく。ぼくを信じろ」

彼《かれ》を信じる？　そうしたいけれど、簡単じゃない。「幸運を祈《いの》ってる」

ラージャは駆《か》けだした。お利口さんがあとを追って走りだす。うれしそうに吠《ほ》え、なんの遊びだろうと思いながらも、喜んで主《あるじ》につきあおうとしている。けれども地面の裂《さ》け目《め》に近づくとその足が止まり、飛びこむ主を引き止めるように切迫《せっぱく》した吠《ほ》え声《ごえ》をあげた。

ラージャはどぼんと溶岩《ようがん》の川へ消え、火柱があがった。

「ラージャ！」フェイスは叫んだ。なんで彼《かれ》にやらせたの？　止めなきゃいけなかったのに！

フェイスは溶岩《ようがん》の表面に目を走らせた。焼《や》け焦《こ》げた骸骨《がいこつ》がいまにもちらりと見えそうだ。生きながら焼かれるラージャの悲鳴が聞こえたらもっと恐ろしい。

そのとき溶岩《ようがん》の表面からラージャが勢《いきお》いよく顔を突《つ》きだした。「みんな入ってこい！　溶岩《ようがん》はあたたかくて気持ちがいいぞ！」そう言うと、泳いで渡《わた》って向こう側にあがる。「どうしてぐずぐずしてるんだ？」

フェイスはかぶりを振《ふ》った。一本成功したからって、残りの三本も同じ効果《こうか》があるとはかぎらない。結局のところ、作ったのはラージャだ。フェイスはいやな予感を振《ふ》り払《はら》えなかった。なにかまずいことが起きる気がするんだよね。

どうしてラージャが向こう岸まで渡《わた》れたのかが理解《りかい》できずに、オオカミはジャンプして吠《ほ》えている。フェイスたちのところへ走って戻ると、ポーションを飲むパルのまわりで吠《ほ》えて飛《と》び跳《は》ねた。「少しも変わったようには感じないな」

「ラージャがやるのを見たでしょ。あなたもやればいいじゃない？」

「ラージャのほうがぼくより若《わか》くて向こう見ずだよ。でも仕方ない。行くとするか」

パルは飛びこみはしなかった。地面の裂《さ》け目《め》にしがみついてそろそろと下へおり、ボコボコ泡《あわ》を噴《ふ》きあげる溶岩《ようがん》をじっと見てためらっている。それから片足を溶岩《ようがん》にちょんとつけた。

パルの絶叫《ぜっきょう》が聞こえるものと、フェイスはすくみあがったが、聞こえたのは……笑い声だ。

パルは溶岩《ようがん》にぽちゃんと入って胸までつかった。「すごいな。本当にポーションが効《き》いてるよ」

泳いで渡《わた》ってラージャに引きあげてもらい、足にまとわりついている火を振《ふ》り払《はら》う。それからパルは彼女《かのじょ》のほうを向いて、汗をぬぐった。「なんでもなかったよ！」

「次はあなたね」フェイスは言った。お利口さんは大興奮《だいこうふん》で、しっぽを振《ふ》り振《ふ》り彼女《かのじょ》のまわりを走っている。フェイスは手を椀の形にして、そこに瓶《びん》の中身をあけた。「ほら」

オオカミはポーションをベロベロとなめ取った。

そしてもっとほしがった。ジャンプして彼女《かのじょ》の胸に前足をつき、最後の瓶《びん》をくわえようとする。「それはあたしの！　お利口さん！　おすわり！」

けれどもお利口さんは言うことを聞こうとしない。いきなり立ちあがったフェイスに驚《おどろ》くと、飛びあがって彼女《かのじょ》にぶつかった。フェイスの手から瓶《びん》が落ちる。

瓶《びん》は地面に落ちて、大事なポーションが飛び散った。フェイスは駆《か》け寄《よ》ったが、瓶《びん》はころころ転がってさらに中身がこぼれていく。彼女《かのじょ》は瓶《びん》をつかんだ。

お利口さんはすまなそうにくうんと鳴いた。

もうほとんど残っていない。フェイスは瓶《びん》を持ちあげて傾《かたむ》け、内側にくっついている液体を一箇所《いっかしょ》に集めた。

「フェイス！　どれだけ残ってるかい！」パルが声を張《は》りあげてたずねた。

「充分《じゅうぶん》にあるよ！」彼女《かのじょ》は大声で返した。「心配ない！」

前へ進むしかない。あと戻りはできないのだ。フェイスは瓶《びん》を逆さにし、最後の一滴《いってき》まで舌で受け止めた。舌がぴりぴりするとか、なにか感じるかと思ったけれど、味はほとんどしない。

本当にこれで大丈夫《だいじょうぶ》なの？

「じゃあ、行こうか」フェイスは太ももをパンと叩《たた》いてお利口さんを呼《よ》び寄《よ》せた。「準備《じゅんび》はいい？」

お利口さんは体を緊張《きんちょう》させた。目は向こう側にいるラージャをじっと見ている。

「行け！」フェイスのかけ声にお利口さんが走りだす。ラージャは腕《うで》を伸《の》ばして名前を呼《よ》び、お利口さんは地面の裂《さ》け目《め》にたどり着くとそこからジャンプした。どぼんと大きなしぶきがあがり、オオカミは声援《せいえん》を送るラージャへと犬かきをしていく。「お利口さんはだれだい？　そう、きみだよ！　ほらおいで、お利口さんだね！」

よかった、なんともなさそう。

フェイスは地面の裂《さ》け目《め》のふちに立った。渦巻《うずま》く溶岩《ようがん》から熱気の波が立ちのぼってくるのがわかる。ポーションを飲んだら、魔法の効果《こうか》で皮膚《ひふ》がチリチリするものじゃないの？

でも立ち止まることはできない。いまは。いつだって。

裂《さ》け目《め》のこっち側は彼女《かのじょ》の過去《かこ》だ。向こう側は自分のために手に入れる未来で、あっちへたどり着ければ、ありふれた子ども時代や、辺鄙《へんぴ》な村の暮《く》らしは過去《かこ》のものになる。つま先が地面の裂《さ》け目《め》のふちに触《ふ》れ、フェイスは未来へとジャンプした。いちかばちか、やってみなきゃいけないときがある。

なんとかなると信じて。

第25章　古代の都市

悲鳴をあげる暇《ひま》はなかった。フェイスは熱さにのみこまれて沈《しず》み……それから……それから足をバタバタさせて溶岩《ようがん》から顔を突《つ》きだした。彼女《かのじょ》のまわりでは溶岩《ようがん》が波打ち、手足が重たく、全身がもまれるようだ。だけど熱さは？　ほとんど感じない。肌が少しひりひりするだけ。それでも、長居は無用だ。フェイスはバタ足をしながら腕《うで》で力強くかき、みんなのほうへ泳ぎだした。パルとラージャが応援《おうえん》し、お利口さんは興奮《こうふん》して吠《ほ》えている。

溶岩《ようがん》の川を泳いで渡《わた》っている。そんなことができるなんて、夢《ゆめ》にも思わなかった。これが可《か》能《のう》なら、世の中に不可能《ふかのう》なことなんて存在《そんざい》しないんじゃない？

フェイスは溶岩《ようがん》から引《ひ》っ張《ぱ》りあげられると笑いだした。

ほっとしたからでもあった。だって焼け死ななかったんだもん。でもそれだけじゃない。自分はこっち側へ来られた。世界中でいちばん大事な仲間と一緒《いっしょ》に。おかしなものだよね。偉《えら》ぶっているラージャと、暗くていつもぶつぶつ文句を言っているパル。だけどそんなふたりが大好きだ。

「大丈夫《だいじょうぶ》なのか？　笑い病にでもかかったみたいだ」ラージャは自分のチュニックから埃《ほこり》を払《はら》って言った。

「ポーションの作り方をマスターしたじゃない、ラージャ。きっとジェーンも誇《ほこ》らしく思うよ」

ラージャは顔を赤らめたが、頰《ほお》がゆるんでいるのは隠《かく》せなかった。国王になったとしても、こんなにうれしそうな顔はしないだろう。

前へ進もう。残された道はそれしかない。トンネルを通る線路をたどっていくと、やがて風がかすかに流れこんでくるのが感じられた。冷たいけれど、新鮮な空気だ。

はじめは針先で開けた小さな穴《あな》ほどの光の点が暗闇《くらやみ》の先に見えるだけだった。三人と一匹は徐々に広がっていく光に引きつけられて歩いていった。強い風がフェイスの髪を乱す。小鳥のさえずりが聞こえた。

三人はトンネルを抜《ぬ》けて丘の向こう側に出た。線路は続いているが、もうそれをたどる必要はない。目指す場所は見えていた。歳月《さいげつ》を重ねた古代の建築物《けんちくぶつ》が、過《す》ぎ去《さ》った時代にあらがい堂々と立ち並《なら》んでいる。建物のあいだを縫《ぬ》うように通る道沿《みちぞ》いには巨大《きょだい》な彫像《ちょうぞう》がずらりと並《なら》び、沿道《えんどう》の庭園はいまでは色彩《しきさい》豊かな森に姿を変えていた。

三人はいにしえの王国の中心にたどり着いたのだ。そこに、都市の中心に、巨大《きょだい》な城塞《じょうさい》が王冠のようにそびえていた。あれが王国の中心。

レッドストーン城だ。

第26章　レッドストーン城

「なにがあったんだろうな？」ラージャが問いかけた。「戦いがあったようすはない。なのになぜ住民たちはすべてを置きっぱなしでいなくなったんだ？」

パルはボウルを拾いあげた。彼《かれ》が使《つか》い慣《な》れている簡素《かんそ》な器とは大違《おおちが》いで、本物の芸術家《げいじゅつか》の手による優美《ゆうび》な作品だ。

フェイスは松明《たいまつ》を掲《かか》げて旗にじっと見入っていた。すっかり色あせているけれど、細やかな模様《もよう》がかろうじて見て取れる。大広間をいろどるこの旗は貴族《きぞく》や貴婦人《きふじん》たちの誇《ほこ》りだったのだろう。「伝説では、最初の国王と大臣たちが都市に恐ろしい呪《のろ》いをかけたと言われてる。呪《のろ》いを解《と》くすべはなく、それは徐々《じょじょ》に王国じゅうにはびこっていった。人々はそれに対抗《たいこう》できず、最後の試《こころ》みも失敗《しっぱい》に終わって、都市を永遠《えいえん》に捨《す》てるほうが安全だと判断《はんだん》したそうだ」

「お宝《たから》をすべて残して」パルは落ちていたエメラルドを拾ってつけ加えた。壊《こわ》れた塀《へい》をのぼって先へ進み、いまでは樹木が生《お》い茂《しげ》っている一角に入る。木とツタが壁《かべ》を割って天井を突《つ》き破《やぶ》り、自然が生みだした屋内庭園に陽光が差しこんでいた。やわらかいけれど冷たい風が割《わ》れ目《め》から流れこんだ。屋内庭園の大部分は薄暗《うすぐら》く、斜光《しゃこう》が片隅《かたすみ》の一角を照《て》らしているだけだ。

ここにもあの奇妙《きみょう》な黒バラが咲いていた。花を満開にほころばせ、茎はトゲに守られ、花びらはなめらかだ。麝香《じゃこう》のような香りがパルの鼻腔いっぱいに広がって眠気を誘う。

バラの香りが深いところまでしみこみ、頭がくらくらして体が重く感じた。重たい……なにもかもが。地面がゆれて、みんなを呼《よ》ぼうと手を伸《の》ばしても、腕《うで》が体から切り離《はな》されているかのようだ。目はかすみ、フェイスとラージャの姿がどんどん遠ざかっていく。ふたりはパルを置き去りにしていた。

仕方ないよね？　だってぼくがなんの役に立つんだ？　パルはふたりが言葉を交わすのを見つめた。きっとパルの知らない内緒話《ないしょばなし》をしてるんだ。フェイスは別の部屋へ入っていき、ラージャは続きの広間へと向かった。いまラージャがパルを振《ふ》り返《かえ》った？　うん、たぶん。でもそれはただパルを嘲笑《あざわら》うためだ。

パルは黒バラに囲《かこ》まれていた。払《はら》いのけようとしたが、トゲが手の甲に刺《さ》さって顔をしかめる。香りが濃密《のうみつ》になり、パルはふらついてゆっくりしゃがみこみ、膝《ひざ》をついた。どうしてだれも助けてくれないんだ？

おまえなんて助けても意味がないからさ。

そうだね。フェイスやラージャみたいな人たちと肩を並《なら》べられると思った自分がばかだった。最初からふたりの重荷《おもに》でしかなかったのに。もっと前からそうだったんだ、初めてマハラジャ卿《きょう》に助けてもらったときから。何年ものあいだ、パルは屋敷《やしき》の中をうろうろするだけの、消えない影《かげ》みたいなものだった。いまならわかる。マハラジャ卿《きょう》はパルを厄介払《やっかいばら》いしたかったんだ。これまでラージャは義理でパルを雇《やと》っていたけれど、いまではフェイスが、パルよりずっと有《ゆう》能《のう》な従者《じゅうしゃ》がいる。もうお別れのときだ。

ここまでにしよう。土の中に埋《う》もれよう。バラに囲《かこ》まれて横たわって。

パルは指で花びらに触《ふ》れた。とってもやわらかい。でも冷たい。なんでこんなに冷たいんだろう？　いつのまにか疲労感《ひろうかん》で体が重くなり、心も沈《しず》んでいく。

そう、とっても疲《つか》れているんでしょう？　これ以上冒険《ぼうけん》を続けるのは無理なのよ。ここまでが精いっぱい。あきらめましょう。どうせあなたはなんの役にも立たないんだもの。栄光は本物の英雄《えいゆう》たちに譲《ゆず》りなさい。

ふたりのことは友だちだと思っていた。ラージャとは一緒《いっしょ》に育てられたのに。

いいや、パルはラージャの使用人として一緒《いっしょ》に育てられたんだ。だから同じじゃない。

どうしてこんなに疲《つか》れているんだろう？　手足が石のように重たい。体が沈《しず》んでいくみたいだし、黒バラの香りで窒息しそうだ。これからどんな夢《ゆめ》を見るのかな？

なにかがおかしい。パルの視界《しかい》は暗くなり始めた。まわりのものがすべてぼやけて消えていく。それとも消えているのは自分のほう？　両手に目を落とすと、青白くて生命力が感じられなかった。薄《うす》い皮膚《ひふ》の下に骨《ほね》が透《す》けて見える。

「助けて」パルはささやいた。叫ぼうとしても、肺に息が残っていない。

パルは自分を取《と》り囲《かこ》むバラの花に顔を近づけ、眠気をもよおす香りを吸《す》いこんだ。花びらが頬《ほお》ずりしてくる。ここで眠ろう。眠って、もう二度と起きるのはやめるんだ。そう悪いことじゃない。

そうだ、それでいい。こんなに疲《つか》れているんだから。

そのときなにかがチクリとした。片方の頬《ほお》をチクリ、反対の頬《ほお》もチクリ。

うんん……。

だれかに二の腕《うで》をつかまれた。痛《いた》っ！　ただ休みたいだけなのに！

だれだろう？　まぶたがひどく重たかったが、パルは無理やり目を開いた。

ラージャが顔をのぞきこんできて、手のひらでパルの頬《ほお》を叩《たた》く。

「起きろ、パル！」

「起きろ！」

フェイスはパルの足を、役立たずの足をつかんで持ちあげている。「パルを庭園から運びださなきゃ」

どうして？　ここはこんなに平和じゃないか。ふたりともなにをしているんだ？　パルはもう一度土の中に埋《う》もれてしまおうとしたが、ラージャとフェイスに抱《かか》えられているせいで身をよじるぐらいしかできず、ふたりに引きずられていった。

するとバラの香りが薄《うす》れだし、頭がすっきりしてきた。視《し》界《かい》もゆっくりとだが鮮明《せんめい》になり、頭にかかっていた不思議な霧《きり》が晴《は》れて、疲労感《ひろうかん》が消えて体が軽くなった。ラージャとフェイスはパルを庭園から離《はな》れたところまで連れていくと、壁《かべ》に寄りかからせてくれた。どうにか、パルは自分の足で石造《いしづく》りの床《ゆか》をしっかり踏《ふ》みしめた。「自分で立てます」

ラージャは頬《ほお》を叩《たた》こうとふたたびあげた手をさげた。「もう二度と目を覚まさないのかと、一瞬《いっしゅん》ひやっとしたぞ」

パルは頭を振《ふ》った。「なにが……なにが起きたんです？」考えようとしても、うまくいかない。頭に浮《う》かぶ考えをいちいち泥沼《どろぬま》から引きずりださなきゃいけないかのようだ。

「黒バラのせいだ」ラージャが言った。「父上から気をつけるよう言われていたんだった。父上も王国の住民の身になにが起きたのだろうと不思議がっていた。あのバラは住民たちの死を象徴《しょうちょう》しているのだろうと父上は考えていた」

パルは塀《へい》で囲《かこ》われた庭園を振《ふ》り返《かえ》った。「夢《ゆめ》を見ていました」

ラージャはパルの腕《うで》を握《にぎ》る手に力をこめた。「絶望《ぜつぼう》しかない夢《ゆめ》だったんじゃないか、パル？だからきみはあきらめようとした。引き返してきて、きみを見つけられてよかったよ」

パルはいちばん昔からの友だちラージャと、いちばん新しい友だちフェイスを見つめた。「あなたたちに見捨《みす》てられたと思った。そんな夢《ゆめ》を見たんです。自分がひとりぼっちになる夢《ゆめ》を」

「それって、だれにとってもいちばん怖いことよね」フェイスが言った。

パルはぶるりと体を震《ふる》わせたあと、ふたりの仲間へ目をやった。ふたりは彼《かれ》のためにここにいる。ふたりを頼《たよ》りにしていいんだ。そして自分も彼《かれ》らのためにここにいる。この三人がここまでたどり着けるなんてだれも想像していなかったのに、三人は互《たが》いの強みを見つけ、自分では持っていることも知らなかった才能《さいのう》と人を信じる心を発見した。それらを奪《うば》うことは、あの黒バラだってできないのだ。だけど最大の疑問《ぎもん》に対する答えはまだ見つかっていない。王国の住民たちの身になにが起きたんだろう?


三人は静まり返った都市に散らばって探索《たんさく》した。呼《よ》べば声が届《とど》く範囲《はんい》にいて、いつでも戦えるよう武器《ぶき》を手にしていたが、危険《きけん》はなにひとつ見つからなかった。ここの住民はほんとに消えてしまっていた。

でも……。

都市の中ではますます複雑《ふくざつ》な仕組みのレッドストーン回路が見つかった。パルは像の台座や塀《へい》の上に腰かけては、道に敷《し》かれた回路をじっと見つめ、その仕組みを解《と》き明《あ》かそうとした。この奇想天外ですばらしい回路の解析《かいせき》は、一生をかけても飽《あ》きないだろう。ふたたび作動させることはできるんだろうか。

それができたら、すごいよね？

作動させるとしたらどこから？　もちろん、中心からに決まっている。レッドストーン城からに。

そこは城とはいっても、都市の中に作られた都市のようなものだった。ピカピカに磨《みが》かれたブラックストーンと玄武岩で作られた巨大《きょだい》な城館を中心として、それを取《と》り囲《かこ》むように連絡通《れんらくつう》路《ろ》でつながった要塞《ようさい》があり、その大理石でできた屋根は陽光を浴びて輝《かがや》いている。城館のあちこちからは、とがった釘のような黒曜石の塔《とう》や、平らな石や丸い小石で作られた三重や五重の塔《とう》が突《つ》きだしていた。朽《く》ち果《は》てた外壁《がいへき》の一部には監視《かんし》塔《とう》が並《なら》んでいる。

三人は城館に歩み寄り、首を大きくそらして巨大《きょだい》な壁《かべ》を見あげ、そこにちりばめられたラピスラズリと砂岩が描《えが》く複雑《ふくざつ》な模様《もよう》を解読《かいどく》しようとした。

「厳重《げんじゅう》に閉ざされてるね」フェイスが言った。「扉《とびら》だけじゃなく、窓もふさがれちゃってる。

自分たちが出ていったあとは、よっぽどだれにも入ってほしくなかったんだ」

城を捨《す》てておきながら、どうしてそこまで侵入者《しんにゅうしゃ》を気にしたんだろう？　いずれ帰ってくるつもりだったとか？

ラージャが鉄の扉《とびら》を叩《たた》いた。「どうやって中へ入るんだ？」

そう、どうやってだろう？　いにしえの人々はレッドストーン城が半永久的《はんえいきゅうてき》に持ちこたえられるよう作ったはずだ。だから中へ入るには彼《かれ》らが決めたルールに従って、扉《とびら》を開けるしかない。「回路は意図的にバラバラにされてます。正しい配置に並《なら》べ替《か》えれば……じゃじゃーんと開くんじゃないかな」

ラージャは威圧的《いあってき》な扉《とびら》を眺《なが》めた。「あっと驚《おどろ》くような仕掛《しか》けで開くところは見ものだろうな。吟遊詩人《ぎんゆうしじん》がここにいてそのさまを記録できないのが残念だ」

パルはブロックを並《なら》べ替《か》えて新たな回路を試してみたが、なにも起きなかった。ツルハシで扉《とびら》を叩《たた》いてみても、刃先《はさき》がつぶれただけだ。

次はどうしようかと頭を悩《なや》ませたあげく、城の入り口の前にある貯水槽《ちょすいそう》に火打石をぽちゃんとほうりこんだ。濁った水に睡蓮の葉が浮《う》いている。お利口さんはにおいをかいでオエッと鼻にしわを寄せた。

入り口の真ん前なんて、ずいぶん変な場所に貯水槽《ちょすいそう》を設置《せっち》したものだ。出入りするたびにまわりこまなきゃいけないし、入り口の目の前までは乗り物で乗りつけられない――貯水槽《ちょすいそう》があまりにも入り口に迫《せま》っているせいだ。

どうして城への入り口をふさぐように貯水槽《ちょすいそう》があるんだろう？

もしかすると、それがヒントなのかも……。

貯水槽《ちょすいそう》は細長い長方形で、道のように城の入り口までまっすぐ続いている。パルは足元を探し、あるんじゃないかと予想したものを発見した。瓦礫《がれき》で埋《う》まっていたが、ツルハシでほじくりだすと、本来の姿が見えた。排水溝《はいすいこう》だ。

雨水を流すためにしては数が多い。貯水槽《ちょすいそう》の水を流してからっぽにするためのものだ。

パルは貯水槽《ちょすいそう》の壁《かべ》に穴《あな》を開け、汚れた水がゆるい斜面を伝って排水溝《はいすいこう》へ流れ落ちるのを眺《なが》めた。貯水槽《ちょすいそう》の別の面へと走って同じことをする。さらに四度、古い石壁《いしかべ》を壊《こわ》して排水《はいすい》すると、貯水槽《ちょすいそう》の底に……。

回路が現れた。

これだ。「ラージャ！　フェイス！　こっちこっち！」

パルの声に興奮《こうふん》が表れていたのだろう、ふたりは駆《か》けつけてきた。

水が抜《ぬ》けてからっぽになった貯水槽《ちょすいそう》の底のブロックには、入り口とさびついたレバーをつなぐ単純《たんじゅん》な回路が浮《う》かびあがっていた。レバーの持ち手は泥とさびで覆《おお》われている。パルは折《お》れませんようにと願いつつ、両手でレバーをつかんで押し戻した。

扉《とびら》がガタガタと音を立てた。いにしえのピストンが作動し始める。石が金属《きんぞく》をこすり、数えきれない歳月《さいげつ》の果《は》てに、レッドストーン城の鉄の扉《とびら》はうなりをあげて開いた。

第27章　黒いバラ

そびえ立つ黒曜石の柱が支《ささ》えるガラスの天井から、あたたかみのない陽光が広大な玄関《げんかん》ホールへと絶《た》えず降《ふ》りそそいでいた。青緑色のプリズマリンと染色《せんしょく》したテラコッタが複雑《ふくざつ》な模様《もよう》を描《えが》く敷石《しきいし》に三人の足音がおごそかに反響《はんきょう》する。レッドストーン回路がからみ合うようにして四方へ延《の》び、反復装置《はんぷくそうち》がなんらかの規則性《きそくせい》をもって設置《せっち》されていた。

信号送信機《コンパレーター》は次々と順番に扉《とびら》を開いて壇《だん》を上昇させ、広間からあちこちへ延《の》びている真っ暗な廊下《ろうか》にグロウストーンの明かりを点灯《てんとう》させた。

「入り口の扉《とびら》を開けたことで、古い回路が動きだしたんだ」パルは、目を覚まして大きな口を開ける獣《けもの》のおなかへ、舞《ま》いあがる埃《ほこり》とともに吸《す》いこまれたような気分だった。「城が、長い長い眠りからよみがえったんだ」

回路が息を吹き返してさまざまな仕掛《しか》けが動きだすさまに、ラージャは圧倒《あっとう》されて目を見開いている。「たどり着いたな。ぼくらは本当にたどり着いたんだ」

かぎまわるのが好きなお利口さんはいつもとようすが違《ちが》っていた。ラージャのそばをほとんど離《はな》れようとせず、しっぽはだらりと垂《た》れている。影《かげ》に向かってうなったり、長いこと見捨《みす》てられていた玄関《げんかん》ホールや廊下《ろうか》を渡《わた》る奇妙《きみょう》な冷たい風を受けて、くうんと鳴いたりしている。

たしかに城にはたどり着いた。けれどもこの場所にまつわる謎《なぞ》は残ったままだ。こんなにすばらしい城をどうして捨《す》てたんだろう？　パルは大きく開かれた入り口を振《ふ》り返《かえ》った。いにしえの人々との知恵比べに勝って、いまや自由に城へ出入りできるようになったけれど、なぜかしてはいけないことをやってしまった気がする。

なぜこんなに厳重《げんじゅう》に入り口を封鎖《ふうさ》していたんだ？

三人は思いきって城の奥《おく》へと向かうため、静まり返っている長い廊下《ろうか》を進んだ。城館内は大部分が崩壊《ほうかい》していた。回路の一部はとうの昔にいなくなった住人たちのためにいまも作動している。城館内には線路が走っていて、ひとつの建物というより、もはや壁《かべ》に囲《かこ》まれた都市だ。ドラゴンの巨大《きょだい》な石像《せきぞう》が、植物が伸《の》び放題《ほうだい》の庭園を見守っている。ここの倍はある都市でも余《よ》裕《ゆう》で養《やしな》えるぐらい大量の果物《くだもの》や野菜があちこちで勝手に育っていた。ニンジン畑にカボチャ畑、キノコ畑があり、竹がそよぐ木立《こだち》もあった。三人は壊《こわ》れたニワトリ小屋と家畜用《かちくよう》の囲《かこ》いの前を通《とお》り過《す》ぎた。

もちろんここにも、黒バラがあった。ひっそりとした場所に咲き、廊下《ろうか》の奥《おく》では分厚《ぶあつ》い絨毯みたいに群生し、塔《とう》をのぼって壁《かべ》に張《は》りつき、毒《どく》と魅力の両方を持つ邪悪《じゃあく》な花びらを輝《かがや》かせている。お利口さんは人間よりも危険《きけん》に敏感《びんかん》で、バラに近づくとうなり声をあげた。

「暗くなってきたな」ラージャが言った。「今夜はここで寝よう」

もう暗くなったんだ？　パルは時間の経過《けいか》に気づかなかった。「ぼくは疲《つか》れてません。もうちょっとだけ探索《たんさく》してきます」

「探索《たんさく》する時間は明日たっぷりある。あさってでも、必要ならそのまた次の日もな」ラージャはリュックの中から骨《ほね》を取りだしてお利口さんへほうってやった。

「まず最初にやることがあるでしょ？」パルは言った。

オオカミをなでていたラージャが顔をあげた。「なんのことだ？」

「あなたはさっきから少しも騒《さわ》ごうとしない。ここはレッドストーン城ですよ、世界の果《は》てに立つ城です。あなたは、お父上でさえ唯一《ゆいいつ》やり遂《と》げることのできなかった冒険《ぼうけん》の旅を成功させたんだ。ここは、やった、やったと大喜びするところでしょう」

「……喜んでるさ。お祝いにキノコシチューをほしい人は？」

「ぼくの分は残しておいてください。ちょっとだけそのへんを見てきます」

フェイスがパルの肩をぴしゃりと叩《たた》いた。「あんまり遠くまで行かないでよ、いい？」

パルはランプに照《て》らされた廊下《ろうか》をゆっくりと歩き、その造《つく》りを理解《りかい》して、いにしえの建築者《ビルダー》たちの考えを吸収《きゅうしゅう》しようとした。やがて、いつのまにか城の中でもっとも古い場所に入りこんでしまっていた。

そこはあちこち崩《くず》れて天井が低く、余計な装飾《そうしょく》はいっさいないただの部屋で、城館内の壮麗《そうれい》なほかの場所とはまるで違《ちが》っている。ひんやりとする風が壊《こわ》れたアーチ道とがらんとした広間を音を立てて吹き抜《ぬ》けていく。屋根の隙間《すきま》から差しこむ一条の月光が黒バラをキラキラ輝《かがや》かせていた。月の光を受けた花びらはまるで血塗《ちぬ》られているようだ。

パルはうなじに息がかかるのを感じた。

うしろにだれかいる。

パルはあわてて振《ふ》り返《かえ》った。冷たい石からよみがえった幽霊《ゆうれい》か？　ゾンビたちがここまで追ってきた？　みんなから離《はな》れるんじゃなかった。第一のルールを破《やぶ》ったりするから、ばちが当たったんだ。

「わっ、びっくりするじゃない」声をあげたのはフェイスだ。「あたしよ」

「驚《おどろ》かさないでくれ！　心臓《しんぞう》が止まるところだったよ！」

「あなたがいなくなったから、心配してたんだよ」彼女《かのじょ》は首をうしろへめぐらせた。「ラージャ！　こっちにいたよ！」

愉快《ゆかい》な仲間たちの残りのメンバー、ラージャとお利口さんがこっちへやってくる。ラージャは口の汚れを手でぬぐった。「きみの分のシチューは冷めてしまったぞ」

「迷子《まいご》になったわけじゃないんです。もとの場所までひとりで戻れました。どのみちほかに出口はなさそうだ。いにしえの人たちはこの城を完全に密閉していたようです」

三人は特に暗い一角へ近づいた。なぜかそこだけランプがついていない。回路が壊《こわ》れたのだろう。修理《しゅうり》する人がいなくなって長い歳月《さいげつ》が経《た》っているのだから当然だ。多くがまだ動いていることのほうが驚《おどろ》きだった。そう考えながら歩いていたパルはぎょっとして足を止めた。

お利口さんはうなり声をあげて毛を逆立て、目をらんらんと輝《かがや》かせて威嚇《いかく》している。ラージャはオオカミの背《せ》に手を置いた。「お利口さんがなにかかぎつけた。なにかいやなものを」

大きな影《かげ》は光をのみこんでいた。ゆれる松明《たいまつ》の明かりに照《て》らされても影《かげ》は消えず、さらに黒さを増《ま》している。まるですべてを食らいつくす虚無《きょむ》だ。

影《かげ》が動いた。目の錯覚《さっかく》じゃない。じっとしていた巨大《きょだい》な影《かげ》のかたまりが、石造《いしづく》りの安息所から起きあがったのだ。影《かげ》は眠っているあいだに積《つ》もった埃《ほこり》としおれたバラの花びらを振《ふ》るい落とすと、ハァーーっと音を立てた。

お利口さんがあとずさり、みんなもそうするよう不安げに吠《ほ》えた。

パルもうしろへさがった。影《かげ》には頭部があり、その目はパルの心に恐怖と寒気を注ぎこみ、思わず身をすくめそうになった。その瞬間《しゅんかん》、頭がもうひとつぐるりとこっちを見た。続いて三番目の頭が現れる。頭が三つあるばけものはゆらゆらと床《ゆか》から浮《う》きあがった。なにが自分を目覚めさせたのかと、黒い粒子《りゅうし》をまき散らしてゆっくり振《ふ》り返《かえ》る。

「なによ、あれ?」フェイスは矢をつがえながら言った。

　これがいにしえの人々が抱《かか》えていた最大の秘密だったのだ。この王国が沈黙《ちんもく》のうちに終焉《しゅうえん》を迎《むか》えた原因。

　彼《かれ》らはだれも入れないようにするために、城を閉ざしたのではなかった。こいつを閉じこめておくために城と王国を捨《す》てたのだ。この恐ろしいばけものがレッドストーン城の外へ出ていかないように。

　なのにパルは入り口の扉《とびら》を開け放ってしまった。

　パルはフェイスの肩をつかんだ。「逃《に》げよう」

「でも、あれはなんなの？」彼女《かのじょ》がたずねる。

　その答えはラージャが知っていた。おびえた目を見れば明らかだ。国中で人々を苦しめているモンスターのことなら、すべて話を聞かされている。ラージャはお利口さんとあとずさりし始めながらも、目の前に浮遊《ふゆう》している恐ろしいばけものから目をそらせないでいた。

「ウィザーだ」

第28章　ウィザー

三人は走った。どこを目指すでもなく、とにかく全速力で逃《に》げた。「ウィザー？」息をつぐために立ち止まり、自分たちのいる場所を確《たし》かめながら、パルは言った。「あれはお父上の作り話じゃなかったんですか！」

「なんで作り話なんかする？」ラージャはそう言ってポーションを確認《かくにん》した。あんなばけものに対抗《たいこう》できるポーションがひとつでもあるのだろうか？　お利口さんはラージャのうしろに隠《かく》れて情《なさ》けない声をあげている。

「最高にぞくぞくする話だったじゃないですか。ひんやりとする暗い夜にぴったりのおばけ話だ。それにお父上は話が上手だったから」

「父上がしゃべるのは自分のことばかりだ」ラージャは言った。「でも……そうだな、話はおもしろかった。それにあれはすべて父上の体験談だぞ」

「じゃあ、お父上はウィザーと戦ったことがあるんですか？　どうやって倒《たお》したんです？」

ラージャは首を横に振《ふ》った。「父上以外、仲間は全員殺されてる。父上は命からがら逃《に》げ帰ったんだ」

フェイスは廊下《ろうか》の角をのぞきこんだ。「音がする、行こう！」

うしろの壁《かべ》がいきなり爆《ばく》発《はつ》し、もうもうと舞《ま》いあがる埃《ほこり》に三人はむせ返った。瓦礫《がれき》の向こうからウィザーが現れ、真っ黒な頭《ず》蓋《がい》骨《こつ》を爆《ばく》弾《だん》のように発《はっ》射《しゃ》してくる。爆《ばく》発《はつ》のせいで耳鳴りがしたが、フェイスはすぐさま振《ふ》り返《かえ》って矢を放った。この距《きょ》離《り》ならはずしはしない。矢が刺《さ》さっても、モンスターはほとんどびくともしなかった。お利口さんは突《とっ》進《しん》してウィザーにがぶりと噛《か》みつき、すぐさま戻ってきた。ラージャがポーションの瓶《びん》を投げつける。ウィザーは悲鳴をあげ、体の一部がドカンと爆《ばく》発《はつ》した。その衝《しょう》撃《げき》であたりのものは粉《こな》々《ごな》になり、三人も吹き飛ばされた。

フェイスはぶるりと体を振《ふ》り、反《はん》射《しゃ》的《てき》に弓を調べて壊《こわ》れていないのを確《たし》かめた。「なにを投げつけたの？」

ラージャはすでに次の瓶《びん》を手にしている。「治癒《ちゆ》のポーションだ。不死者《アンデッド》に対してポーションはすべて反対の効果《こうか》があると父上が言っていた」

「間違《まちが》ってなかったみたいだね」

「走れ！」頭蓋骨《ずがいこつ》が飛んでくる中でパルは叫んだ。

城の入り口まで引き返して扉《とびら》を閉ざし、このモンスターを閉じこめないと。いにしえの人々によって城に封印《ふういん》されていたウィザーが外へ出ようとしている。そんなことになったら、安全な場所はどこにもなくなり、みんなが危険《きけん》にさらされてしまう。

「こっちだ！」パルはお利口さんを引き連れて、廊下《ろうか》の角で振《ふ》り返《かえ》った。「急いで！」

ふたりはどこだ？　さっきまですぐうしろにいたのに！

はぐれてしまった！

城館内には戦闘音《せんとうおん》が響《ひび》き渡《わた》っていた。隣《となり》の部屋から聞こえるかと思えば、次の瞬間《しゅんかん》にはラージャとフェイスは地平線のかなたにいるかのようだ。でもどこにいるのであれ、ふたりはまずいことになってる。くぐもった爆発音《ばくはつおん》がいくつも続いて城館がゆれた。状況《じょうきょう》が目まぐるしく変わっている。

吠《ほ》えたてて走っていこうとするお利口さんをパルはつかむと、手近な部屋に入った。ラージャを心配するあまり噛《か》みついてはこないとはいえ、走っていかせて迷子《まいご》にさせるわけにはいかない。「ぼくといるんだ。一緒《いっしょ》にラージャたちを見つけよう、いいね？」

オオカミは不服そうな声をあげながらも、パルの言うことを聞いてくれた。

戻ってふたりを助けないと！　でも居場所がわかったところで、なにができる？　パルは持ちものを確認《かくにん》した。ただのツルハシだけじゃ、たいしたことはできない。それにふたりはどこだ？

松明《たいまつ》を掲《かか》げて、あたりをゆっくり見まわしてみた。火明かりがテーブルやさびついた鉄のブロック、ゆがんだ木材、埃《ほこり》をかぶった石、さまざまな色合いと質の鉱石《こうせき》に反射《はんしゃ》する。埃《ほこり》の下には古代の道具、本棚《ほんだな》までいくつかあるが、書物や巻物《まきもの》はとうの昔にぼろぼろになっていた。戸口のそばにはレバーがある。それを引くと、さびがばらばらと落ちて金属《きんぞく》がきしんだ。そのあとゆっくりと照明《しょうめい》が点灯《てんとう》し、グロウストーンの琥珀色《こはくいろ》のまだらな明かりが部屋を照《て》らした。

お利口さんは巨大《きょだい》な部屋をうろついている。そこにはテーブルが一定の間隔《かんかく》で並《なら》び、素材《そざい》がすべてきれいに並《なら》べられたまま放置されていた。パルは積《つ》みあげられた延べ棒《インゴット》にさっと手をすべらせた。埃《ほこり》の下にあるのはほとんどが鉄で、表面はあちこちさびが浮《う》いているものの、いまだに頑丈《がんじょう》そうだ。石、ダイヤモンド、エメラルド、黒曜石、それにもちろんレッドストーンもあった。いろいろたくさんありすぎて、すべて調べるには何時間もかかるだろう。

この部屋は工房だったらしく、何列もずらりと並《なら》ぶ作業台の上に、道具と素材《そざい》が置かれたままになっている。かつてはハンマーやツルハシ、のみの音がカンカンと響《ひび》き渡《わた》り、技術者《エンジニア》や建築者《ビルダー》が傑作《けっさく》を生みだしていたのだろう。できあがったものはトロッコに積《つ》まれてどこかの目的地へ運ばれたんだ。パルは恐怖で胸が締《し》めつけられているにもかかわらず、畏敬《いけい》の念《ねん》に打たれてその場に立ちつくした。

棚《たな》にある書物は？　きっと魔術《まじゅつ》の本だ。こんな場所に図書室がある理由はほかにないよね？　もう少し探せば、大釜《おおがま》や醸造用《じょうぞうよう》の道具、素材《そざい》の瓶《びん》でいっぱいの棚《たな》も見つかるはずだ。ここでなら、時間さえあればなんだって作ることができるだろう。なんだって。

時間さえあれば。

だがパルには、その時間がないのだ。

本棚《ほんだな》に駆《か》け寄《よ》り、次々に本を引きだしたが、どれも手に取るなりぼろぼろと崩《くず》れた。中身を読めるような本は一冊もない。あるのは作りかけの剣《けん》に、鎧《よろい》の部品だ。ダイヤモンド、それにネザライトが材料のものまである。あとは魔法を付与《エンチャント》さえできれば、ウィザーにも負けない最強の剣《けん》と鎧《よろい》ができるのに、そうする方法がパルにはわからなかった。別の手段《しゅだん》を見つけるしかない。

がんばれ、パル。必要なものはすべて目の前にある。なにか思いつけ！

武器《ぶき》をたくさん作るとか？　だけど最強の鎧《よろい》を身につけて最強の武器《ぶき》を持ったとしても、ここにいる仲間は三人だけだ。それじゃウィザーは倒《たお》せない。ほしいのは軍隊《ぐんたい》だ……。

ひとつの考えが思《おも》い浮《う》かび、パルはトロッコへ駆《か》け戻《もど》った。伸《の》び放題になっていた庭園の野菜畑まで引き返そう。カボチャがたくさんできていた畑に。

どのレバーを引けばあそこへ戻れるんだろう？　工房からは無数の線路が出ていて、別々の方向へ向かう十以上のトンネルにつながっている。選択《せんたく》を間違《まちが》えれば、都市の裏側へ行きかねない。

ストップ。パニックになったらだれも助けることができないだろ。

パルはピラミッド形に積《つ》みあげられた鉱石《こうせき》の上にのぼった。そこからは工房の造《つく》りが一望できる。古代でも一種の流れ作業をしていたようだ。うん、すべて秩序だてて配置されているぞ。

工房内はいくつかの区画に分かれていた。建築用《けんちくよう》の区画。武器《ぶき》と防具《ぼうぐ》用の区画。あそこには金床《かなとこ》の列が待っている。きっとあそこでエンチャントをされたんだ。あそこでトロッコに積《つ》まれて運びだされ、荷下《にお》ろしされて魔法を発揮《はっき》したんだろう。

おや、農業用の区画もある。家畜小屋《かちくごや》やツルハシやシャベルが見えるし、あそこに並《なら》んでいるかまどは、城館に暮《く》らす膨大《ぼうだい》な数の人々に昼夜料理を作り続けたんじゃないかな。長テーブルの上ではボウルとバケツがいまも待機中《たいきちゅう》で、ぽろぽろしたものは小麦の山だったんだろう。生の食材がここへ運ばれてきて、調理後《ちょうりご》に送りだされたんだ。すべての作業は段取りに沿《そ》って進められていたらしい。

パルはトロッコのひとつに乗りこんだ。自殺行為のような気もするが、もうこうするしかない。「どうした？　ぐずぐずしないで乗って！」

お利口さんはパルの膝《ひざ》へと飛びのった。ひょっとしたら最後は友だちになれるかもしれない。

パルはトロッコ内に設置《せっち》されたレバーを引《ひ》っ張《ぱ》って、トロッコを発車させた。

第29章　ラージャの勇気

フェイスは崩《くず》れ落《お》ちるようにして壁《かべ》にもたれかかった。胸は焼けるように熱く、全力疾走《ぜんりょくしっそう》のせいで脚《あし》が痛《いた》み、もう立っていられない。胸当《チェストプレート》てに締《し》めつけられて息が苦しいけれど、はずせば体を防御《ぼうぎょ》できない。呼吸《こきゅう》さえ整えば。フェイスは剣《けん》の柄《つか》を握《にぎ》りしめている手に意識を向けて、なんとか指をゆるめた——でも剣《けん》をおろしはしなかった。そんなことは絶対《ぜったい》にできない。拾いあげる力が残っているかどうかわからないのだから。

ラージャは石壁《いしかべ》に頭をもたせかけて目を閉じ、大きく息を吸《す》いこんでいた。そうしながらも両手はポーションの瓶《びん》にのせてあり、危険《きけん》になればいつでも使えるようにしている。気づかなかった、マハール・タウンにいたあいだに、彼《かれ》はジェーンとふたりでこんなにたくさんポーションを醸造《じょうぞう》していたんだ。彼《かれ》は自分だけの特別な才能《さいのう》を見出せた。けれど、それだけでこの戦いに勝てるだろうか？

ウィザーの気配はない。でもどこか近くにいて、人けのない広間や廊下《ろうか》をうろつき、生きている人間のにおいを頼《たよ》りに、ふたりを捜《さが》しているはずだ。遅《おそ》かれ早かれきっと見つかる。

「なんだか……攻撃《こうげき》すればするほど、ウィザーは強くなっていく気がする」ラージャが言った。

「そんなことがあるのか？」

「ウィザーに関しては理屈はいっさい通じないよ。なにせ頭が三つあるんだもん。あれって、どういう仕組み？」

ラージャは笑い声をあげた。少なくとも笑い声らしき、しゃがれた弱々しい音を。「三つの頭同士で戦わせることができれば問題解決《かいけつ》なんだが」

彼女《かのじょ》はただうなずいた。

「ほら、フェイス。これを飲んで」ラージャはポーションをひと瓶《びん》差しだした。「体が楽になる」

フェイスは栓《せん》を開けて飲み干した。「ひっどい味」

「ジェーンのスペシャルレシピのひとつだ」

いやいや飲んだものの、フェイスはみるみる疲《つか》れが取れるのを感じた。元気がみなぎっていくみたい。心地よいぬくもりが胸に湧《わ》き起こり、手足から指の先まで広がってチリチリする。呼吸《こきゅう》が楽になり、重すぎて持ちあげられないように思えた剣《けん》が急にひょいと軽くなった。「いまのはなんのポーション？」

「再生《さいせい》のポーション」

「まだある？」もう何本か飲めば、一日中だって戦えて、ウィザーを葬《ほうむ》り去ってやれそう。

彼《かれ》は首を横に振《ふ》った。

「自分の分を残しておかなかったの？」

ラージャは力なく微笑《ほほえ》んだ。「ぼくよりきみのほうが必要としてただろう」

「あなたって、すっかり変わったね、ラージャ」フェイスは言った。「お父さんもきっとあなたを誇《ほこ》りに思うよ」

「ぼくの冒険譚《ぼうけんたん》が父上の耳に届《とど》くことがないのは残念だ」

フェイスは立ちあがった。「まだ終わりじゃないでしょ」

逃《に》げようと思えば逃《に》げられる気はする。正面の入り口を目指して走ればいいだけだ。けれどそこから逃《に》げだせば、ウィザーも外へ出てしまう。あのモンスターはすでにこの王国を滅《ほろ》ぼしているのだ。外の世界を勝手にうろついたら、いったいなにをするだろう？　ウィザーが雷《かみなり》ケ峰《みね》や海を越《こ》えてしまったら？　どんな村や町や都市も無事ではいられない。世界はあの不吉な黒バラで覆《おお》いつくされてしまうだろう。

パルとお利口さんはどこにいるの？　いつのまにかはぐれてしまった、離《はな》れてはいけなかったのに。バラバラになるのは厳禁《げんきん》……。無事だといいけれど。もしかしたらパルはお利口さんにおいをたどらせてふたりを捜《さが》している最中かもしれない。それか、逃《に》げだしたのかも。そうだとしても、責《せ》めはしない。

わたしとラージャでウィザーを倒《たお》せる？　ふたりだけで？

ポーションはもう残り少ない。フェイスの力じゃ、与えられるダメージはたかが知れている。ウィザーは溶岩《ようがん》の中さえ平気で突《つ》っきってきそうなモンスターなのだから！

遠くから矢を射《う》っているうちは楽勝に思えたけれど、それはウィザーが爆発《ばくはつ》するまでのことだった。これで決着、モンスターのボスを倒《たお》したと喜んでいたら、もうもうとあがる白煙《はくえん》の中からウィザーがふたたび現れ、しかもその体はより強さを増《ま》してフェイスの矢をはじくようになっていた。だから彼女《かのじょ》はラージャと逃《に》げだした。ウィザーは大理石の壁《かべ》を壊《こわ》し、ふたりに一瞬《いっしゅん》たりとも休む隙《すき》を与えなかったが、フェイスたちはそこでトロッコを見つけ、それに乗りこんで逃《に》げたのだ。

ここはどこだろう？　迷宮《めいきゅう》の中で謎《なぞ》めいた未知の場所に迷《まよ》いこんでしまった。用心しなきゃ。そのへんのブロックに感圧板《かんあつばん》が隠《かく》されていて、壁《かべ》が動いて部屋の造《つく》りが変わる仕掛《しか》けになっているかもしれない。気をつけないと、通ってきた廊下《ろうか》が跡形もなく消え去り、永遠《えいえん》に城をさまようはめになってしまうかも。

ハァーーっと、ウィザーのうつろなかすれ声が聞こえてフェイスは凍《こお》りついた。

「そっちの具合はどう？」フェイスは問いかけた。ラージャはかなりのダメージを負っているんじゃないかな。

彼《かれ》はさっきの爆発《ばくはつ》で焦《こ》げたひげをなでた。「その質問はあとにしてくれ」

あの頭蓋骨爆弾《ずがいこつばくだん》のせいでふたりとも煤《すす》で真っ黒だが、ラージャは顔色が悪そうに見えた。立ちあがるのにもひと苦労で、動作がのろい。心配そうなフェイスの視線に、彼《かれ》は気がついた。

「ぼくは大丈夫《だいじょうぶ》だ。嘘《うそ》じゃない」

ここで口論《こうろん》しても意味はないか。

「あたりになにかないか調べてみる」フェイスは廊下《ろうか》へ出ていった。その先では木や石、鉄や金と、さまざまな板で作られた床《ゆか》が複雑《ふくざつ》な格子《こうし》模様《もよう》を描《えが》いていた。ただの装飾《そうしょく》かもしれなかったが、レッドストーン城でなにか学んだことがあるとしたら、放棄《ほうき》されたこの都市ではあらゆるものに隠《かく》れた目的があるってことだ。

ハァーーっと不気味な呼吸音《こきゅうおん》が大きくなってきた。どこから来るのかは見当もつかないけれど、たしかに近づいている。もうすぐここまで来そう。

これが最後の戦いだ。

フェイスは弓をかまえた。「ラージャ、床《ゆか》の板をどれか選《えら》んで」

「木のやつでどうだ?」

彼女《かのじょ》は矢をつがえ、次の瞬間《しゅんかん》には矢が宙《ちゅう》に弧《こ》を描《えが》いて、木製《もくせい》の板の中心に命中した。

両側の壁《かべ》が飛びだしてきて、廊下《ろうか》の中央でガチンとぶつかった。

ラージャがうなずいた。「いいね。ピストンを使った罠《わな》か。金の感圧板《かんあつばん》は?」

新たな矢が飛ぶ。金の板に当たった瞬間《しゅんかん》、廊下《ろうか》の一箇所《いっかしょ》から炎《ほのお》が噴《ふ》きだした。

フェイスは顔をしかめて次の矢を引き抜《ぬ》いた。「たいした助けにはならないね。ウィザーは炎《ほのお》はへっちゃらだもん。石を狙《ねら》ってみる？」

ラージャがうなずいた。

今度は……なにも起きない。ううん、なんにもってわけじゃない。遠くでなにかがこすれる音がして、天井のブロックがいくつかゆれ、隙間《すきま》から埃《ほこり》が降《ふ》ってきたけれど、それで終わり。石の板がはるか昔にどんな仕掛《しか》けを作動させていたのであれ、もう機能《きのう》していないようだ。次は鉄を試したが、これも変化なしだった。

ラージャは廊下《ろうか》を見渡《みわた》した。「じゃあ、鉄と石は安全だな。ウィザーにぼくらを追いかけさせておいて、木の感圧板《かんあつばん》を踏《ふ》んでウィザーを叩《たた》きつぶすことはできそうだ。それで倒《たお》せる可能《かのう》性《せい》はあると思うか？」

「感圧板《かんあつばん》が全部機能《きのう》するって保証《ほしょう》はないし、どうだろう。数百枚はありそうだけど」

「残された手はこれだけだろ、フェイス」

感圧板《かんあつばん》の仕掛《しか》けが決め手になるとは思えない。フェイスは弓と矢筒《やづつ》をラージャに渡《わた》した。

「これを使って」

「きみはどうするんだ?」

フェイスは剣《けん》を持ちあげた。「ここへ誘いこむには、だれかがおとりにならないとね」

「一緒《いっしょ》にいなきゃだめだ。バラバラになるのは厳禁《げんきん》。それが第一のルールだろ」

「パルとはもうはぐれちゃったでしょ。賭《か》けだけど、やってみなきゃ。いちかばちかだよ、ラージャ」ウィザーは間違《まちが》いなくすぐそばまで来ている。でも、どこから現れるの? 「心配しないで。すぐにこっちへ引き返してくるから」

「ぼくがついていっても、きみの足を引《ひ》っ張《ぱ》るだけってことか。わかった。いいよ。ここで待ってる。迷子《まいご》になるなよ」

フェイスはにこりとした。「すぐに戻ってくるって」

そしてヘルメットをしっかりかぶり直して、ウィザーを捜《さが》しに行った。

第30章　廃墟《はいきょ》の戦い

手入れのされていない野菜畑が目に入るなり、パルはトロッコのレバーを思いっきり引いた。車体がゆれて、お利口さんは前に転がってキャンと鳴き、車輪がキキーッと大きな音を立てたが、トロッコはやがて停車した。お利口さんがトロッコから飛びおり、膝《ひざ》の上から大きな動物がいなくなって、パルはほっとした。

片手にはクワ、反対の手にはバケツを持って自分もトロッコからおりる。急いで作業しないと。城館の奥《おく》からは物音がしなくなっている。ラージャたちが逃《に》げるか隠《かく》れるかできたからだといいけれど。まさかウィザーがふたりを……。

そんなふうに考えるな。ふたりはきっと生きている、いまはまだ。

この菜園もかつては大事にされていたんだろう。温室が――いまではガラスがほとんど割《わ》れている——あるし、用水路や低い塀《へい》で仕切られたハーブ園の名残《なごり》もある。お利口さんは花の垣《かき》根《ね》に沿《そ》って走っていた。昔はあの垣根《かきね》も仕切りの役目を果《は》たしていたんだろうが、いまではぼうぼうに伸《の》びて畑と一緒《いっしょ》になってしまっている。畑の真ん中では、遠い昔に風が運んだ種子が育って木立《こだち》を作っていた。黒バラがやたらと咲いていたものの、パルとお利口さんは近づかないようにした。やがてオオカミがワンと吠《ほ》えた。

「どうしたんだい？　なにか見つけた？」

カボチャ畑だ。オレンジ色の大きなカボチャが土の上にでんとのっかって、四方八方へツルを伸《の》ばしている。パルは手につばをかけてシャベルをしっかり握《にぎ》ると、作業に取りかかった。トロッコにできるだけたくさんカボチャを積《つ》んで一度に運ぶ必要がある。それで充分《じゅうぶん》かどうかは自信がないが、もう日は傾《かたむ》き、友人たちには時間が残されていない。パルはシャベルを地面に突《つ》き刺《さ》し、ひとつ目のカボチャをもぎ取った……。

どこにいるのよ？　フェイスは剣《けん》を握《にぎ》り直し、うすぼんやりした暗がりを見透《みす》かそうと目を凝《こ》らした。レッドストーン城って名前より、〝うすぼんやり城〟のほうがぴったり。でも、〝うすぼんやり城〟じゃだれも探検《たんけん》に来ないか。

がらんとした廊下《ろうか》にフェイスの足音が響《ひび》き、それに負けじと自分の心臓《しんぞう》もドクンドクンと大きな音を立てているが、ほかにはなんの音も聞こえない。ウィザーはどこか別のところへ行ってしまったのかな？　トロッコに乗って湖畔《こはん》にでも遊びに行って、いまごろはつま先を、つま先があればだけれど、ぴちゃぴちゃ水につけているのかもしれない。モンスターにだって息抜《いきぬ》きは必要なんじゃない？

レッドストーン城はわけのわからない造《つく》りだ。廊下《ろうか》を進むと扉も窓もない壁《かべ》に突《つ》き当たったり、意味もなく階段があったり。崩《くず》れ落《お》ちた屋根にふさがれた広間もあった。屋根の割《わ》れ目《め》から夕日が差しこんでいる。もうじき夜だ。

闇《やみ》の中、無人の廃墟《はいきょ》でウィザー退治《たいじ》か。なんでこんなことになっちゃったんだろ？

怖い。でも、それだけじゃない。フェイスはわくわくしていた。

意外なことに、追いつめられるほど、状況《じょうきょう》をはっきりと見極《みきわ》められるようになるのだ。ゾンビに襲われたときにもそれは感じた。不死者《アンデッド》に取《と》り囲《かこ》まれながらも心の中は冷静で、なにをすればいいのか、生《い》き延《の》びるためにどう行動すればいいのかが、なぜかすぐにわかった。パルたちはあわてすぎていて、フェイスの指示《しじ》を疑《うたが》うこともしなかった。そのおかげで全員助かったのだ。

選択肢《せんたくし》が少なくなると、選《えら》ぶべき道が瞬間的《しゅんかんてき》にわかるみたいだ。できないことを嘆《なげ》いたり、こうじゃなくてああだったらずっとよかったのにと考えたりしたって、どうにもなりはしない。そうよ、選択肢《せんたくし》がないなら、いまできることを全力でやるしかない。

さて、ウィザーはどこだろ？

それにパルは？　彼《かれ》がどこへ消えたのかを示《しめ》す手がかりでも見つかればいいなと思ってたんだけど。

だけど一度にひとつのことに集中しよう。いまは――。

フェイスはぴたりと動きを止めた。

みしっと音がする……左の壁《かべ》のほうからだ。巨大《きょだい》なブロックのあいだを埋《う》める漆喰《しっくい》がひび割《わ》れて、ぽろぽろ廊下《ろうか》にこぼれ落ちている。

フェイスは壁《かべ》がゆれるのを見つめたままあとずさりを始めた。

「ラージャ、矢をかまえていてちょうだいよ……」

壁《かべ》のブロックがドンとゆれた。ブロックの一個が数センチ飛びだす。

次の衝撃《しょうげき》はフェイスの足と歯に伝わってきた。壁《かべ》にこんな一撃《いちげき》を与えてくるのは……。

フェイスは剣《けん》をしっかり握《にぎ》りしめた。なんだか急に剣《けん》が小さくて頼《たよ》りなげに見える。彼女《かのじょ》はさらに一歩さがった。

ついこの前まで、フェイスは村から出てきたばかりのただの田舎娘《いなかむすめ》で、有名な英雄《えいゆう》の息子と、その従者《じゅうしゃ》にくっついているだけだった。いくつかかすり傷《きず》は負ったものの、命の危険《きけん》にさらされたことはただの一度もなかった。そんな英雄《えいゆう》ごっこがずっと続くんだろうなと思っていた。ゾンビと戦って、スケルトンを倒《たお》し、クリーパーに吹き飛ばされる前にポンと煙《けむり》にしてやるのが自分たちにとっての冒険《ぼうけん》なんだと。あの程度のモンスターたちなら単純《たんじゅん》な戦法でやっつけることができた。初めて暗がりからゾンビが出てきたときだって、怖いとも思わなかった。シャベルを握《にぎ》って、近づいてきたやつから順番に頭を叩《たた》きつぶしてやったのを覚えている。

ブロックがガラガラと壁《かべ》から落ちてきた。

壁《かべ》にできた穴《あな》から、憎《にく》しみに満ちた片目がのぞきこみ、ギョロギョロと動く。フェイスはその場に凍《こお》りついた。瓦礫《がれき》の陰《かげ》に隠《かく》れている彼女《かのじょ》に、向こうは気づかないかもしれない。

片目がカッと見開かれた。

そんなうまい話はないか。

ウィザーの次の一撃《いちげき》で壁《かべ》は全壊《ぜんかい》した。ブロックが飛んできてフェイスのまわりで砕《くだ》け、鋭《するど》い破片《はへん》の雨が降《ふ》りそそいで鎧《よろい》に跳《は》ね返《かえ》り、頬《ほお》を切る。

廊下《ろうか》に巻《ま》きあがった埃《ほこり》の中から巨大《きょだい》な頭部がぬっと現れた。続いてふたつ目、三つ目と頭が出てくる。ハァァーーーっと、三つの喉《のど》からぞっとするほど不気味なうなり声があがり、六つの目すべてに殺意がみなぎる。モンスターが黒い頭蓋骨爆弾《ずがいこつばくだん》を出現させると、気温がぐんぐん上昇した。

やった。モンスターを発見した。

次はこいつを倒《たお》さなきゃ。フェイスはウィザーをにらみ返した。「かかってこい」

一発目の頭蓋骨爆弾《ずがいこつばくだん》は盾《たて》でなんとか払《はら》いのけた。頭蓋骨《ずがいこつ》は壁《かべ》にぶつかって爆発《ばくはつ》し、火のついた灰が降《ふ》りそそぐ。フェイスはしゃがみこんで二発目をかわすと、くるりと背中《せなか》を向けて走りだした。三発目が真うしろで炸裂《さくれつ》し、その衝撃《しょうげき》で彼女《かのじょ》は危うく転びかけた。城館内はあちこち瓦礫《がれき》だらけだ。いまつまずいて転んだら、彼女《かのじょ》の英雄《えいゆう》物語はここでおしまいになる。

「もうすぐ行くよ、ラージャ！　準備《じゅんび》しておいてね！」フェイスは声を張《は》りあげた。「あと、友だちも一緒《いっしょ》だから！」

だめだ。パルは立ちつくした。工房の床《ゆか》にはカボチャが積《つ》みあがっている。どう見ても、そう、ただのカボチャだ。お利口さんはトンネルの入り口でくんくんにおいをかいでいた。ひんやりとする風にラージャのにおいをかぎ取ろうとしているのだろうか。

地面が振動《しんどう》した。立て続けに何度も。テーブルが下から突《つ》きあげられて鉄のブロックがガチャガチャぶつかった。そのあと遠くでくぐもった爆発音《ばくはつおん》が数発とどろいた。

パルは鉄ブロック四つをT字に並《なら》べた上にカボチャを置いた。カボチャはただそこにのっている。鉄を並《なら》べた上にカボチャがのっかっただけ。なにかが足りないんだ。

パルはカボチャをじっと見つめた。カボチャは見つめ返してこない。

気のせいかな、それともいまだれかが〝ラージャ〟って叫ぶ声がした？　フェイスの声にすごく似ている気がした。

カボチャが小さすぎるのかな？　パルは二倍近い大きなものに取《と》り替《か》えてみたが、やはりなにも起きなかった。魔法を付与《エンチャント》しなきゃいけないとか？　パルは本棚《ほんだな》へ目をやった。あそこにある書物はいまはもう読むことさえできない。

工房から延《の》びているトンネルの先でさらに爆発音《ばくはつおん》がとどろいた。線路のトロッコがガタガタ音を立て、逃《に》げだしたがっているかのようだ。もう時間がない。フェイスとラージャはパルよりもっと切羽詰《せっぱつ》まっているはずだ。いますぐこれを成功させないと。でも、どうやって？

パルはカボチャをにらみつけた。カボチャはにらみ返してこない。

——にらみ返せるわけがないよな、相手はただのカボチャなんだから。

頭にはちっとも見えない。

そうだよ。頭らしい頭じゃないと。頭には顔がつきものだ。

パルはカボチャをつかんでそばのテーブルへ走った。できるだけ埃《ほこり》を払《はら》ってカボチャをドンと置き、横の作業台に置いてある道具を調べる。さびついたハサミがあった。これを使うしかない。どこから始めよう？

もちろん、ここからだよね？　どんな顔にも目がふたつなきゃ……。

第31章　フェイスの奮闘《ふんとう》

足をすべらせながら廊下《ろうか》の角を曲がるフェイスをひゅんとかすめ、火のついた頭蓋骨《ずがいこつ》が向かい側の壁《かべ》にぶつかって炸裂《さくれつ》した。熱い爆風《ばくふう》に背中《せなか》を焼かれ、煙《けむり》にのまれて咳《せ》きこみながらも、彼女《かのじょ》はよろよろと前へ進んだ。前方は格子模様《こうしもよう》の床《ゆか》で、ラージャがだいぶ離《はな》れた瓦礫《がれき》の山の陰《かげ》から頭を突《つ》きだして手を振《ふ》っている。

石と鉄の板だけを踏《ふ》むこと。そうすればなにも起きない。

ウィザーが彼女《かのじょ》を追いかけてすーっと飛んできた。ハァアーーというしわがれた声が、泣き叫んでいるかのように甲高くなる。ウィザーの体から黒い粒子《りゅうし》が湧《わ》きだして、黒い頭蓋骨爆弾《ずがいこつばくだん》が現れた。フェイスは背中《せなか》に盾《たて》をかついで廊下《ろうか》を突進《とっしん》した。どこを見ても煙《けむり》と埃《ほこり》と灰が渦《うず》を巻《ま》いている。目の前の床《ゆか》さえよく見えないけれど、スピードを落としてなんかいられない。誤って金の板を踏《ふ》んでしまい、大ジャンプで火炎放射《かえんほうしゃ》をなんとかよけた。ラージャの放った矢が背《はい》後《ご》へと飛んでいく。

フェイスの後方で両側の壁《かべ》のブロックが飛びだし、ウィザーに激突《げきとつ》した。耳をつんざく衝撃波《しょうげきは》に突《つ》き飛ばされ、床《ゆか》に転がった彼女《かのじょ》は鉄の感圧板《かんあつばん》の真上に倒《たお》れこんだ。

息をしなきゃ。ちょっとでいいから。石と鉄の板は安全……。

ゴオオオと恐ろしい音が廊下《ろうか》いっぱいに響《ひび》いた。ウィザーが発する音じゃない。その音は大きくなり、天井のブロックが開きだす。

開いたところから粉が降《ふ》ってきた。フェイスはざらざらする粒子《りゅうし》を指でつまんだ。

火薬だ。鉄の感圧板《かんあつばん》は廊下《ろうか》に隠《かく》されているTNT爆弾《ばくだん》を起動させるんだ。

でも、だったらどうして爆発《ばくはつ》しないの？　ここにパルがいてくれたらよかったのに……。

それに、さっきはなんで起動しなかったんだろう？

鉄は重いから、起動させるには、いまフェイスが感圧板《かんあつばん》に体ごと倒《たお》れこんだように、もっと押しこまなきゃいけなかったってこと？

ウィザーが彼女《かのじょ》を見つけてハァァァーーっと叫んだ。

フェイスはゆっくりと後退《こうたい》した。接近《せっきん》してくるモンスターをにらみつけたまま、間違《まちが》って罠《わな》を踏《ふ》んで作動させないよう気をつける。「ラージャ！　鉄の感圧板《かんあつばん》を矢で射《う》って！」

矢が彼女《かのじょ》の耳をかすめてカンと命中し、さびついた金属《きんぞく》に矢尻《やじり》がきれいに突《つ》き刺《さ》さった。

「もう一度！」

ラージャがもう一本放った。さらにもう一本。ウィザーはどんどん速度をあげて近づいてくる。

さらに次の矢が鉄の感圧板《かんあつばん》に命中した。動いたように見えたのは気のせい？　ウィザーが速度をあげているのはたしかだ。

背《せ》を向けて逃《に》げるよう全身の本能《ほんのう》が叫んでいるけれど、うしろを向いた瞬間《しゅんかん》、きっとあの頭《ず》蓋骨爆弾《がいこつばくだん》に吹き飛ばされる。

次の矢も命中し、鉄の感圧板《かんあつばん》に突《つ》き刺《さ》さる矢《や》の束《たば》に加わった。もう何本になる？　十本？

感圧板《かんあつばん》は動かない。

そのときウィザーが鉄の感圧板《かんあつばん》の真上を通過《つうか》し、雑草みたいに突《つ》きでているいくつもの矢羽《やば》根《ね》をかすめた。

鉄の感圧板《かんあつばん》がミシミシと音を立てて押しこまれる。警告《けいこく》はそれだけだった。フェイスはくるりと背《せ》を向けて叫んだ。「爆発《ばくはつ》するよ！」

それは大規模《だいきぼ》な仕掛《しか》けで、作動しなかったところも一部あったようだが、それでも廊下《ろうか》とそこにあるものすべてを消し去るのに充分《じゅうぶん》なTNT爆弾《ばくだん》が起動した。フェイスは衝撃波《しょうげきは》で吹き飛ばされ、なすすべもなくくるくると宙《ちゅう》を回転した。目の前が真っ白になってなにも聞こえなくなった。

そのまま奥《おく》の壁《かべ》に叩《たた》きつけられ、火のついた破片《はへん》がバラバラと降《ふ》ってきた。剣《けん》を落としてしまったが、いまは手足が反応《はんのう》しない。石のかたまりが飛んできて、隣《となり》のブロックにバンとぶつかった。もうちょっと右にずれていたら、フェイスは下敷《したじ》きになっていたところだ。

炎《ほのお》と煙越《けむりご》しに、壁《かべ》のうしろで丸まっているラージャの姿が見えた。爆発《ばくはつ》で壁《かべ》の半分はなくなっているが、彼《かれ》は動いている。フェイスは頭ががんがんし、脚《あし》は濡《ぬ》れたロープみたいにぐにゃぐにゃで、まっすぐになろうとしなかった。

爆発《ばくはつ》の残響《ざんきょう》が薄《うす》れていく。廊下《ろうか》だった場所いっぱいに舞《ま》いあがっていた埃《ほこり》が落ち着いた。あたりはすっかり崩壊《ほうかい》していた。壁《かべ》が吹き飛び、レッドストーン回路と罠《わな》を作動させていた隠《かく》しピストンがむきだしになっている。装置《そうち》自体はもう使いものにはならないだろう。回路は切断《せつだん》され、ピストンは傾《かたむ》き、火のついた灰がふわふわと漂《ただよ》って、装置《そうち》は煙《けむり》をあげている。

ラージャが足を引きずりながら近づいてきて、片手を差しだした。「大丈夫《だいじょうぶ》か？」

フェイスは彼《かれ》の手を取って立ちあがった。彼《かれ》に寄りかからないと立ってもいられない。「うん……大丈夫《だいじょうぶ》だと思う」

ワオ。まだ体が震《ふる》えている。体中の骨《ほね》は乱暴《らんぼう》な扱《あつか》いにぷんぷん怒っていて、全部が元どおりの位置に戻るにはもう少し時間がかかりそうだ。

ふたりとも埃《ほこり》まみれだった。彼女《かのじょ》の鎧《よろい》はボコボコにへこみ、盾《たて》はストラップでかろうじてぶらさがっている。ほかは炭になってしまったが、受けたダメージはそれが唯一《ゆいいつ》にして最大だ。

ラージャがにっと微笑《ほほえ》みかけた。

「やったね」

「やったんだよな？　鉄の感圧板《かんあつばん》は――」

「TNT爆弾《ばくだん》を起動させたんだよ。感圧板《かんあつばん》を作動させるには重さが、押しこむ力が足りてなかったみたい」フェイスは破壊《はかい》の跡《あと》を見渡《みわた》した。「見せ場は最後まで取っておく、ってことだね」

体力が回復《かいふく》したので、フェイスはゆっくりと背中《せなか》を起こして自分の足で立った。彼女《かのじょ》の剣《けん》は数メートル先で石のブロックにはさまっていた。彼女《かのじょ》は石に片足をのせると、剣《けん》の柄《つか》を両手で握《にぎ》った。勢《いきお》いよく引《ひ》っ張《ぱ》って剣《けん》を石からはずす。

ラージャは自分の顔から埃《ほこり》をぬぐった。「ぼくらはやったんだ、フェイス。レッドストーン城の恐ろしいモンスターを倒《たお》した。お次はどうする？」

ウィザーは倒《たお》された。そんなことができるなんて自分でも信じていなかったのに。ウィザーのせいで古代都市に暮《く》らしていた人たちはひとり残らず逃《に》げだし、ひとつの文明が終焉《しゅうえん》を迎《むか》えた。ウィザーはそのあと何世紀もここに閉じこめられ、この巨大《きょだい》な牢獄《ろうごく》を探検《たんけん》しようとする者がいれば襲いかかった。そのモンスターもいまはもういない。「パルを見つけなきゃ。彼《かれ》はここに――」

ブロックがゆれた。瓦礫《がれき》の山から、はじめは小石がころころと転がり落ちてきた。その下に埋《う》まっているもののエネルギーが大きくふくれあがっているかのようだ。

フェイスはぎゅっと剣《けん》を握《にぎ》った。ラージャは新たな矢をつがえている。持てる力をすべて注ぎこんで戦ったのに。それこそ城館まで崩落《ほうらく》させたのに、それでもまだだめだなんて。

瓦礫《がれき》の山が音を立てて崩《くず》れ、ウィザーがおのれの墓から飛びだしてきた。次々に頭を振《ふ》って瓦礫《がれき》を払《はら》い、三つの頭が自由を取り戻す。

もうどこにも逃《に》げ場がない。あらゆる手段《しゅだん》を尽くしたのに、すべて失敗《しっぱい》だった。

「ごめん、ぼくがきみをこんな場所まで連れてきてしまった」ラージャが謝った。

「ここはあたしがいちばん行きたかった場所だよ」それはフェイスの本音だった。

みんなでネザーへ行って冒険《ぼうけん》した。国の外へ出て、海でひとつ目玉のガーディアンと戦い、ウィッチを倒《たお》し、もう何世紀も人の目に触《ふ》れていなかった都市を探検《たんけん》した。この冒険《ぼうけん》のことがだれにも知られないままでもかまわない。だって自分は知っているし、望みはすべてかなったのだから。

ウィザーは黒い粒子《りゅうし》が渦《うず》を巻《ま》く中を漂《ただよ》っていた。もう急いで追いかけてはこない。相手には逃《に》げ場がないのを知っているのだ。ウィザーは自分の勝利をゆっくり楽しむ気でいる。

そう簡単には勝たせないよ。たとえ勝敗《しょうはい》は目に見えていても。英雄《えいゆう》は戦って散るものだから。英雄《えいゆう》はそんな生き方しか知らない。負けるとわかっていても挑《いど》んでいく。

フェイスは剣《けん》の柄《つか》をぐっと握《にぎ》った。「準備《じゅんび》はいい？」

ラージャが弦《つる》を引いて弓がきしむ。

うん、準備《じゅんび》オッケーみたいだね。

フェイスはにっと微笑《ほほえ》まずにいられなかった。冒険《ぼうけん》の果《は》てに、ラージャを一人前の英雄《えいゆう》に育てあげることができたからだ。

第32章　絶体絶命《ぜったいぜつめい》

パルはカボチャを見つめた。カボチャは彼《かれ》を見つめ返してきた。パルの彫《ほ》った顔は上手ではないし、春のお祭りで優勝《ゆうしょう》を狙《ねら》えるしろものではとうていないが、バランスの取れていないふたつの穴《あな》は目に見えるし、鼻っぽい穴《あな》があってその下の口はにっこりしている。にったり、かもしれない。でも、これでカボチャに顔ができた。これでもだめなら……。

パルはカボチャを持ってテーブルの上にあがった。鉄の胴体の首のない肩までカボチャを持ちあげ、神様に祈《いの》りながら肩の真ん中に置く。

すると……なんにも起きなかった。

なんにも、だ。

これでもだめなんだ。目のバランスが悪すぎるのかな。もう一度チャレンジしてみようか。

カボチャはまだ十個以上残っている。

十個だろうと百個だろうと、なんの違《ちが》いがあるだろう？　ぼくには無理なんだ。なにをうぬぼれていたんだ、身のほどをわきまえろ。おまえなんて下《げ》の下《げ》のくせに。

トンネルのひとつの奥《おく》から耳障《みみざわ》りな恐ろしい悲鳴が響《ひび》いたあと、一瞬《いっしゅん》の間を置いて冷たい突《とっ》風《ぷう》が吹き、絶望《ぜつぼう》の気配が漂《ただよ》った。仲間たちの叫び声が聞こえた。フェイスの雄叫《おたけ》びがこだまし、胸が締《し》めつけられるようなかすかなささやき声になって消えた。

仲間がパルを必要としている。彼《かれ》はほうり投げたツルハシを拾いあげた。自分じゃたいした戦力にはならないが、もはやほかに方法はない。せめて仲間と一緒《いっしょ》に戦って散ろう。パルだって少しは――。

ガチャンと重々しい音がして床《ゆか》がゆれた。鉄が荒々《あらあら》しく石をこする音がそれに続いて、ふたたびガチャン。お利口さんは吠《ほ》えてから、テーブルのうしろへさっと隠《かく》れた。

パルは振《ふ》り返《かえ》り、目を丸くしてカボチャを見つめた。

鮮やかなオレンジ色の皮は灰色の皮膚《ひふ》に変わっていた。野菜が金属《きんぞく》になっている。へたくそな顔を彫《ほ》られたでこぼこのカボチャ頭は、無《む》表情《ひょうじょう》のいかめしい鉄の顔に変わり、大きな体と合体していた。

本当にできるなんて思ってもいなかった。パルは生気のないうつろな目をのぞきこんだ。

すると、燃《も》えさしの炎《ほのお》がちらつくように、その目が輝《かがや》きだした。

攻撃《こうげき》したらすぐに逃《に》げる。攻撃《こうげき》したらすぐ逃《に》げる。

もうそれしか作戦はない。けれどもふたりの攻撃《こうげき》はウィザーにたいしたダメージを与えていないし、ふたりの逃《に》げ足は遅《おそ》すぎた。フェイスは廊下《ろうか》の角を曲がると、立ち止まって息をついだ。際限《さいげん》なく飛んでくる頭蓋骨爆弾《ずがいこつばくだん》に焼かれて煙《けむり》をあげるブーツの裏側を壁《かべ》にこすりつける。

フェイスは全身煤《すす》だらけだった。こんな戦い方、もう長くは続けられない。

ラージャは頭を両手で抱《かか》えてひと息入れている。傷《きず》だらけの体からはくすぶるボロ布みたいになった服が垂《た》れさがっていた。ご自慢《じまん》の黒髪は焼け焦《こ》げてほとんど残っていない。華麗《かれい》な刺繍《しゅう》でいろどられた衣をまとい、やわらかな革のブーツを履いて、お高くとまった高慢《こうまん》な騎士《きし》の姿はすでになく、そこにいるのはぼろぼろの格好《かっこう》でなりふりかまわず生《い》き延《の》びようとする戦士だった。おかしなことに、そのほうが似合っている。

「ふたてに分かれよう」フェイスは言った。「ウィザーにどっちかひとりを追いかけさせるの。ふたり一緒《いっしょ》に追いかけられたって、なんのメリットもないよ」

ラージャは力なくうなずいた。「それならきみが先に行け。ぼくはもうちょっとここで休む」

だからそうじゃないんだって。「だめ、あなたが先に行って。あたしは少しあいつの注意を引くから」

「つまり、きみを追いかけさせるのか？　なんのためにそんなことをする、フェイス？　どちらかひとりだけここから逃《に》げられるとしたら、それはきみでなきゃいけない」ラージャが顔をあげた。あのいつもの高慢《こうまん》な顔つきに戻っている。「脱出《だっしゅつ》しろ、これは命令だぞ」

フェイスは笑わずにはいられなかった。眉毛《まゆげ》が燃《も》えてなくなった顔で偉《えら》そうに命令したところで、ちっとも効果《こうか》はない。

ラージャは頬《ほお》をゆるめた。「この冒険《ぼうけん》で最高の瞬間《しゅんかん》はいつだった？　ぼくにとっての最高の瞬間《しゅんかん》はキノコのシチューを作った日だな。みんなで焚《た》き火《び》を囲《かこ》んで座り、鍋がぐつぐつ煮えるのを眺《なが》め、いいにおいが漂《ただよ》っていた。わが家を思い出したよ。キッチンにいたときのことを。昔からいちばん好きな場所だった。あたたかくて、居心地がよくて、料理のにおいと物音に包まれているのが大好きだった。ぐつぐつ煮える音、パチパチ燃《も》える音、料理人がパン生地をテーブルにドンと叩《たた》きつける音。修練場《しゅうれんじょう》で聞こえる音は大嫌《だいきら》いだったな。金属《きんぞく》同士がぶつかり合う音に、ウマのいななき――ウマたちはいつもいやがっていた。おびえていたんだろう。ぼくとおんなじで。きみは？」

「この冒険《ぼうけん》でいちばん楽しかったこと？　それはふたりでここから脱出《だっしゅつ》したあとにきいてちょうだい」

その返事を聞いて、ラージャは驚《おどろ》いた顔をした。あるいは、眉毛《まゆげ》がないせいで驚《おどろ》いた顔に見えただけかもしれない。とにかく彼《かれ》は肩をすくめた。「わかったよ、フェイス。あとでもう一度たずねよう」

空気の動きが危険《きけん》を知らせた。なまあたたかい空気が流れてくる。なまあたたかいだけじゃなく、いやなにおいがふっと鼻をついた。フェイスは最初は気づかなかった。腐《くさ》ったにおいで、甘くさえ感じる。城館中にはびこっているあの黒バラの香りみたいに。「来るよ」

影《かげ》がゆれ、不気味な光が廊下《ろうか》の暗い入り口を照《て》らした。それからいままではおなじみのあのハァァーーーっという音。しわしわの腐敗《ふはい》した肺から、よどんだ空気が押しだされる音だ。

フェイスは立ちあがった。〝攻撃《こうげき》したらすぐ逃《に》げる〟はもうおしまい。ラージャも彼女《かのじょ》の横に並《なら》んだ。疲《つか》れを振《ふ》り払《はら》い、近づいてくるウィザーをきっと見据《みす》える。「あいつも疲《つか》れてるんじゃないか？」

たしかに、ウィザーは突進《とっしん》してこない。すーっとすべるように漂《ただよ》い、三つの頭は天井をこすらんばかりで、六つの目はみなぎるパワーでギラギラしている。これが最後の戦いになるのがわかっているんだろう。ウィザーにとって、それは望むところなんだ。

ラージャは眉根《まゆね》を寄せてきょろきょろした。「いまの、聞こえたか？」

ウィザーはどんどんスピードをあげて接近《せっきん》してくる。

「なにが？」フェイスは手のひらの汗をぬぐった。ぬぐってもぬぐっても汗で濡《ぬ》れてしまう。

「耳をすませ」

なにが聞こえるっていうの？　耳に届《とど》くのは、自分の荒《あら》い息づかいと、ウィザーのまわりで大気がパチパチ鳴る音、それに……。

「いまのなに？」フェイスはたずねた。

かすかだけれど、たしかに聞こえる。ズン、ズンとどこかからゆっくりとした地響《じひび》きが聞こえてくる。どこから聞こえるのかはわからない――どの壁《かべ》も分《ぶ》厚《あつ》く、城館の造《つく》りのせいであらゆる音が反響《はんきょう》しているのだ。

「いま……オオカミの吠《ほ》え声《ごえ》が聞こえた気がするが」ラージャは頭を振《ふ》った。「いや、ここまで運に見放されてるんだ、新たなウィザー出現かもな」

ウィザーが襲ってきて、黒と青の頭蓋骨《ずがいこつ》を発射《はっしゃ》し、二発の爆弾《ばくだん》は壁《かべ》に当たって炸裂《さくれつ》した。一発はふたりからほんの数メートルしか離《はな》れていないところで。フェイスは続く爆弾《ばくだん》を叩《たた》き払《はら》った。

煙《けむり》でかすんでなんにも見えない。フェイスは雄叫《おたけ》びをあげて、恐ろしいウィザーを覆《おお》い隠《かく》している煙《けむり》を突《つ》き刺《さ》した。ネザライトの剣《けん》がモンスターの肉を、それかなんであれその体を作っているものを切りつけ、ウィザーはしゃがれた声でうめいた。ウィザーが勢《いきお》いよく体当たりしてきて、フェイスを剣《けん》もろとも弾《はじ》き飛《と》ばす。突撃《とつげき》するラージャの叫び声がぼんやり聞こえたが、いまの一撃《いちげき》でフェイスは全身の感覚がすっかり麻痺《まひ》して床《ゆか》に転がった。体ががくがく震《ふる》えている。

違《ちが》う、震《ふる》えているのは彼女《かのじょ》じゃない。なにか重たいものがリズミカルに地面を踏《ふ》み鳴らし、大地と石の城をゆらしているんだ。

ラージャが倒《たお》れた。顔が真っ青で、息をしているようには見えない。フェイスは無理やり立ちあがった。どこか安全なところまで、彼《かれ》を引きずっていくことぐらいはできるかもしれない。

ウィザーは彼女《かのじょ》がまだ戦えると気づくやいなや、こっちへ向かってきた。

その背後《はいご》で壁《かべ》がひび割《わ》れた。向こう側から壁《かべ》が強打され、鉄が石にぶつかるドン、ドンという轟音《ごうおん》が廊下《ろうか》に響《ひび》き渡《わた》る。

フェイスの上まで迫《せま》っていたウィザーは戸惑ったようすで、三つの頭をきょろきょろと動かした。

うしろの壁《かべ》からブロックがガラガラと落ち、わっと舞《ま》いあがった埃《ほこり》でなにも見えなくなった。

ウィザーがハァァーーっと腹立たしげに息を吐《は》く。

壁《かべ》が轟音《ごうおん》を立てて崩壊《ほうかい》した。床《ゆか》が大揺《おおゆ》れし、瓦礫《がれき》が跳《は》ねて転がっていく。

フェイスは激《はげ》しく咳《せ》きこみながら、壁《かべ》の壊《こわ》れたところから巨大《きょだい》な人影《ひとかげ》がぬうっと出てくるのを見つめた。巨人《きょじん》だ、手足の関節をぎしぎしときしませ、重たい足で石の床《ゆか》をズウンと踏《ふ》んでいる。落ちている石を巨大《きょだい》な鉄の足で粉々《こなごな》にして、巨人《きょじん》が瓦礫《がれき》の中を次々に前進してきた。

その鉄の巨人《きょじん》たちのあいだから転がるようにしてちっちゃな人影《ひとかげ》が出てきた。ゲホゲホ咳《せ》きこみながら手で埃《ほこり》を払《はら》い、オオカミを引き連れている。あたりを見まわす彼《かれ》の目がフェイスを探し当てた。

パルは誇《ほこ》らしさ半分、恥ずかしさ半分のあの微妙《びみょう》な笑みを浮《う》かべた。

「助けがいるかい？」

第33章　パルの軍隊《ぐんたい》

鉄の自動人形《アイアンゴーレム》たちはズン、ズンと前進していた。彼《かれ》の、アイアンゴーレムたちが。

パルは手遅《ておく》れだっただろうかと、ひやりとした。ラージャはぴくりとも動かない。フェイスは死人みたいな顔で目をむき、なにがなんだかまったくわからないとばかりにこっちを見ている。

パルの彫《ほ》ったカボチャは失敗作《しっぱいさく》だらけだった。目も鼻も口もてんでバラバラ。目の上に鼻の穴《あな》、縦になってる口、額《ひたい》にもうひとつ目があるやつもいる。けれども総勢《そうぜい》十三体のゴーレムは、ゆっくりとだったが、どれもちゃんと命を吹きこまれた。まずは目の穴《あな》が奇妙《きみょう》な光を放ち、そのあと鉄の体を覆《おお》うツルを通して輝《かがや》くエネルギーが細い筋状《すじじょう》に広がっていった。パルには理解《りかい》できないなにか不思議な魔法で、大気そのものが力を帯びた。やがてゴーレムたちはさびついた関節をきしませて腕《うで》を振《ふ》り、膝《ひざ》の曲がらない、かたい脚《あし》を前に突《つ》きだして、よろよろと動きだした。互《たが》いにぶつかっては倒《たお》れそうになったものの、しばらくすると新たに目覚めた体をうまく動かせるようになった。同じ姿のものは一体としてなく、おかしな顔だけでなく、皮膚《ひふ》を覆《おお》うさびの模様《もよう》もすべて違《ちが》っている。体の大小はあるが、どれも巨大《きょだい》だ。巨大《きょだい》で、だれにも止められない。

パルは反響《はんきょう》する叫び声がどこから聞こえてくるのかわからず、トンネルの中で方向を見失ったが、お利口さんがふたりのにおいをかぎつけた。壁《かべ》の前で止まってくんくんにおいをかいだあと飛びあがり、盛んに吠《ほ》えたてて、ここだと教えてくれた。パルは十三体のゴーレムに壁《かべ》を壊《こわ》して近道を作るよう命令した。壁《かべ》の素材《そざい》がなんだろうと関係ない。ゴーレムの巨大《きょだい》なこぶしで叩《たた》かれたら、なんだって粉々《こなごな》になる。

ゴーレムたちに、ウィザーは敵《てき》だと教える必要はなかった。巨人《きょじん》たちはぐるりとモンスターを取《と》り囲《かこ》んでこぶしを振《ふ》りあげると、ドン、ドンと敵《てき》を叩《たた》きだした、パルと仲間たちの再会《さいかい》をはばむ壁《かべ》をすべて破壊《はかい》したように。

パルはラージャに駆《か》け寄《よ》った。お利口さんは先に彼《かれ》のそばにいて、心配そうに鳴いている。

ラージャの肌が冷たい。「ラージャ？」

生きているんだろうか？

お利口さんがラージャの顔をなめると、まぶたがぴくりと動いた。それからゆっくりと目が開き、よだれを垂《た》らすオオカミの顔を見あげる。ラージャは危うい状態《じょうたい》だったかもしれないが、オオカミを抱《だ》きしめる力はまだあった。

金属《きんぞく》が甲高い音を立て、一体のゴーレムがウィザーに破壊《はかい》された。頭を粉々《こなごな》に噛《か》み砕《くだ》かれている。ほかのゴーレムたちは攻撃《こうげき》を強めたが、何体かは頭蓋骨爆弾《ずがいこつばくだん》をまともに食らって、うしろへよろめいた。これだけの至近距離《しきんきょり》じゃ、爆弾《ばくだん》は百発百中だ。さらにゴーレムが一体、木っ端《ぱ》みじんにされ、どろどろに溶けた破片《はへん》が散らばった。

パルはラージャを抱《かか》えあげてから、もうひとりの仲間を振《ふ》り返《かえ》った。「フェイス？」

彼女《かのじょ》はひどい格好《かっこう》ながら、ほっとしているようすだ。「来てくれたんだ……。戻ってきてくれたんだね」

「戦いはまだ終わってない」パルは言った。「ゴーレムたちはあとどれだけもつかわからないよ。急ごしらえだしね」

　ウィザーがもう一体を壁《かべ》に叩《たた》きつけた。それからゴーレムを見おろすと、その胸めがけて黒い頭蓋骨《ずがいこつ》を連射《れんしゃ》する。ゴーレムは体にぴしりとひびが入ったかと思うや破裂《はれつ》し、鋭《するど》い鉄片が飛び散った。

　フェイスはよろよろと立ちあがった。「戦いを終わらせなきゃ」

「逃《に》げるんだ。ゴーレムが時間を稼《かせ》いでくれる」

　ゴーレムをあと十体作る時間さえあったら！　あと五体でも、ウィザーを倒《たお》せたかもしれない。また一体がウィザーに爆破《ばくは》され、倒《たお》れてバラバラになった。

「あたしの剣《けん》はどこ？」フェイスがつぶやき、一歩足を踏《ふ》みだしてから顔をしかめる。「うっ」

「フェイス……」

「ああ。そこね」足を引きずって瓦礫《がれき》の山の下へ手を伸《の》ばす。一瞬後《いっしゅんご》にはネザライトの剣《けん》を引き抜《ぬ》いていた。「あなたって立派な職人だね、パル。こんな頑丈《がんじょう》な作りの剣《けん》、きっと国中を探してもないよ」

　フェイスは逃《に》げるつもりなどないのだ。うん、彼女《かのじょ》が正しい。自分たちでこの戦いを終わらせなきゃ。

パルはラージャをそっとおろし、お利口さんにまかせた。

そして戦いへと向かった。

残っているゴーレムは四体、どれも損傷《そんしょう》が激《はげ》しい。一体は片腕《かたうで》がなく、一体は体が半分溶けてしまっているが、それでもまだ戦っている。ウィザーの頭蓋骨爆弾《ずがいこつばくだん》を浴びて一体がひっくり返った。金属《きんぞく》の体が爆弾《ばくだん》の熱で真っ赤になっている。

「ウィザーはこの戦いから逃《に》げようとしてる」フェイスが言った。「ここで逃《に》げられたら元も子もないよ。あいつに力を回復《かいふく》する時間を与えたら、またふりだしに戻っちゃう」

廊下《ろうか》には戦いの音がとどろいていた。もう一体のゴーレムがドドンと地面をゆるがして倒《たお》れた。残り三体はすべてぼろぼろだ。だがぼろぼろなのはウィザーも同じで、その驚異的《きょういてき》な力の源がなんであれ、弱まっている。

どうすればいいかわかったぞ。パルは両手をメガホンの形にして叫んだ。「そいつをつかめ！」

その指示《しじ》が聞こえても、ゴーレムたちはのろのろとしか反応《はんのう》できなかった。ウィザーは身に迫《せま》る危《き》険《けん》を察知したらしい。ハァァーっと叫ぶと、頭蓋骨爆弾《ずがいこつばくだん》の雨を降《ふ》らせ始めた。一体に命中し、ゴーレムの腕《うで》が粉々《こなごな》になった。それでもゴーレムは反対の腕《うで》を出してウィザーをつかんだ。

残りの二体もウィザーを抱《だ》きかかえ、浮上《ふじょう》して逃《に》げようと暴《あば》れるモンスターを床《ゆか》まで引きおろす。

取り押さえられているウィザーの体がずるりとすべるのが見えた。ゴーレム三体ではもうこれ以上つかまえていられない。パルはフェイスを振《ふ》り返《かえ》り――。

フェイスは走りだした。瓦礫《がれき》の山に飛びのり、そこからジャンプする。炎《ほのお》の壁《かべ》と、どろどろに溶けた鉄がウィザーと残りのゴーレムたちを取《と》り囲《かこ》んでいるが、フェイスは両手で剣《けん》を握《にぎ》って炎《ほのお》に飛びこみ、どろどろになった鉄をぴょんとまたいだ。

ウィザーの頭のひとつがフェイスにくるりと向き直った。目に怒りの炎《ほのお》を燃《も》やしながら、頭《ず》蓋骨爆弾《がいこつばくだん》をまたひとつ出現させる。ウィザーはフェイスに狙《ねら》いを定めていた。にらみつけられた瞬間《しゅんかん》、フェイスの心臓《しんぞう》は凍《こお》りつき、胸は絶望感《ぜつぼうかん》でいっぱいになった。もうだめだ、やられる……。

そう観念《かんねん》したとき、ゴーレムがウィザーの頭をつかんで横へねじった。燃《も》えあがる頭蓋骨《ずがいこつ》が発射《はっしゃ》されて、なんにもない廊下《ろうか》を飛んでいった。

フェイスはすかさず剣《けん》を振《ふ》りおろした。

剣《けん》の切っ先がウィザーの中央の頭に突《つ》き刺《さ》さり、そこからモンスターの体はまっぷたつに切り裂《さ》かれた。フェイスが両手で柄《つか》を握《にぎ》って剣《けん》に全体重をかけたおかげで、黒い刃《は》は柄《つか》のつけ根までずぶりと沈《しず》んだ。

モンスターがあげた断末魔《だんまつま》の叫び声は永遠《えいえん》に忘れないだろう。それは胸の奥《おく》のいちばん暗い場所、純粋《じゅんすい》な憎《にく》しみと純粋《じゅんすい》な怒り、憤激《ふんげき》から生まれた叫びだった。剣《けん》はひどく冷たくなり、握《にぎ》っていることもできないほどだったが、フェイスは気を抜《ぬ》くことなく、手のひらの火傷《やけど》のような痛《いた》みを無視して、さらにきつく握《にぎ》りしめた。自分も純粋《じゅんすい》な怒りをこめてウィザーをにらみつける。「地獄《じごく》へ落ちろ」歯を食いしばって呪《のろ》いの言葉を吐《は》いた。

ウィザーは最後の最後まで目から憎《にく》しみを放ったまま息絶《いきた》えた。

その体を動かしていた邪悪《じゃあく》な生命が尽《つ》きると、漆黒《しっこく》に包まれた三つの頭がひとつにまとまり、黒い体が縮《ちぢ》んでカチンとかたまった。フェイスは床《ゆか》に崩《くず》れ落《お》ちた。まだ剣《けん》を握《にぎ》っているが、手に力は入っていない。蒸発《じょうはつ》するウィザーの残骸《ざんがい》から、水晶《すいしょう》みたいなかたいものがコロンと落ちた。

いま聞こえるのは自分の心臓《しんぞう》がドクンドクンと動く音、ひりひりする詰《つ》まった喉《のど》から出てくる荒《あら》い息づかいだけだ。フェイスは痛《いた》む指を動かして血をめぐらせた。壁《かべ》に寄りかかり、仲間たちに目をやる。

お利口さんが吠《ほ》えて彼女《かのじょ》を励《はげ》ましてくれた。ラージャは？　彼《かれ》は誇《ほこ》らしげに目を輝《かがや》かせている。彼女《かのじょ》を見て笑みさえ浮《う》かべていた。フェイスよりも全身丸焦《まるこ》げで、わずかに残っているチリチリの髪の毛からは煙《けむり》があがり、いまやそのひげは根もとまで縮《ちぢ》れているけれど、大きく見開かれた目にはぬくもりと喜びが満ちている。

パルは立ったまま頭を壁《かべ》にもたせかけ、ぜいぜい息をしていた。暗がりからガチャンと音が響《ひび》いた瞬間《しゅんかん》、はっと顔を向ける。

一体のアイアンゴーレムがよろよろと近づいてきた。片脚《かたあし》は途中《とちゅう》までしかなく、胴体はへこんで真っ黒な焦《こ》げ跡《あと》がいくつもでき、頭は半分つぶれて溶けた鉄が肩まで垂《た》れている。それでも、ゴーレムはパルの前で止まると、うめきながら見おろした。パルは手を伸《の》ばしてゴーレムの頰《ほお》に触《ふ》れた。「大丈夫《だいじょうぶ》、ぼくが修理《しゅうり》してあげるよ」

それからパルはフェイスへ目を向けて眉《まゆ》をひょいとあげた。「きみは大丈夫《だいじょうぶ》かい？」

大丈夫《だいじょうぶ》かって？　これだけの戦いのあとで？　フェイスはにっと笑った。

うん、大丈夫《だいじょうぶ》。心からそう思った。

第34章　新たな地平線

「本当にそれでいいの？」フェイスは問いかけた。

パルがうなずく。「ぼくはここに残る。発見したいこと、再建《さいけん》したいものがここにはいくらでもあるからね」

「都市を丸ごと再建《さいけん》する気？」

ふたりは広場に立っていた。いにしえの王国に偉大《いだい》な力を与えていた古代文明の中心地だ。フェイスは目をぐっと細くして眺《なが》めてみた。パルの目には、もしくは彼《かれ》の想像では、この都市がどんなふうに見えるんだろう。彼《かれ》の目にはかつての壮麗《そうれい》な姿が見えているんだ。フェイスの目には廃墟《はいきょ》としか映らないとしても。

アイアンゴーレムが一体、腕《うで》いっぱいにブロックを抱《かか》えてのっしのっしと通《とお》り過《す》ぎていった。

片隅《かたすみ》にすでに高く積《つ》みあげられた山の上に、抱《かか》えてきたものをのせている。パルはウィザーに破壊《はかい》されたゴーレムたちをあっという間に修理《しゅうり》すると、建設作業《けんせつさぎょう》の労働力としてさらに数体作りだした。廃墟《はいきょ》には鉄の足がガチャン、ガチャンと動く音、石と石がこすれ合う音がこだましている。

「まだ危険《きけん》が残ってるかもしれないんだよ。ウィザーは倒《たお》したけど、暗がりになにが潜《ひそ》んでいるかわかったもんじゃない。あたしたちもしばらくここにいる」

「ぼくのことはゴーレムたちが守ってくれるよ」パルは通《とお》り過《す》ぎるゴーレムの背中《せなか》をパンと叩《たた》いた。「きみたちふたりは新たな冒険《ぼうけん》を求めてるんだろう、いまやレッドストーン城は制覇《せいは》したんだから」

「まだ城をちょこっと探検《たんけん》しただけだもん」フェイスは言った。「あたしたちも残るよ」

「行くんだ。ウィザーはもう成敗したんだから、フェイス。ぼくはきみたちと違《ちが》って、建築者《ビルダー》で職人《クラフツマン》なんだ。ひとつのところに腰を据《す》え、ゆっくり時間をかけてていねいにものを修理《しゅうり》するのが性に合っているんだよ。バラバラになったものをつなぎ合わせるのがね。きみとラージャは？　きみたちは地平線のかなたを目指し、新たな土地や、謎《なぞ》を秘めた場所をその目で見たいんだろう。でも、今回はぼくにとっても楽しい冒険《ぼうけん》だったよ、それは認める」

「だけどもっと大事なことを忘れてるよ、パル。あたしたちは三人でひとつのチームだよ？　一緒《いっしょ》にいることに価値《かち》があるんでしょ？　第一のルールを覚えてる？　バラバラになるのは厳禁《げんきん》」

パルは口をつぐんだ。説得成功《せっとくせいこう》、とフェイスはぬか喜びした。

「冒険《ぼうけん》するのはきみたちの夢《ゆめ》だ、フェイス、ぼくの夢《ゆめ》じゃない。だれもが自分の力をいちばん発揮《はっき》できることを探しているんだよ。ぼくの目に映る美しさがきみには見えない。ぼくが修理《しゅうり》すれば、このレッドストーン回路はどれほど役立つものになり、その結果《けっか》、この都市をどれほどよみがえらせるだろう。きみにはただのごちゃごちゃした配線とブロックにしか見えないものが、ぼくには美しい回路のパターンに見える。でも、それは人の手で完成させる必要があるんだ。このパズルを未完成のまま放置するなんてこと、ぼくにはできない。完成した姿を、それが実際《じっさい》にどれだけ美しいかをこの目で見たい。古代都市の住人たちがここでやっていたのはそういうことじゃないのかな。物作りにおいて、実用性と芸術性《げいじゅつせい》の両方を求《もと》めていたんだ。すべての職人が目指す理想だよ。なのにそれが壊《こわ》れてしまっているんだ、フェイス、ぼくにはほうっておけないよ」

「で、そのあとは自分の力試しに、もっとすごくて、もっとどでかいものを作ってやるぞ、ってわけ?」

パルはにっと笑った。「お互《たが》いのことはお見通しだね。レッドストーンの限界《げんかい》はだれにもわかってないんだ、限界《げんかい》があるかどうかも。量さえ充分《じゅうぶん》にあれば、世界中をもっと進化させることだってできるだろう。やってみるだけの価値《かち》があると思わないかい? 世界中がつながるかもしれないんだよ? だれとでもなんでも共有できるんだ」

「建築者《ビルダー》で、哲学者《てつがくしゃ》で、夢想家《むそうか》か。あなたってほんと変わってるね、パル」

お利口さんがワンと吠《ほ》えて彼女《かのじょ》に駆《か》け寄《よ》り、しっぽを振《ふ》った。すぐにラージャもリュックを背負《せお》ってやってきた。「説得《せっとく》しようとしたのか?」

「うん」フェイスは認めた。「失敗《しっぱい》みたい」

ラージャは彼女《かのじょ》から、かつての使用人へと目をやった。「一緒《いっしょ》に来いと命令することもできるんだぞ」

「いや、あなたはそうはしませんよ」パルは言った。「あなたにはもうぼくは必要ありません、ラージャ。あなたは一人前の男だ。ぼくはいまやあなたの過去《かこ》です、さっさと新たな人生へと踏《ふ》みだしてください。でも、ぼくとはここでお別れだ」

「ぼくの過去《かこ》になるのか？　ほんとにこれでさよならか？」

「ええ。これでさよならです。とはいえ、しょんぼりする必要はありませんよ。それぞれが求めていたものを手に入れたんですから、おまけつきでね」パルは片手を差しだした。「そうは言っても、あなたを見送るのが寂《さび》しくないわけじゃありません、わが友よ」

「父上にはどう伝えればいい？」ラージャはたずねた。

「決まってるでしょう、あなたの壮大な冒険譚《ぼうけんたん》を聞かせるんですよ」

「い、い、いぼくらの壮大な冒険譚《ぼうけんたん》だ」ラージャは言った。「吟遊詩人《ぎんゆうしじん》が歌にするときは、題名にきみの名前を必ず入れさせる」

「すごいな。ぼくは栄光まで手に入れたらしい」パルはウィザーの残骸《ざんがい》の中から拾った輝《かがや》く星形の石を取りだした。「もしもなにかあって、あなたたちを必要とするときは、信号を送ります。どんなに遠くにいようと、必ず見える信号を」

　フェイスはパルを抱《だ》きしめた。彼《かれ》を放したくない。仲間三人でいるこの最後の瞬間《しゅんかん》を終わらせたくない。パルも抱《だ》きしめ返してささやいた。「ラージャを頼《たの》むね」
フェイスはうなずいて体を引き放した。それから自分もリュックを背負《せお》う。剣《けん》をさげている
ベルトの穴《あな》をひとつきつく締《し》めると、ネザライトの剣《けん》の頼《たの》もしい重みを左の腰に感じた。
足元の敷石《しきいし》をふと意識《いしき》した。そこにはまるで潮《しお》が流れているかのようで、どこか新たな場所
へ彼女《かのじょ》を運ぼうとしている。行こう、行かなきゃ。その思いは、ここにとどまりたいというパ
ルの気持ちに負けず劣らず強かった。それぞれ別々の運命があるんだね。だったら、さっさと
出発しよう。
吹いてきた風が小声でうながした。ほら！　ついてきて！　この先を見よう！　いつだって
新たな地平線があるんだ。
ラージャが口笛を吹くと、お利口さんがそばに飛んでいく。オオカミはパルをじっと見た。
結局ふたりが友だちになることはなかった。オオカミも旅する生きものなのだ。出発を待ちき
れずにしっぽで地面を叩《たた》いている。
ラージャはいちばん古くからの友人にうなずきかけた。別々の道を歩むふたりの気持ちは言
葉では言い表せないだろう。フェイスは目元をぐっとぬぐうと、涙をにじませながらパルに

微笑《ほほえ》みかけた。それから歩きだす。隣《となり》にはラージャがいて、お利口さんは先に飛びだし、古代都市のあちこちのにおいをかいだ。ワンと吠《ほ》えて、早く早くとふたりをせかす。

丘のてっぺんで、フェイスは振《ふ》り返《かえ》った。もちろん振《ふ》り返《かえ》らずにはいられなかった。前方には荒野《こうや》、背後《はいご》には広大なレッドストーン城。これで見おさめだ。

パルは塀《へい》の上に座ってほおづえをつき、地面の上の途切《とぎ》れたレッドストーン回路をじっと見ていた。回路は壁《かべ》を伝い、ジャングルのツタのように屋根の上にまで広がっている。フェイスにはごちゃごちゃにからんだ赤茶色の線にしか見えなかった。子ネコがさんざんいたずらした毛糸玉をほどくようなものだ。そもそもどこが回路のはじまり?

するとパルは塀《へい》から飛びおり、ベルトにさげたバッグからレッドストーンダストを振《ふ》りかけて新たに回路を作り、古いやつを修理《しゅうり》しだした。まわりではアイアンゴーレムが作業を続けている。ゴーレムたちは止まることがないし、休む必要もない。都市全体を再建《さいけん》しようというパルの夢《ゆめ》は、案外そこまで途方のない話でも、ばかげた話でもないのかもしれない。

パルは修理《しゅうり》を終えて手についたレッドストーンダストをぱんぱん払《はら》うと、感圧板《かんあつばん》の上に立った。

床《ゆか》のブロックがさっとふたてに分かれた。水がちょろちょろと溝《みぞ》を流れて、噴水《ふんすい》に溜《た》まっていく。しばらくすると水が噴出《ふんしゅつ》し、埃《ほこり》だらけの用水路と、いまはなにもない畑へ散水を始めた。

ラージャは盛大《せいだい》に拍手《はくしゅ》した。「賢《かしこ》いやつだな、そうだろ?」

「パルも一緒《いっしょ》だと心強いんだけど」フェイスはまだあきらめきれなかった。

手を叩《たた》く音が遠くパルにまで聞こえたらしい。フェイスの鼓動が速くなった。きっとパルも気持ちが変わったんだ。でもそうではなく、パルは帽子《ぼうし》を取ると、それをこっちに向かって振《ふ》った。

フェイスは手を振《ふ》り返《かえ》した。お別れだね。

彼女《かのじょ》がパルの姿を見たのは、これが最後だった。

エピローグ

荒野《こうや》とまでは言わなくとも、文明の息吹《いぶき》から遠く離《はな》れた場所をフェイスは選《えら》んだ。背後《はいご》には連《つら》なる山々、ぱらぱらとある村へはたまに出かけて、必要なものを物々交換《こうかん》で手に入れている。

ここへ住みついてだいぶ経《た》つが、フェイスはいまだに土地の言葉がちんぷんかんぷんだった。

お利口さんは暖炉《だんろ》の前で寝ていた。いまではその毛は灰色というより白い。もう老オオカミとはいえ、まだまだ吠《ほ》え声《ごえ》は威勢《いせい》がいい。お利口さんは耳をぴくりと動かすと、夢《ゆめ》の中の冒険《ぼうけん》でなにかを追いかけているらしく、足が宙《ちゅう》をかいた。

フェイスもいまだに冒険《ぼうけん》の旅へ出かけることを夢見《ゆめみ》ていた。冒険《ぼうけん》ばかりの人生を送ってきたのだから、さすがにもうよさそうなものなのに。冒険《ぼうけん》は若《わか》い人たちのやることだ。彼女《かのじょ》よりずっと若《わか》い人たちの。

若《わか》い冒険者《ぼうけんしゃ》たちは、新たな冒険《ぼうけん》の道すがらにこの家を通りかかると、食事やベッド、おしゃべりを求めて、ときおり立ち寄った。中へ入って靴《くつ》の泥を落とす彼《かれ》らの顔は、吹きつける風と旅への期待感《きたいかん》で紅潮《こうちょう》している。彼《かれ》らはこれまで倒《たお》した獣《けもの》たちや、手に入れた宝《たから》のことを声高にひとしきりしゃべったあと、部屋の中を見まわして、ゆっくりと、だがひとりの例外もなく、黙りこむのだ。

フェイスは部屋を薄暗《うすぐら》くしておくのが好きだった。埃《ほこり》が目立たないからと口では言っているが、本当は年を取って、薄明《うすあ》かりのほうが目に楽だからだ。それに部屋が暗いと、なぜか客人たちの視線は惹《ひ》きつけられるように彼女《かのじょ》が大切にしている品々へ向かうのだった。彼女《かのじょ》が人生をかけて集めた戦利品、彼女《かのじょ》の物語へ。

あれって、本当にエンダードラゴンの頭蓋骨《ずがいこつ》？　あの滑空翼《エリトラ》はまだ使えるの？　あの鎧《よろい》はだれのものだ、一式純粋《じゅんすい》なネザライト製《せい》じゃないか？　あの蒸留器《じょうりゅうき》も、あんなにたくさんのポーションをだれが作ったの？　部屋のすみに立つ、いまではさびだらけのゴーレムにはだれもが息をのんだ。

若《わか》い冒険者《ぼうけんしゃ》たちは戦利品をぼうぜんと眺《なが》めたあと、フェイスをまじまじと見た。膨大《ぼうだい》な宝《たから》の山と、年老いた女性を結びつけることができずに。やがてラージャがキッチンから焼きたてのパンと肉を運んでくると、みんなでテーブルを囲《かこ》んで食事をし、冒険《ぼうけん》の話をするのだ。

ラージャとは、そう、腐《くさ》れ縁《えん》だ。レッドストーン城を出発したあとは別々の道を進むものと思っていた。けれどなぜかそうならなかった。ふたりのことは話すと長いが、これは旅人に聞かせるような内容じゃない。でも、このごろではマハラジャ卿《きょう》の噂《うわさ》はとんと耳にしなかった。

フェイスはいまも冒険《ぼうけん》を求めているか？　そりゃあ、もちろん。冒険者《ぼうけんしゃ》たちが荷《に》づくりして旅立つのを玄関《げんかん》で見送るたび、フェイスはうらやましくてならなかった。とはいえ、年寄りは若《わか》さをうらやむものだ。それは仕方ない。だいたい肩は凝《こ》って痛《いた》いし、膝《ひざ》はうまく曲がらないし、愚《おろ》かなおばあさんだよ、とフェイスは自分を笑うと、暖炉《だんろ》の前に戻ってお利口さんの体をたっぷりかいてやった。

もう自分を証明《しょうめい》する必要はない。けれど、英雄として最後の大冒険《だいぼうけん》を夢見《ゆめみ》ないでいられるかい？　眠っているお利口さんが夢《ゆめ》を見てワンと吠《ほ》えた。ほらね、オオカミだってそうだ。

ラージャはなにを料理しているんだろう？　なんであれ、おいしそうなにおいがする。

「急いでおくれよ。おなかがぺこぺこだ！」

「できあがるまで待つんだね！」

パイかね？　パンプキンパイならひさしぶりだ。ラージャの得意料理《とくいりょうり》のひとつ。見まわりに行ってこなきゃ。日が暮《く》れる前に家畜《かちく》はすべて小屋へ戻したけれど、なにがうろついているかわかりゃしない。たいていのモンスターはふたりを避《さ》けなきゃいけないことぐらい心得《こころえ》ているが、ゾンビは脳みそが腐《くさ》っているし、つい先月にはクリーパーに納屋《なや》を半分吹き飛ばされたばかりだ。

お利口さんがぴくりとした。いいにおいがするのに気がついたんだろう。ぶるりと体を振《ふ》って目を開け、起きあがってきょろきょろする。ばかな老オオカミだよ。ここがどこだかわからないのかい？　するとお利口さんが吠《ほ》えだした。

「静かにおし、あんただけ先に食べさせはしないよ」

オオカミはまた吠《ほ》えて、玄関《げんかん》から外へ飛びだした。

「お利口さん！　戻っておいで！」

「ほうら、できたぞ。皿を出してくれ」ラージャが焼きたてほかほかのパイをトレイにのせて戸口に現れた。オオカミの吠《ほ》え声《ごえ》が耳に届《とど》く。「お利口さんはどうしたんだ？」

「あたしにわかるわけないでしょ？　あなたのペットなんだから」

「見てきてくれ。パイを持ってて手が離《はな》せないから」

フェイスはため息をついて椅子《いす》から立ちあがった。腰かけてぬくぬくしてきたところだったのに。あのオオカミは今夜は外で寝かせよう、ああ、そうしてやる。

お利口さんは飛《と》び跳《は》ねて吠《ほ》え、まるで木の上にネコを発見したような騒《さわ》ぎだ。

「落ち着いたらどうだい！　そんなことをしたら腰を痛《いた》めるよ！　もう子どもじゃないんだから！」

お利口さんは聞く耳を持たなかった。ヒツジたちまで騒《さわ》ぎだす。うれしくて涙が出るよ。お利口さんが起こしちまった。これでひと晩中メエメエやっていることだろう。こっちはうるさくて一睡《いっすい》もできやしない。フェイスは騒《さわ》ぎたてるオオカミに近づいた。「静かにおしったら。いい年してそんなに騒《さわ》ぐと……」

おやまあ、こりゃあおおごとだ。

「ラージャ。こっちへ出てきてあれをご覧《らん》よ」

「だけどパイが冷めるよ！」

食べるころにはすっかり冷えきっているだろう。「いいから来て、見てちょうだい」

「見るだけの価値《かち》があるものなんだろうな。せっかくのパイが……。おいおい。なるほど、これは見ものだな。パルか？」

「ほかにだれがいるの？」

ラージャは口ひげの先を噛《か》んだ。「何年も音沙汰《おとさた》なしだったのだがな。風の便りさえなかった。パイは包んで旅に持っていくとするか」

「ポーションを新しく醸造《じょうぞう》してちょうだい。強化した力のポーションを頼《たの》むわよ」

「余計《よけい》な指図《さしず》をどうも。そんなのもより、きみの膝《ひざ》の痛《いた》みをやわらげる軟膏《なんこう》を作らなきゃな」

「あたしの膝《ひざ》は問題ないよ」フェイスは急いで立ちあがったせいで膝《ひざ》が痛《いた》むのを無視して、ぶつぶつ言った。

白っぽいミント色の巨大《きょだい》な柱のように、ビーコンの光が地平線の先から天へとのぼっていた。つややかな夜空を背景《はいけい》にキラキラ光り、山々に輝《かがや》きを投げかけている。パルが送ると言っていた信号はこれだったんだ。

まったく、パルらしい。やるときは派手にやるんだから。

フェイスはまだ吠《ほ》えているオオカミをそこに残して家に戻った。玄関《げんかん》ホールに立って腰に両手を当てる。ガチャンとガラスが割《わ》れる音がしてラージャが工房でののしった。年を取って不器用になったねえ。

フェイスは部屋を横切ってマントルピースへと向かった。体の痛《いた》みはいつのまにか消えている。それはマントルピースの上にかけてあり、彼女《かのじょ》を含む家中のものと同じく埃《ほこり》をかぶっていた。きれいにぬぐってまだ使いものになるかどうか見てみないと。

フェイスはネザライトの剣《けん》の柄《つか》をつかんだ。ぐっと握《にぎ》りしめた瞬間《しゅんかん》、全身に力が満ちるのを感じた。そこは昔とおんなじだ。留《と》め金《がね》をはずして持ちあげ、鞘《さや》から抜《ぬ》き放った。鋭利《えいり》な切っ先に火明かりが輝《かがや》き、漆黒《しっこく》の金属《きんぞく》は水に流したオイルのようにてらてらと光る。剣《けん》は冒険心《ぼうけんしん》と強さをみなぎらせて息づいていた。それはフェイスも同じだ。

さあ、新たな冒険《ぼうけん》の時が来た。

〈了〉

訳者あとがき

ブロックを使ってモノづくりや冒険《ぼうけん》を楽しむ、大人から子どもまで大人気のゲーム、マインクラフト。畑で作物を育てているのどかな村もあれば、ひとつ目玉の怪魚っぽいモンスター、ガーディアンが出現する海底神殿《かいていしんでん》に、ブタ兵士のピグリンが徘徊するネザーの要塞《ようさい》と、マインクラフトの世界ではさまざまな光景が広がっています。そこで暮《く》らすのはどんな人たちで、彼《かれ》らはどんな生活を送っているのでしょう?

パルは騎士《きし》ラージャ卿《きょう》の従者《じゅうしゃ》として冒険《ぼうけん》の旅をしています。ラージャの父親マハラジャ卿《きょう》は、その名を知らない人はいないほど有名な英雄《えいゆう》で、名剣心臓破《めいけんしんぞうやぶ》りの剣《けん》を手にエンダードラゴンを倒《たお》したことさえあるというのに、息子のラージャはプライドばかり高くて、勇気がなく、悪いことが起きるとすぐパルのせいにしてしまいます。

ラージャを英雄《えいゆう》に育てあげるのはとうてい無理だとあきらめたパルは、一緒《いっしょ》に旅をしている冒険《ぼうけん》好きな少女、フェイスを説得《せっとく》して、故郷《こきょう》へ戻ろうとしていました。ところがそんなとき、ラージャはあやしげな〝地図屋〟を連れてきて、伝説の秘境、レッドストーン城への地図を彼《かれ》から買うと言いだします。マハラジャ卿《きょう》ですらたどり着けなかったと言われるそんな場所へ行くなんて、できるわけがありませんとパルが猛反対しても、ラージャとフェイスはすっかり行く気になってしまいます。

けれどもその前に、地図屋は地図の代金をネザライトで支払《しはら》うよう求めてきました。それはダイヤモンドよりも貴重《きちょう》な素材《そざい》で、危険《きけん》だらけの暗黒世界、ネザーでしか手に入りません。そう、地図屋はパルたちにネザーへ行ってこいと言っているのです。

充分《じゅうぶん》な装備《そうび》なしにネザーへ行くのは自殺行為なのに、パルたちにあるのは石の斧《おの》とふつうの弓矢だけ。魔法《エンチャント》を付与されている心強い武器《ぶき》はひとつもありません。スケルトンからも逃《に》げまわっているような三人が、果《は》たしてネザーから生きて帰ってこられるのでしょうか……？

マハラジャ卿《きょう》に命令されるがままに騎士《きし》の従者《じゅうしゃ》になったパル、立派な父親と比べられ続けてきたラージャ、なんの変化もない暮《く》らしに嫌気《いやけ》がさして田舎《いなか》から飛びだしてきたフェイス。たった三人だけの冒険隊《ぼうけんたい》なのに、気持ちはバラバラで、チームワークがないものだから、モンスターと出くわしても、三人はあたふたするばかりです。それまで目的もなしに生きてきたパルは、従者《じゅうしゃ》をやめようかと何度も考えるのに、やめたあとはなにをすればいいのかがわかりません。いつも文句を言ってるとふたりからうんざりされているパルですが、そんな彼《かれ》も旅を通して自分の得《とく》意《い》なこと、情熱《じょうねつ》を傾けられるものを見つけます。それに、甘やかされてきたお坊《ぼっ》ちゃんのラージャにも意外な特技が。冒険《ぼうけん》の旅はふたりを成長させ、最後はそれぞれが歩むべき道を示《しめ》します。

作者のサルワット・チャダ自身、冒険《ぼうけん》が大好きだそうで、たくさんの旅を経験《けいけん》し、モンゴルでは行方不明になり、ニカラグアの火山では置いてけぼりを食らい、ネパールではサイから逃《に》げるために木にのぼったのだとか。そんなハプニングが、成功よりも失敗《しっぱい》から学ぶことのほうが多いのを彼《かれ》に教えたのかもしれません。

サルワット・チャダは自分の先祖のルーツを感じられるものをストーリーに織りこむようにしていると語っていて、本作ではラージャとその父親マハラジャ卿《きょう》の名前にそれが表れているようです。サンスクリット語でマハラジャはインドの大王、ラージャは王を意味します（大王や王といっても、日本の藩主《はんしゅ》のようなものだそうです）。けれどスケルトンから逃《に》げてお尻《しり》に矢が刺《さ》さっているラージャは、明らかに名前負けしてしまっていますね。

そんなラージャでも、その名にふさわしい英雄《えいゆう》になれるのでしょうか、そしてレッドストーン城に秘められた恐ろしい謎《なぞ》とは？　作者の旅と同じくらいハプニング満載《まんさい》の物語をどうぞ最後までお楽しみください。

二〇二四年　二月　北川由子

マインクラフト　レッドストーンの城

2024年3月26日　初版第一刷発行

著
サルワット・チャダ
訳
北川由子

デザイン
5gas Design Studio

発行所
株式会社 竹書房
〒102-0075
東京都千代田区三番町8-1 三番町東急ビル6F
e-mail: info@takeshobo.co.jp
https://www.takeshobo.co.jp

印刷所
中央精版印刷株式会社

◆定価はカバーに表示してあります。
◆乱丁・落丁があった場合はfuryo@takeshobo.co.jpまでメールにてお問い合わせ下さい。